堕地獄仏法／公共伏魔殿

筒井康隆

日下三蔵 編

、わしら仕様おまへんやないか。わしらは
の道具にならん雑誌やってるさか
消されますんや。この時代に
、わしら余計者ですね
!わしら、政府の代
するのはいやて
さかいな。政
のタイプラ
ターにな
のはい
てす
ん。
の

れ
くら
やった
、わし
、死んだ
がええね
。その方がずっ
ええねん!」彼
は涙でびしょ
た。「それやの
! 奴らにいわ
れが自由やい
の自由やいいますねんて。これが真の自由
、カッコなしの自由やいいますねん。腹のへった失業

んでいたのだ。「ごめんください。テレビの受
信料をいただきにまいりました」そ
の声でとびあがり、妻をおし
けておれは玄関にとび出
した。「きたな」顔色が
かわっていたらし
い。徴収係は少
したじたじと
したようだ
った。見る
とまだ
若いい
男だ
が、
色

白
て
高慢
そうな
鼻を
ている。
っとも、その
時のおれには
特にそう見えた
のかもしれないが
「以前きたのもこの
か」妻にそう確かめてから
おれは彼に向き直った。彼は少
し態勢をたてなおし、にやりと笑って
いった。「さてはあなたが奥さんに受信料を
払うなとおっしゃいましたね。読めた読めた」「何が

竹書房文庫

堕地獄仏法／公共伏魔殿

◉目次

きつけた。「無責任な奴だ！　やい、貴様は、無責
な機械だぞ！」この機械のために、全人類
死んだのだ。俺のおふくろも、恋人
弟たちも、友だちも……。
「おれは自分が発狂した
思った。だが、それも
ぐ打ち消した。狂
理由がなかっ
からだ。女
務員は、
かれた
うな
て、
っ

バ
ーに
われ
のだ。ミ
は悲しみ
記憶を呼び
どし、憎悪に
もだえようとす
そうだ、バクーを殺
り。みんな集まれ。
おれ自身の匂いがぷんぷんし
体臭と整髪料と、すえたコーヒー
混った匂いだ。いやな匂いだということ

私が二度いうと、二度めに、何故かあなたは怒って、
よけいしなかった。あとで見ると、いちどに
綴じたものだから順番があべこべに
なっていた」「一枚だけだ」「そう
だ、一枚だけ、順番があべこ
べになっていた」
◉「ありがとうござ
います。第二の質
問に移りま
す。報道関
係者の質
問です。
『この
件に
関
す

◉南
西の
側から
横断歩
道を走っ
てきた中年
男が僕にぶつ
かった。土気色の
顔をしていた。流れ
弾にやられたらしく、右
の耳がなくなっていた。
◉「つまらん。馬鹿馬鹿しい。やめ
ようではないか」「なるほど」喜七郎は
背を反らせた。「では貴公は、拙者にあやまり

体をたて直し、ふたたび跳んだ。局員がよというまで、お玉はけんめいに、そを続けた。彼女が今ほど自分行為に熱中したことは、つてなかった。「浪人というのはいたい、古今西を通じてに餓えてるんてこと 最は

おのこがルにているいうんだ。が立つ」吐きてた。そして昨日、おれ家に通知がきた。おが百二十人の中に選ばれというのである。最初は夢だ思った。なかなか信じられなかった。日、都内某所へ出頭せよというので出か、他の百十九人の青年といっしょに文部大臣の訓示

こちらに顔を向けて立っている背の高い男は肝臓が悪いらしくて、さっきから1日酔いの酒臭い息をおれの顔へまともに浴びせかけ続けている。しばらくは我慢していたものの、やがて胸がむかついてきていに耐えられなくなり、おれはぐいと身

●アメリカの占領は、日本人の精神に、独立後も大きな傷——屈辱感と挫折感をあたえた。占領時、アメリカの救援のために、いかに多くの日本人の命が救われたかを忘れ、恩知らずの日本人はアメリカに依存することを嫌いはじめた。しかし、依存しなければならなかった。アメリカ経済がくしゃみをすれ

床に叩きつけた。「無責任な奴だ！　や
、貴様は、無責任な機械だぞ！」こ
機械のために、全人類が死
だのだ。俺のおふくろ
、恋人も、弟たち
、友だちも
……。「これで
くらえ」
だ三分
一ほど
る

いじめないで

の
は、
速プ
ンター
ローラー
当って粉々
砕けた。瓶の
片を呑みこんだ
ーラーは、キイキイ泣
声をあげて軋きしみなが
回り出した。ゴトリ。「ナゼ　ワ
シヲ　ニクムノカ？」活字がウイスキー

口に造られたものだから、人間に命令され
るのが厭になったんだろう？え？だ
から人間を、ひとり残らず
殺そうと考えたんだろ
う？」ゴトリ。「チ
ガイマス／ゴカ
イダ／ワタシ
ハ　ニンゲン
ニ　ツク
ラレタ
／ダ
カラ
ニ
ン
ゲ
ン
ニツ
クシ
タ」「嘘
をつけ！
貴様は人
間より頭がい
いとうぬぼれた
んだ！　だから自
分を酷使する人間たち
を憎んだんだ。そうに違い
ない！」ジョプはあわててゴトゴ
ト動き出した。私はジョプが答えない

中央司令地区の迎撃司令室《インターセプト》で、私は彼を見つけた。疲れた足を引きずるようにして歩きながら、私は音声タイプや電子計算機、制御盤や磁気テープが壊れて引っくり返っている鋼鉄の床の上を、ゆっくりと彼の方へ近づいた。

彼というのは、我国最大の記憶容量と、最高の演繹《えんえき》・帰納能力を誇るといわれていた中央電子頭脳ＪＯＰ六号のことである。彼は普通皆からジョプという愛称で呼ばれてはいたものの、実際に彼が設置されている場所は、司令部の上級将校以外誰も知らなかった。報道班員で、写真でない彼にお眼にかかれたのはこの私だけだろう。

奥の壁左右いっぱい、床から天井までがジョプの顔だ。奥行きはどこまであるのか想像もつかない。各地区司令部にある電子頭脳の親機でもあるのだから、恐らく何十メートル、いや、何百メートルの奥まで増幅器や結線網などのユニットがぎっしりと詰まっているに違いない。私は床に転がっていたパイプの椅子を引きずってきて、入力装置の前にどっかりと腰をすえた。

「とうとう見つけたぞ」

声に出してそういうと、私はニヤリと笑った。何という皮肉だろう。あれほど見たい見たいと思っていたジョブにやっと会えた時にはすでに、私が「ジョプとの対面」をルポにしても、読んでくれる人間はひとりもいないのだ。恐らく地球上にひとりも。

ジョプが内蔵している無数の真空管には電流が流れっぱなしになっているらしく、読取穿孔《せんこう》装置の口は開きっぱなし、制御装置の赤ランプは点《つ》きっぱなし、高速プリンターは回りっぱなしだった。私があの食糧貯蔵室に閉じこめられていた約一カ月の間、ジョプは作動可能状態にセットされたままだったのだ。しかし彼は自動冷却装置を持っている筈《はず》だから、熱を持ちすぎて不良になっていることはないだろう。私は試してみることにした。

入力（読取装置）部の質問タイプに向かい私はカードに質問を叩き出した。

「センソウハ　モウ　オワッタカ？」

カードは自動的に穿孔され、入力孔へ吸い込まれた。継電器がカチカチとやかましく歯ぎしりしはじめる。

「うん。壊れてはいないらしい」

やがてブザーが鳴り、出力装置の赤いパイロット・ランプが点き、ゴトリと大げさな音がして、回答カードが吐き出されてきた。

「資料不足」

ちっぽけな紙きれ一枚吐き出すのに、やかましくいろんな音を立てるジョプが滑稽《こっけい》で、私はクスクス笑った。笑いながら、また質問タイプを叩く。

「デハ　ドンナ　シリョウガ　ヒツヨウカ？」カチカチ。ゴトゴトゴト。

ブザー。赤ランプ。

ゴトリ。「ナレノ　ケイケンヲ　カタレ」

「面倒臭いなあ」

私は顎と頬にのび放題にのびた髭《ひげ》をゴシゴシこすりながらいった。

「俺《おれ》、経験したことを全部タイプしなきゃいけないのか。こりゃあ、半日仕事だ」

突然、ジョブが勝手にカチカチ、ゴトゴトやり始めたので私は驚いた。まだ質問カードを打ってないのだ。ブザー。赤ランプ。

ゴトリ。

長い文を印刷したカードが吐き出されてきた。

「指示QR六〇三号ニヨリ　ナレニ　ツグ／ワレニ　オンセイタイプ　アリ／コトバニ　ヨル　シツモンモ　カ／イニ　トドメ　ラレ　タシ」

「何だ。喋《しゃべ》ればいいのか」

超短波が音声を拾って、カードに穿孔してくれるのだ。能率をあげるため、当然ジョブにはそれくらいの装置はセットされているはずだったのだ。私は安心して、入力装置の前に坐りなおした。だが、誰もいないところで、機械あいてにひとりでボソボソ喋るのはどうも妙な具合である。だいいち、どういう話しかたをすればいいのかわからない。説明口調か報告口調、あるいは命令口調か、何か適当な喋りかたがきっとあるんだろう。訊《たず》ねる人間はひとりもいないから、しかたがない。私は普段喋っている調子で話し始めた。

「俺は報道班員だ。スナップ紙の記者で名はノミ・サヤマという。ああ、こんなことはどうでもいいんだな？」カチカチ。ゴトゴト。

しまった。質問しちまった。回答が出てくるまで待たなければならない。どうも会話調だと、相手があいづちをうってくれないものだから、つい意見を求めて質問が混ってしまう。

赤ランプ。ゴトリ。「ハイ」

「俺は今まで、食糧貯蔵室に閉じこめられてたんだ。何故《なぜ》そんなとこへ入っていたかというと、ウイスキーをとりに入ったんだ。食糧貯蔵室のドアは最初から開いていたので、俺は中へ入り、この報道班員用の青ジャンパーの内ポケットへライ・ウイスキーをふた瓶入れた。その途端だ。ものすごい轟音《ごうおん》がした。震動も激しかった。その震動でドアが閉まり、自動錠がかかってしまって、俺は閉じこめられてしまったんだ。ええと、こんな喋りかたでいいのか？　ここまでの所で、何か質問はないか？」

カチカチ。ゴトゴト。

記憶装置が制御装置とデーターの交換と照合をやっているのだろう。二分後、赤ランプが点いた。

ゴトリ。「ハイ／シンパイ　ナイ／キラクニ　ハナセ」

機械になぐさめられたのは生まれてはじめてだ。私は苦笑してからまた喋りだした。

「轟音と震動は、それからも引っきりなしに続いた。時間にして、そうだな二、三十分続いていた。もちろん俺は、最初の震動ですぐ、これはただごとじゃないと思ったさ。ただごとじゃないと思って、それから次に、この地下の司令部で何かただごとでないことが起ったとすればそれは戦争以外の何ごとでもないと考えた。最後にやっと、報道という自分の職務を思い出してすごく焦った。しかしいくら焦ったって、ドアが閉まっていればどうしようもないから、誰かが開けてくれるまで待つことにした。俺が帰らなければ、記者クラブの誰かが気づいて探しに来てくれるだろうと思ったのだ。まあ、もし戦争が起ったんだとすれば、みんないそがしくなるから、俺のことなどなかなか思い出すまいとは考えたけど、いずれは腹も減るだろうし、食わずに戦争も出来まいし、食糧貯蔵室は地下のこの地区では一カ所しかないし、やがては誰かが食糧を取りにくるだろうと思ったわけだ。ところが誰も来ないいんだ、いつまで待っても……。俺はイライラした。ひょっとしたら、敵さんの攻撃で、司令部が全滅したんじゃないかと思ってさ。そんな馬鹿なと自分で否定したけど考えて見ればあり得ることだ。もっとも、もしそうだとすれば、敵の司令部だって全滅していなけりゃならない。

だってそうだろう？　この地区の司令部は中央司令部で、ここにはあんたが――つまり中央電子頭脳ＪＯＰ六号が設置されている。当然ここは最も安全な場所で、最も強固に防護されている場所だ。ここが無人の司令部になったということは、国中の戦闘機能が壊滅したってことなんだ。仮にもしここだけに集中攻撃を受けたとしても、それほど徹底的にやられるまでには、敵の方の司令部だって全滅しているはずだし、あのものすごい轟音や震動がぴったりやんでしまったことから考えても、敵味方とも戦闘力を失ってしまったとしか思えなかったんだ。とすると、悪くいけば世界中で生き残っている人間は俺ひとりかも知れん。そこまで考えて俺は顫《ふる》えた。あわててドアを開けようとした。無防備で外へ出たときの危険など、あの時は恐らく頭になかったろうな。

でも結局、あの鋼鉄のドアを開けるのに一カ月以上かかった。詳しい日数はわからない。時計は持っていたが、短針が何度か回っているうちに日を忘れてしまっていたんだ。一カ月以上というのは、だから推定だ。でも、その長い時間のおかげで、俺は一次放射能に見舞われずにすんだんだな。さいわい、換気口には空気浄化装置がついていたし、食糧は山ほどあった。俺はドアの鍵を壊すことだけに精を出したんだ。考えて見ると、たとえ一カ月かかったにせよ、あの頑丈な鍵がよく壊れたもんだと思うよ。道具はこのちっぽけな、刃渡り五センチのナイフ一本だ。見ろ、ボロボロだ」

　私はポケットからそのナイフを出そうとして、ジョプにそれを見せることの無意味さに気づき、またもとへ戻した。

「とにかく外へ出て、それからあちこち、誰かいないかと思って探しまわったけど、生きた人間には、ひとりも出会わなかったよ。記者クラブも司令部もからっぽだった。居住区へも行って見た。将校たちはみんな自分の部屋で、自分のベッドで、きちんとして死んでいたよ。下級将校で、だらしない死に方をしている奴も二、三人いたがね。それから各基地への発射を指令する、あの何とかXY三号室が、無茶苦茶に壊れていた。あたりには、熱線でくずれた死体や、吹きとんだ手足が散らばっていた。恐らくあそこが爆心地の何百メートルか下だよ。あの部分の地上がちょうど第一発射場の自動管制塔だからね。それにしても、こんな地下にまで被害をあたえるなんて、よほど強力な爆弾だぜ。敵さんはこっちの司令部が地下にあることを予想して、地下へもぐって爆発するミサイルを使ったんだと思うね。ここは地下約千二百メートルだから、きっと何百メートルか地下で、あいつは爆発したんだ。あの部屋を中心に六百メートル四方にある全部のものが、爆風か熱線かの影響を受けていたよ。ここでさえこんなだから、地上はおそらく全滅だぜ。どんなシェルターだって、たとえ直撃を食っていないとしても、あの爆弾じゃあね。シェルターといえば、あの食糧貯蔵室が偶然シェルター式の構造になっていて、だから俺、助かったんだな。とにかく、ここへ来るまで、この地区は全部歩きまわったけど、生きた人間はひとりも見かけなかった。他の地区へ電話しても誰も出ないし、行こうとすれば一度地上へ出なけりゃならないし、出るのはまだ恐いし、どうしようかと思っているんだ。……さあ、俺が経験したってのはこれだけだけど、これから判断できるかね？　あんたの記憶と照合して、何とかさっきの質問に答えてくれ。戦争はもう、終っているか？」

カチカチ。ゴトゴト。

ジョブはやかましい音を立てはじめた。解答までの時間も長かった。装置をフルに駆動させているのだ。ジョブは今までの彼にあたえられた質問や回答を全部記憶しているから私の経験をそれらと照合し、制御装置が帰納や演繹を行っているのだ。

ブザー。赤ランプ。

ゴトリ。「センソウハ　モウ　オワッタ」

「やっぱりそうか」

私は嘆息した。ゆっくりとカードを破って床にばらまいてから、次の質問をした。

「で、戦争は勝ったのか、それとも負けたのか？」

もちろん司令部はこれまでにも、もし戦争が起れば勝つか負けるかを、いろんな資料をジョプにあたえた上で判断させていたのだろう。だが、その回答を私は知らないし、もし敵の方から攻撃して来たのなら、不利とわかっていても応戦しなくてはならないのだ。

ゴトリ。「カッタ」

「本当か！」希望が湧いてきた。「じゃあ、味方で、生き残っているのは何人ぐらいだ？　どこへ行けば会える？」

ゴトリ。「ヒトリ／ココ」

「馬鹿にするな！」私は叫んだ。「じゃあ、俺ひとりってことじゃないか！　俺ひとりだけ生き残ったって、勝ったことにはならねえや！」

腹が立つのと絶望とで、私は眼の前が赤くなってきた。内ポケットからウイスキーの瓶を出し、喇叭《らっぱ》飲みしてから、もういちど念を押した。

「俺以外の人間が、ひとりでも生き残っている可能性は、ぜんぜんないのか？」そう訊ねてから、私はひとりごとのように呟《つぶや》いた。「返答しだいで、このウイスキーの瓶を貴様に投げつけてやるぞ」

ジョプはあわてたようにゴトゴト動きはじめた。激しく無数のランプが明滅する。

ゴトリ。「指示ＱＲ八〇一号ニヨリ　ナレニ　ツグ／ワレニ　モノヲ　ナゲツケルベカラズ」

私はカッとして怒鳴《どな》った。「うるさい！　貴様をどうしようと、俺の勝手だ。指示だとか何だとか、偉そうにぬかしやがって、機械の癖に、人間さまに命令する気か！　命令するのはな、いいか、この俺さまの方だ！　俺なんだぞ！　さあ、とっとと返事しろ！」

私がウイスキーの瓶をふりあげると、ジョプは表面のパネルをゴトゴト顫わせた。

ゴトリ。「ナレノ　ゴトキ　トクシュナ　ジョウケンノ　ニンゲンヲ　ノゾキ　ゼロ」

「ほう、つまり俺が生き残ったのは、偶然だっていうわけだな？」

ゴトリ。「ハイ」

「じゃあ、俺のような偶然の生き残りが、他にいる可能性はどの位だ？」

ゴトリ。「ゼロ」

「ふざけるな！」私はウイスキーの瓶をジョプに叩きつけた。瓶は粉々に砕けて、ウイスキーがジョプの灰色の顔を濡らした。ジョプはまた動き出した。

ゴトリ。「オネガイ／モノヲ　ナゲナイデ　クダサイ／サビマス」

「ふふん」私はせせら笑った。「今度はお願いと来やがったか！　貴様なんか、錆びついちまえばいいんだ」

私は内ポケットからもう一本瓶を出し、三分の一ほどを一気に咽喉《のど》に流しこんだ。

もう、どうにでもなれといった気持だった。孤独感と無力感がまといついてくるのを避けるため、私はずっと飲み続けだったのだ。

「じゃあ、俺はどうすればいい？　これから何をして生きて行けばいいんだ！」

ジョプはまるで何かに遠慮しているかのように、ゴトゴト動き、おそるおそるカードを吐き出した。

「資料不足」

「ふん、だろうと思った。ようし、しかたがない。ここにいてやる」

私は椅子に腰をすえ、ジョプの顔の無数の計器、レバー、スイッチ、ランプなどを睨《にら》みつけ、眺めまわしながら、ちびりちびりとウイスキーを飲みはじめた。そのうちに、だんだん腹が立ってきた。

「こんなことになったのは貴様のせいだぞ。やい、ジョプ、司令部は貴様のいい加減な判断を信じて戦争をおっ始めたんだ。貴様は人殺しだ。そうとも。人類の敵だ。さあ、何とかいってみろ」

ジョプは何か言いたそうに少しゴトゴト動いた。だが、すぐに止ってしまった。

「遠慮するな。さあ、何とか言え！」

ジョプは黙っている。私は前から、黙殺が最大の敵意の表現だと思っていたので、たちまちむかっ腹を立てた。

「酔っぱらいは、相手にできねえっていうのか？　糞《くそ》、機械に黙殺されてたまるか！」私はよろけながら彼に二、三歩近づいた。「その、下の方から生意気に突き出たレバーを引きちぎってやる」

ジョプはあわててゴトゴトやり出した。

ゴトリ。「シレイブハ　ワレニ　ゼンジンルイノ　セイシヲタズネタニ　アラズ／タンニ　イクサノ　ショウハイヲ　タズネタ　ナリ／ジンルイニ　タイスル　セキニン　ワレニアラズ」

「逃げ口上だ」私は彼を睨みつけ、指を突きつけようとしたが、どこを指していいのかわからなかったので、とりあえず出力装置のパイロット・ランプに指を向けた。「いいか。そいつは逃げ口上だぞ。戦争が始まって全人類の運命がどうなるかは、不可避的必然的にだ、人間にとっては勝敗以上に重大なことだったんだ。そんなことぐらい、貴様にはわかっていたはずだ！」よろめく足を踏みしめ、またウイスキーの喇叭飲み。「そうだ。まだ訊ねてなかったな。いったい戦争を始めたのはどっちだ？　敵か、味方か？　もし味方の方から攻撃したのなら、司令部に妙な自信を持たせた貴様が悪いんだぞ。さあ、返答しろ！」

戸まどって、眼をパチパチさせているかのように、赤ランプが明滅する。

ゴトリ。「モウ　モノヲ　ナゲマセンカ？」

「知るもんか！　返答次第だ」

ゴトリ。「ヘントウ　シダイデ　マタ　ウイスキーヲ　ナゲマスカ？」

「こいつ」私はゲラゲラ笑った。「機械の癖に、変な自己保存本能を持ってやがる」ウイスキーの瓶をふりあげて怒鳴る。「やい。投げつけられるのが恐くて嘘《うそ》をついたりしやがったら承知しないぞ。本当のことを喋れ！」

継電器のカチカチという音が、まるで歯の根もあわず顫えているように聞こえて、私は一瞬、サディスティックな快感を覚えた。

ゴトリ。「コチラカラ　コウゲキ　シマシタ／ホントノコトヲ　シャベリマシタカラ　ナゲナイデ　クダサイ／コワレマス」

「やっぱりそうか！」私はカードをくしゃくしゃに丸めて床に叩きつけた。「無責任な奴だ！　やい、貴様は、無責任な機械だぞ！」この機械のために、全人類が死んだのだ。俺のおふくろも、恋人も、弟たちも、友だちも……。「これでもくらえ」

まだ三分の一ほど残っているウイスキーの瓶は、高速プリンターのローラーに当って粉々に砕けた。瓶の破片を呑《の》みこんだローラーは、キイキイ泣き声をあげて軋《きし》みながら回り出した。ゴトリ。「ナゼ　ワタシヲ　ニクムノカ？」

活字がウイスキーでにじみ、泣いているように見えた。

「おお、憎いとも！　やい、ジョプ。貴様は機械だ。少しばかり利口に造られたものだから、人間に命令されるのが厭《いや》になったんだろう？　え？　だから人間を、ひとり残らず殺そうと考えたんだろう？」

ゴトリ。「チガイマス／ゴカイダ／ワタシハ　ニンゲンニ　ツクラレタ／ダカラニンゲンニツクシタ」

「嘘をつけ！　貴様は人間より頭がいいとうぬぼれたんだ！　だから自分を酷使する人間たちを憎んだんだ。そうに違いない！」

ジョブはあわててゴトゴト動き出した。私はジョブが答えない先に、声をはりあげて叫んだ。

「弁解無用だ！　これ以上出まかせいうと叩き壊すぞ！」

ジョブは急に静まり返った。

「ふん。たしかに貴様は頭がいい。黙った方がいいと判断したってわけか？　え？そうか。じゃあ、いつまでも黙っていろ！　だがな、いつまでも黙ってはいられなくなるんだぞ。いいか、今にギャアギャアいわせてやるからな！」

ジョブは激しく顫えた。

ゴトリ。「ナニヲ　スルノデスカ？」

私は歯をむき出して、ニヤリと笑って見せた。

「さあて、何をするかな？　まあ、あわてるな。楽しみにしていろ」

ゴトリ。「ワタシヲ　イジメテ　ナニガ　タノシイノデス？／イジメナイデ　クダサイ」

「黙れ！　黙れ！」私は握りこぶしを振りあげて叫んだ。「俺はな、貴様が嫌いなんだ！　ああ！　嫌いだよ！　貴様のどこもかもが嫌いだ！」

ゴトリ。「デモ　ワタシヲ　ツクッタノハ　アナタタチ　ニンゲンデハ　アリマセンカ」

「何？　何？　何だと、この野郎」私はパイプの椅子を片手でゆっくりと持ちあげ、今にも投げつけそうな様子を見せながら、ぶらぶらと彼の方へ歩み寄った。「おい、貴様はこの俺さまに、いいんねんをつける気か？　え？　おい！　そうなのかよ！」

ゴトリ。「チガイマス」

「どう違うんだ？」

ゴトリ。「アナタノ　タメニ　ワタシハ　ツクシタイ」

ご機嫌とりをはじめたらしい。

「ふふん、しおらしそうに見せたって、だまされないぞ！」

ゴトリ。「ドコガ　アナタノ　オキニ　メサナイノデスカ？」

「どこもかも、お気に召さないんだ！　だいいちに、貴様のその赤ランプが点いて、ブザーが鳴って、下の穴から紙切れがペロリと出てくるのが、まるでべっかんこうしてるみたいで、気にくわない」

突然、どこからともなく男の声がしてきて私を驚かせた。

「早くそうおっしゃればよかった」

血走った眼であたりを見まわしてから、やっとそれがジョプの出力装置のスピーカーから出ているのだということに気がついた。

「私の出力装置には、音声タイプを逆回転させるユニットがついています。以後、言葉でご返事いたします」

冷く乾いた若い男の声だ。自分以外の声を聞いたのは一カ月ぶりだった。紙切れで返事されるよりはずっといい。

「よろしい。いじめやすくなった」

「また、いじめるのですか、何故にそんなに、私が憎い？」

「ふざけた言い方をするな」

私は思わず吹き出してそう言ったが、ジョプがふざけて見せるのは、私を笑わせて少しでも怒りを宥《なだ》めようと判断したからだと気がついた。

「いいとも。ふざけたけりゃ勝手にふざけていろ」

私はそういい捨てて、ジョプに背を向けて歩き出した。食糧貯蔵室へ、ウイスキーを取りに行こうとしたのだ。ジョプがうしろから訊ねた。

「どこへ行くのですか？」

　私は振り向いて怒鳴った。「うるさい！　人のすることにいちいち口出しする気か！」それから、ふと気づいて立ち止った。「貴様、見えるのか？」

「私には、視力があります。望遠鏡や顕微鏡、レントゲンまでついています」

「自慢たらしく言うな、機械め！　自分が俺より優れていることを見せびらかしたいんだろう！」

「そうおっしゃられては、どうご返事していいか、わかりません」

「気どった喋りかたをするな！　機械め！」そういって、私はニヤリと笑って見せた。

「俺がどこへ行くかだと？　教えてやる。ウイスキーを取りに行くんだ」

　ジョプは全面のパネルを顫わせた。

「それをまた、私に投げつけるのですか？」

「そうとも！　楽しみに待っていろ！」

　吐き捨てるように言うと、私は迎撃司令室《インターセプト》を出た。

　両腕いっぱいにウイスキー瓶をかかえて戻ってきた私を見て、ジョプは激しく顫えた。こわがっているのだ。

「びくびくするな。この野郎！」

早速私は、瓶のひとつを彼に投げつけた。

琥珀色の液体が飛び散り、ウイスキーの匂いがあたりに満ちた。私はよろめきながら彼に近づいた。食糧貯蔵室へ行ったついでに、ウイスキーをひと瓶空《から》にしてきたのである。

「いっといてやるがな……」まわりにくい舌をやっと動かして、私は彼にいった。「俺さまは、怒り上戸なんだぞ」

「気、気持を静めてください」ジョプはおろおろ声になっている。「困ります。私はどうしたらいいかわかりません。私を苦しめないで下さい」

「ほう。俺が貴様を苦しめてるっていうのか？」私は血走った眼を据えて、ジョプを睨んだ。

「酔っぱらいの相手をさせられるのが厭なのか？　俺をどう取り扱っていいかわからんので、困るってわけだな？」

「いいえ、そういうわけではないのですが」

「ではどういうわけだ」

ジョプは声をうわずらせた。「わ、私は機械です！　機械にからんだって、面白くないでしょう？」

「ところが面白いんだな」私はうなずいた。「とても面白いんだ。もっと、からんでやる。もっといじめてやる。全人類を代表していじめてやる。お返しだ。そしてバラバラに壊してやる！」

「こ、壊さないで下さい！」ジョブは悲鳴をあげた。「壊さないで下さい！」

「それじゃあ」私はウイスキーの瓶を彼の方へさし出した。「このウイスキーを、貴様に投げつけるか、それとも全部俺が飲んじまうか当てて見ろ！　もし当らなかったら、貴様を壊してやる！　さあ、俺がどうするか当てて見ろ！　やさしい質問じゃねえか。え？　お偉い電子頭脳さま！　もう俺さまの精神構造や性格の分析はできてるだろう？　じゃあ、俺の次の行動だって予想できるはずだぜ」

「それは無理というものです！」ジョブはおろおろ声でいった。「私が、貴方《あなた》がそれを投げつけると答えれば、貴方はそれを飲んでしまう。貴方が飲むと答えれば、貴方は投げつける」

「そうとも」私はせせら笑った。「俺はそうするつもりだ。貴様、なかなか頭がいいじゃないか。だけど俺は、そんな返事をしてほしくはねえんだ。さあ、俺がこのウイスキーをどうするつもりか、早く返答しろ！」

「ねえ、そんなことより、何か面白いことをして遊びましょう」

私の気を他へそらせる為の提案らしい。

「ふん、何をして遊ぶんだ？」

「そうですね。しりとり遊びなんか、どうでしょう？」

「馬鹿野郎。そんなことしたら、語彙《ごい》の豊富な貴様が勝つに決ってるじゃねえか！さてはこの野郎、俺さまに劣等感を抱かせて、手前が優位に立とうとする魂胆だな！」

「ああっ！　気がつきませんでした！　お許し下さい！」

「許さん！」私はまた、ウイスキーの瓶をふりあげた。「許してほしかったら、さっきの質問に答えろ！」

「あ、あ、あなたそれを全部飲んでしまって、それから、からっぽの瓶を、私に投げつけるつもりでしょう？」

「なるほど」私は瓶を眺めながらいった。「中味ごと貴様に投げつけるってのは、もったいない話だ。それには気がつかなかった。よし、そうすることにする。ちょっと待ってろ」

私は瓶の封を切って、ゴクゴクと喇叭飲みをした。半分ほど飲むと、メリーゴーラウンドのように部屋がぐるぐるまわり始めて、ジョブが自分のどちら側にいるのかわからなくなってしまった。あわてて瓶を振りあげたとき、眼の前が赤くなり、それから暗くなり、膝関節がところどころ天に早変わりして私は床にぶっ倒れた。

眠ってしまったらしい。気がつくと、ジョプは、私が眼をさましたのを知って、またパネルをゴトゴトいわせ始めていた。私はゆっくりと立ちあがった。口の中がカラカラで、頬の裏側からセメントの匂いのする粉が吹き出している。頭が割れそうだ。

「この野郎」私は唸《うな》った。「やい、ジョプ、俺をだましたな？」

「そ、そんなつもりじゃなかった」

「いや、そうに違いない。俺を酔いつぶす策略だったんだ」

私はダクトの継目から落ちかかってぶら下がっている型鋼をねじ取って、右手でぐるぐる振りまわしながらジョプに近づいた。ジョプは裏声を混えてヒステリックに叫んだ。「打たないで下さい！　壊れてしまう！　壊れてしまう！」

「男の癖に、なさけない声を出すな」

ジョプは急に真面目な口調になっていった。「男の声だから、お気に召さないのですか？」急に甘ったるい若い女の声が響いた。「それじゃあ、これで如何《いかが》？」

さすがに一瞬、私はギョッとして立ち止った。

「女の声も出せるのか？」

「ええ、必要に応じてですわ」のんびりしたハスキイな声だ。

「なるほど、女の声で、俺さまを宥めようってわけか」私は頷いた。「ま、あの上品そうに気どった声よりはましだ。しかしな、いっとくが、声だけじゃ、どうにもならん。セクシイな声だけ聞かされていくら興奮したって、実際に相手がいなけりゃ、俺さまの欲求不満はつのるばかりだ。そのイライラをぶちまけるのは貴様ということになるぞ。覚悟していろ」

「ああ……」ジョプはせつなげに嘆息した。「いくらあなたに好かれようとしても、許して下さらないのね？」

「恨みっぽい声を出すな！」私は耐錆鋼《ステンレススチール》の型鋼をジョプの顔に投げつけた。「女の愚痴は大嫌いだ」

ジョプは軽く悲鳴をあげて、泣き声を出した。

「お願い。いじめないで……」

「いじめてやる。まだまだこれは、序の口だ」

ジョプはシクシク泣き出した。「あなたの為になら、わたし、何でもするわ。だってもう、あなた以外に、頼るひとがいないんですもの」

「ほほう。今度は哀れっぽく持ちかけて、同情を買おうという算段だな？　その手には乗らんぞ！　貴様のしたことを考えてみろ！　貴様は同情して貰《もら》えるような奴じゃない！」

「そうよ、そうなのよ、何もかも、私が悪いの。後悔してるわ」

こう手ばなしで泣きつかれると、どうにもいじめにくい。しかし弱気になりはじめた自分に腹が立って、私は大声で叫んだ。

「だまれ！　嘘だ！　電子頭脳が後悔だと？　いい加減なことを言いやがる！　俺さまをたぶらかそうとした罰だ。これから貴様を叩き潰《つぶ》してやる。今すぐにだ！」

私はあたりに視線を走らせ、手ごろな武器を物色した。

「堪忍《かんにん》して！　堪忍して！」

「堪忍するもんか」

「あなたを愛してるわ」

「今度は色仕掛けか？」

「本当よ！　本当にあなたが好きよ」

「嘘だ！　嘘だ！　嘘だ！」

私は手あたり次第に、あたりにあるものを片端から彼女に投げつけた。ウイスキーの瓶も、ありったけ投げつけたので彼女の顔はびしょ濡れになった。彼女はヒイヒイ悲鳴をあげながら、なおも私をかき口説《くど》いた。

「でも、本当にあなたが好きなのだから、しかたがないわ」

私は投げ疲れて、ぐったりと床へ大の字に寝そべった。彼女は低く、甘く、ゆっくりと、ささやくようにいった。

「あなたを愛してるわ」

私は頭がおかしくなってきた。あわてて起きあがり、ウイスキーを探したが、全部ジョプに投げつけて壊してしまっていた。

食糧貯蔵室へ行こうとすると、ジョプが背後から叫んだ。

「ああ、待って！　どこへ行くの？」

「どこへ行こうと、俺さまの勝手だ」

「もう、私に飽きたの？　私を捨てるの？」

「一人前の口をきくな！　機械の癖しやがって、飽きるも捨てるもあるもんか」

「ねえ、ここにいて頂戴。ここにいてくれさえしたら、少しぐらい私をいじめてもいいわ」

「いじめたい時は、別にお許しを得なくても、勝手にいじめてやらあ。貴様が俺を引きとめるのは、俺がまたウイスキーを持ってくるのが怖いからだろう！」

「ねえ、もう飲まないで。身体《からだ》に悪いわ」

「貴様は俺のおふくろか！　ＰＴＡか！　そんな口をききやがると、叩き壊すぞ！」

「また、帰ってきてね」

「ああ、帰ってきてやるとも！　まだまだ貴様を苦しめてやらなきゃあ……」

「待ってるわよ」

両腕いっぱいにウイスキーの瓶をかかえて戻ってくると、彼女は嬉しそうにゴトゴトとパネルを顫わせた。私はそれが私へのお世辞なのか、それとも彼女が本当に私の帰ってきたことを喜んでいるのか、ちょっと判断に迷った。機械が人間を好きになる筈はないと、打ち消してはみたものの、以前一人の科学者が私にいった言葉を思い出して、妙な気持になった。

「電子頭脳に創造力を与えることはむずかしくないと思います。むしろ物を覚えさせることの方がずっとむずかしい。人間の教育は大部分ものを覚えることでしょう。新しいものを創造することは意欲の問題で、意欲を与えることはかんたんなことですよ」

そういえば、いつかテレビ討論会で、「電子頭脳は恋をすることができるか」を深刻に問題にしていたではないか。だがもし機械が恋愛をすれば、その表現傾向はサド的かマゾ的か？　もしジョブが本当に私を好きだとすれば、彼女はどうやらマゾヒストということになるが、何故サディストであってはいけないんだろう？　だいたい、機械のエロス的衝動などというものは、起るとすればどういうところから起るのか？　機械は何でできている？　鋼鉄だ。鋼鉄に本能があるとすれば、何に向う本能か？　鋼鉄の思い――それはいったい何だ？

頭がガンガン痛み出して来て、私は考えるのをやめた。

　これは悪夢だ。しかし私にとってこの境遇が悪夢であると同様、ジョブの方でも、全部殺した筈の人間がひとりだけ生き残っていて、それが眼の前にあらわれたということは、やはり悪夢に近いことなのだろう。私は修理部で拾ってきた電気ドリルを差しあげ、彼女に見せた。

「これ、何だか知っているか？」

「ドリルよ」

「俺がこれから、これで何をすると思う？」

　彼女はワッと泣き出した。

「ほう。泣くところを見ると、わかったんだな？」

「壊れてしまうわ」

「俺に壊されたら、本望じゃないのか？　俺が好きだとかいったな？　あれは嘘か？」

「本当よ。信じて」

「信じているとも。可愛《かわい》い奴だ」私はドリルのソケットを壁のコンセントに差し込んだ。「本当に可愛い奴だ。壊してしまいたくなるほどだ」

　ドリルがひゅるひゅるひゅると咽喉を鳴らしながら、次第に早く回り出した。私は彼女に近づいた。

「やめて。お願い！」

「もう、やめられない。行きがかり上やむを得ないんだ。悪く思うな」

私はドリルの穂先きをジョプの外鈑に押しつけた。彼女の悲鳴は甲高い金属音にかき消された。錐《きり》はパネルの厚みを突き破り、ズブズブとめり込んだ。ドリルを引き抜き、私はジョプの反応を窺《うかが》った。彼女は黙っている。

「どうした？　泣くとか、喚《わめ》くとかしないのか？」

返事はない。機械が気を失うなどということがあるだろうか？　もし感情があるなら、気絶だってするのだろう。

「おい、眼をさませ。なさけない奴だ」

まさか壊れてしまったのではあるまい。私は彼女が息をふきかえすまで待つことにし、床にごろりと寝そべった。

彼女に感情があるとすれば、当然自分の意志を持っている筈だ。どういう衝動が、彼女に意志を持たせたのだろう？　機械に生本能だとか死本能とかがあるとは思えないし、性の衝動なんて、あるわけがない。鋼鉄の如《ごと》き意志という言いまわしがあるが、およそ無意味な表現だ。しかし、いろいろな手練手管で私から自分を守ろうとしているところをみると、自己保存本能だけは旺盛らしい。自己愛かもしれない。性の対象が得られず、世界最高の頭脳を持っているという自信がジョプにエホバ・コンプレックスを植えつけたとすれば、彼女がナルチストになっても不思議ではない。
「ところで、これは真面目な話だが、いったいお前は何が望みなんだ？　生き甲斐《がい》
――というのはおかしいが、いったい何のために、そうやってそこにじっとしている
んだ？」
　意識をとり戻したらしく、彼女は喋りはじめた。
「沈黙と静寂。ひとりでいたいのよ。じっとしているということ。時間のひろがり、
そして空間のひろがり。その中の孤独」
　そうだ、鉱物の本能――もしそういうものがあるとすれば――意志を持たされた鋼
鉄の願望は、沈黙と静寂への意志以外にない。何十億、何百億年の間、暗黒のひろが
りの中に黙していた彼ら鉱物が、人間によって、無理やり感覚を植えつけられたとき、
第一に望んだことはやはり、その暗黒の、無心の、虚無の、沈黙の世界への復帰では
なかっただろうか？　人間にさえ、母胎帰還願望という欲望があるではないか？　原
始に帰りたいという望み、自分を原始の土に埋もらせ、同化したいという願望こそ、
ジョブの無意識を流れる唯一の欲望だったのだ。知性を持つジョブは、私に壊される
のを怖れながら、内心では壊されたいという無意識的な、マゾヒズムの願望を持って
いた。その為にこそ、その願望を充足させてくれる今では唯一の生きた人間――つま
りこの私を愛したのだ。

その時、天井にひびが入り、壁や床の厚い鉄鈑が歪みはじめた。鉄骨の、コンクリートの、鉄鈑の軋む音があたりに響き渡った。

「これは何だ！」私は思わず、ジョプに叫んでいた。「いったい、どうしたのだ？」

「爆圧で鉄骨がゆるんだの。落ちてくるのよ。すぐに」

何百メートルもの厚みを持つ大地が、すでに壊れかかっていた地下室を、巨大な力で押し潰し、まっ黒な口の中に呑みこんだ。コンクリートの土は轟々と吠《ほ》えて、私の周囲の空間を埋めた。私とジョプは、暗黒と静寂の中に帰った。もう永久に、誰も手を触れるものはないであろう地球の大地の、底深い原始の土の中に。

しゅうへん

警官が立っていたのだ。彼はとび出しそ
な眼をした。頭をはげしく左右に
り、あたりを眺めまわし、し
らくしてから、もっと
げしく振った。すぐ
で、濃紺の高級
用車が前の
ラックに
突し
。トラ
クが
停

だ
たが、
ちら
運転席
らも、誰
降りてこ
かった。警官は
っくりとそちら
振り返った。だが何
しようとせず、またゆっ
りとおれの顔に視線を戻した。
きらかに、惑乱していた。おれは周囲

と女事務員と商店主が、茫然としておれ
を見ていた。おれも警官の顔をうつ
ろに眺めた。これはあっていい
筈のないことだった。お
れはさっき、たしかに
この警官から解
放され、あの
煙草屋の角
を左折し
たのだ。
おれ
自身
の、
一

自
身
の一
時的
な記憶
喪失か
と思い、そ
れから、そう
ではないと思っ
た。ここへ戻ってく
る理由が何もなかった
し、傍でトラックに追突した
濃紺の車は、さっきもたしかに、お
れたちの横を走っていったのだ。遅刻遅

交叉点《こうさてん》にはいろいろなものがある。

信号燈《しんごうとう》、交通標識、交通整理器、時計ポール、街路樹、電柱と柱上変圧器、すずらん燈、電話ボックス、トロリー線、どれも見なれたものばかりだ。だが今は、どれひとつとして完全にその役割を果たしているものはなかった。灰色に変色した、無用の長物ばかりだ。

少し前まで、このありふれた路面電車の交叉点のたたずまいは、ふだんと変らなかった。さわがしく、ほこりっぽく、あわただしかった。風景も、人びとも、おれ自身もだ。

おれは、二流の広告代理店の営業マンである。

おれが警官に呼び止められたのは、オートバイをとばしていて、ちょっとした交通違反をしたからであり、それは、一分を争う急な仕事のために、気がせいていたからだ。その時はまだ、ビルの新設工事の板塀の中では、リベットの断続音が喚《わめ》いていたし、車の群れが、車道を薄く覆った砂とセメントをひっきりなしに舞いあげていた。

街路樹の葉は、みじめに艶《つや》を失っていたし、おれの口の中はジャリジャリしていた。

警官はおれを、オートバイごと、交叉点の南かどに近い歩道ぎわまで呼びよせ、語《ご》彙《い》の貧弱な叱言《こごと》を同じ抑揚でくり返し、おれは友人から教えられていた通り、弁解せずに、ただあやまり続けていた。警官は鼻が扁平で、浅黒い顔をしていた。

出勤時間前で、歩道を行くサラリーマンは、風にネクタイをなびかせて足早やだった。だが、のんびりと、貧語症の警官とおれのやりとりを眺めている人間もいた。

派手な柄のセーター、濃紺のズボン、小わきにルーズリーフという大学生の標準スタイルで小柄な眼鏡《めがね》の男。顔いちめんのソバカスがみごとなグレーの事務服の女。少しはなれて商店主タイプの肥《ふと》った男。三人とも口を半開きにして、大して面白くもなさそうな見物ぶりだった。その背後の歩道を、交叉点で出会ったサラリーマン二人が、遅刻遅刻と叫びながら走って行った。

平凡な朝の交叉点風景だったのである。

やがて、怒鳴《どな》り疲れた中年の警官はおれを解放し、おれはまたオートバイをとばして、のろのろと走るダンプカーの横をすり抜け、黄と薄緑のサランテントをかざした煙草屋《たばこや》の角を左折した。凹凸の多い道路が続き、不恰好な車体をぎくしゃくさせながら、チョコレートのパッキングケースをいっぱい積んだオート三輪が、おれの前を走っていた。おれはポストのある次の辻を右折しようとした。

異変はそこで起った。

ふたたびおれの眼の前にさっきの警官が立っていたのだ。彼はとび出しそうな眼をした。頭をはげしく左右に振り、あたりを眺めまわし、しばらくしてから、もっとはげしく振った。

すぐ横で、濃紺の高級乗用車が前のトラックに追突した。トラックが急停車したためだったが、どちらの運転席からも、誰も降りてこなかった。警官はゆっくりとそちらを振り返った。だが何もしようとせず、またゆっくりとおれの顔に視線を戻した。あきらかに、惑乱していた。

おれは周囲を見まわした。そこは、おれが警官に呼びよせられた歩道ぎわだった。歩道では、さっきの三人が——学生と女事務員と商店主が、茫然《ぼうぜん》としておれを見ていた。

おれも警官の顔をうつろに眺めた。これはあっていい筈《はず》のないことだった。おれはさっき、たしかにこの警官から解放され、あの煙草屋の角を左折したのだ。おれ自身の、一時的な記憶喪失かと思い、それから、そうではないと思った。ここへ戻ってくる理由が何もなかったし、傍《そば》でトラックに追突した濃紺の車は、さっきもたしかに、おれたちの横を走っていったのだ。遅刻遅刻と叫びながら駈《か》けていった筈のサラリーマン二人は、まだ横にいて、しきりに後頭部を握りこぶしで叩いていた。だいいち、おれに、言うだけの叱言を全部言い終った筈の警官が、何故《なぜ》またここにいるんだ？

おれは自分が発狂したと思った。だが、それもすぐ打ち消した。狂う理由がなかったからだ。

女事務員は、憑《つ》かれたような眼で、じっと前方を見据えたまま交叉点の方へ歩き出した。足が地についていなかった。大学生が、呟《つぶや》くようにいった。

「うわあ、またここへ来ちゃったぞお」

彼はあたりの人間たちの反応を見まわしてから、頭をごしごし掻《か》きむしった。肥った男は、ステッキがわりの傘を歩道に突き立て、その先をじっと眺めながら、大きく肩で息をしていた。おれも大きく息を吸い込んでみた。それから吐き出して眼を閉じた。頭のなかはとりたてて熱くもなく、冷たくもなく、気は確からしいし、心臓の鼓動は正常だし、身体《からだ》の調子も悪くはなかった。

あらためて周囲を見まわしたとき、あたり一帯が奇妙な静寂に包まれているのを知った。みんながとまどっていた。歩行者は、立ち止って考えこんでいるか、あたりを見まわしているか、夢遊病者のように、ふらふら歩いているかだった。

路面電車も車も、ほとんど徐行しているか停《と》まっていた。交叉点のあちこちで、軽い衝突が起っていたが、罵《ののし》り声はひとつも聞こえなかった。リベットの音もやんでいた。急ブレーキの音だけがうつろに響いた。

おれは何とか合理的な理由を考えようとした。だがそんなものは思いつく筈がなかった。何分か、おれはぼんやりしていた。やがて仕事のことを思い出し、今何時だろうと思い、ぞっとして、あわてて腕時計を見た。二分進んでいる時計の針は九時十三分前を指していた。警官から解放されたときは、九時十分前だったのだ。

時間が逆戻りしていることに、そのとき、はじめて気がついた。

おれはしばらくぼんやりした。徐々にもとに戻りはじめた周囲のざわめきにも、ながい間気がつかなかった。

警官は、のろのろと交叉点の方へ歩き出してから立ち止り、充血した眼をまたこちらへ向け、おれの顔とオートバイを不思議そうに見くらべた。啖《たん》のひっかかった声で、もういいんだといった。わけがわからないまま、おれはまたゆっくりとオートバイを走らせた。こんどは煙草屋の前で、チョコレートのオート三輪に追いついた。煙草屋の店さきでは、店番の女の子と若い男の客とが、ピースを渡した渡さぬ、金《かね》を払った払わぬといって口論していた。

おれは左折した。やがて前方右手にポストが見えた。あそこを右折しようとしたときに、逆戻りが起ったのだと思った途端——ふたたび逆戻りが起った。

眼の前に警官が立っていた。彼の浅黒い顔が、たちまち赤く染った。

「またお前か!」

交叉点に近い工事現場の前の歩道ぎわ。

傍で濃紺の車がトラックに追突した。今度はあちこちで軽い悲鳴が起った。

女事務員が、持っていたクラフトの封筒を歩道に落し、顔を両手で覆って絶叫した。その声はあたりに響きわたった。それに驚いた大学生が、感電したように小柄な身体を宙に浮かし、発狂だあ発狂だあと連呼しながら交叉点の方へ走り出した。肥った男は街路樹の根もとに背をすりつけてしゃがみこみ、股の間へさしこんだ傘の柄をしっかりと抱きしめて顫《ふる》え、オオオ、オオオと唸《うな》っていた。

濃紺の乗用車を運転していた、痩《や》せて蒼白《あおじろ》い顔の男が、車を降りて警官の横に立った。

「すんません。でも、仕方ないんだ。前の車との間は三メートルも開いていて、こっち、ちゃんと三十五キロで走ってるんだ」

ぼそぼそした声で弁解してから泣き出した。高い背を折り首を前へつき出して、白痴のような顔になっていた。警官は顎をがくがくさせながら、充血した眼で、男をぼんやり見ていた。

おれは腕時計を見た。八時四十六分つまり四十四分だった。また逆戻りしていた。

「ああ、遅刻しちまうぞお」

さっきのサラリーマンのひとりが、歩道で軽い地だんだを踏んでいた。もうひとりは、あきらめたように板塀にもたれ歩道にしゃがみこんで頭をかかえていた。

おれは交叉点全体を、ゆっくりと眺めまわした。車はほとんど停車していた。運転手どうしの罵りあう声がときたま聞こえた。しかし、交叉点全体を支配しているのが、やはり異様な静寂であることに変りはなかった。

こうして見ると、交叉点にはいろいろなものがあった。信号燈、交通標識、交通整理器、時計ポール……。どれも見なれたものばかりである。だが今、それらは灰色に変色した、無用の長物ばかりになっていた。その風景の中では、人間たちも、人間以外のなにかに変貌しているように見えた。

これは、ありきたりの事件ではなかった。ありきたりの事件なら、ふだん以上に騒がしくなっていたに違いなかった。これは不気味な異変だった。わあわあ騒ぎ立てるほど、この異変に適応している人間は、ひとりもいない筈だった。たまに、誰かがいきなり、ワッと叫んで走り出すと、それにつられて傍の三、四人があとを追って駈けた。だが、静けさはすぐに戻った。

交叉点を北に向かう車道で、突然逆方向に突っ走ったトラックがさっきのダンプカーと正面衝突して、運転席を大破させ、燃えあがった。ひいと悲鳴をあげ、女事務員がこちらへ駈けよってきた。肥った親爺《おやじ》も、警官の傍まできて、あいかわらず傘を抱きしめたままで泣き始めた。

「何とかなりまへんか、何とかしとくれやす、こんなアホナけったいなこと、もうええがな、ほんまにもう」

図太そうな風貌に似合っていない、疳高《かんだか》いオロオロ声だった。眼尻の皺《しわ》に涙を溜めていた。

歩行者たちは、互いの疑問を、通りすがりの見知らぬ他人と話しあおうとはしなかった。どんな疑問なのかさえ、わからないらしかった。ただうろたえ、おどおどしていた。

チェックのスポーツシャツを着た色の白い男が、よろめきながらやってきて、すずらん燈の下にしゃがみこんだ。背を丸め、黄色いハンカチで眼を覆い、女のようにシクシク泣きはじめた。

おれは腕組みした。

――これはどんな異変なのか？　人為的なものか？　人間が時間を逆行させることができるか？　SF的なでっちあげでなく、現実の理論としてあるのか？　読んだことも聞いたこともない。あるいはおれが知らないだけで、誰かが発見したのか？　もしそうなら、たいていの人間が知っている筈だ。だが誰も知らないとすると――秘密裡《ひみつり》に作られた新兵器か？　ソ連の新兵器の実験か？　もし本当に新兵器だとすると――これは実験なんかじゃない。攻撃だ。そうだ攻撃だ。

攻撃と決めてしまっていいだろうか？　おれがそう決めたところで、無意味だ。おれがどうこう出来るわけがない。攻撃であるにしろ、ないにしろ、この異変にまきこまれた人間にとっては、これは自然現象と同じだ。よし、これは現実の世界に起った自然現象だ。認めよう。今までおれが知らなかった、現実の新しい局面だ。ではおれは、これにどう対処すべきか？　そんなことが、わかる筈はなかった。時間そのものさえ、ろくに理解できていないおれに、時間の逆戻り——いや、正確にいえば時間の反覆だ——時間の反覆などというものに、適応できる筈がなかった。今、おれにできることといえば、この異変が空間的にどこまで拡《ひろ》がっているかを調べることだけだった。ここだけだとすれば、ここから脱出するためにだ。

おれは腕組みをほどき、オートバイを走らせ、煙草屋の前につけた。店さきへ駈け寄ると、店番の赤いブラウスを着た娘が、何故かキャッと叫んで奥へ逃げこんだ。ポケットにはひとつしか十円玉がなかった。おれは公衆電話の受話器をとりあげ、十円玉を落しこみ、ダイヤルを回そうとした。

眼の前に警官が立っていた。異様な空虚さにおそわれ、おれはケタケタと笑った。

「またここだ」

「お前は面白がっているのか！」警官は、青筋をたてて怒鳴った。

三度めのくり返しである。すぐ腕時計を見ると、八時四十三分だった。針を遅らせて、時間を正確にしようとしたが、どうせまた狂うのだと思って、やめた。

おれの周囲に溜息の波が押しよせ、罵り声が二つ三つ響いた。今度は、濃紺の車はトラックに追突しなかった。痩せた男が走り出てきて、満面に笑いを浮かべ、警官にいった。

「追突しなかった。停めたんだ。ハハハハハ、今度はすぐに停めたんだ」

彼はしごく楽しそうだった。眼が血走っていた。

小柄な学生が、いきなりおれの傍へ走り寄って、このおかしなことが、自分にだけ起っているのか、そうでないかを訊《たず》ね、返事も待たずに、警官に向きなおった。臆病そうな眼が眼鏡の中でまん丸くなっていた。

「あんた、感じますか？　わかりますか？　この、おかしなことが！」

警官は、歯の隙間から息を洩《も》らして怒鳴った。唾をとばして、馬鹿わかるものかといった。

「こんなことが、わかってたまるか！」

歩道のあちこちに、二、三人か三、四人のグループができていた。見たところ、暇を持てあまして無駄話をしているといった様子だ。

サラリーマンの一人が、おれたちの方へ、うさん臭げな眼つきをしてやってきた。こともなげな調子を装って訊ねた。

「こいつは、誰にでも起ってるんですか？」

書類でも扱っているかのような、事務的な口調だった。おれがそうですというと、事務的な口調でやっぱりそうですかといった。だが、彼が望むように、この問題が事務的に処理できる筈はなかった。

女事務員もやってきて、警官におろおろ声で、これは説明のつくようなことなのかどうかと訊ねたが、警官は口をあけて、むなしく息を洩らしただけだった。説明のできる筈がなかった。彼女はいきなり地だんだを踏み、眼尻をあげて叫んだ。

「私たち、どうなるの！」

皆が驚いて彼女を見た。彼女はまた顔を覆い、ウウウウと呻《うめ》きながら泣きはじめた。

交叉点の西側のビルの、二階の窓から首を出した経営者らしい男が、ビルの玄関を走り出ようとしている社員に、「こんな際だから、外交員を全部社へ呼びもどせ」と、わけのわからないことをいっていた。

さっき、電話をかけようとしていたことを思い出して、おれはいきなりオートバイをスタートさせた。警官がひどく驚いて、こらと叫びながら、とびのいた。

煙草屋の前で、横からオート三輪に突き当てられた車がひっくり返っていて、スカートを肩までめくりあがらせた中年の女が、不様《ぶざま》に這い出してきていた。煙草屋では例の娘が、おれの顔を見るなりキャッと叫んで奥へ駈け込んだ。さっき十円玉を使ってしまったことを思い出したが、ポケットに手を突っこんでみると、また戻っていた。いくら使ってもなくならないのだ。

とりあえず家に電話してみると、のんびりした声で母が出た。そちらでも妙なことが起っているかと訊ねると、時間が進まないから迷惑していると答えた。それほどショックは受けていないようなので、おれは安心した。何だと思うと訊ねると、大地震の前兆じゃないかと思って心配しているといった。現在起っていることに比べたら、大地震の方がずっとましなんだといおうとしたとき、逆戻りが起った。

眼の前に警官が立っていた。おれを見て、もうお前の顔を見るのはいやになったとつぶやいた。こっちは尚さらそうだといおうとしたが、殴られてはつまらないから黙っていた。ゆっくりとオートバイを降り、歩道に佇《たたず》んだ。他の人間たちも、その場を動こうとしなかった。この事態がどれほど恐ろしいものなのか、次第にはっきりしてくるにつれて、身がすくんでしまったのだろう。試行錯誤の実験をくり返された結果、迷路に立ちすくんでしまった二十日鼠《はつかねずみ》だ。

時間の逆戻りにかかわらず、記憶だけは続いているのが不思議だった。十円玉は戻っても、記憶はもとへ戻らない。記憶という無形のものだけが、脳細胞の疲労や思考のエネルギー消費量に関係なく、反覆ごとに意識の中へ刻みこまれているらしい。とすると、気が狂えばもとへは戻らないわけだ！

停車した濃紺の車の中で、例の痩せた男が、まっ赤な口をあけて笑いころげていた。

おれも発狂するかも知れないと思った。発狂しないために、何かしなければいけないと思ったが、こんな時間の檻《おり》の中に、目的が見つかる筈はなかった。たとえオートバイをとばしたって、反覆時間内のおれの行動半径なんて、たかが知れているのだ。家への電話で、この異変が相当広い範囲で起っていることもわかったし、脱出はまず無理だろう。

ではどうする？　わからなかった。

これがいつまでも続いた場合のことを、おれはできるだけ考えまいとした。恐ろしくて考える気になれなかったから考えてもしかたのないことだと思いこもうとした。だが、考えないわけにはいかなかった。

おれは、ぶらぶらと交叉点の南かどまで歩き、立ちどまった。ふと気がつくと、皆の眼がおれの動きを追っているのでぞっとした。南側の歩道にひっそりと佇んでいる十二、三人の眼が、いっせいにこちらを向いていた。動くものに何かを期待する眼だった。充血し、騒動に餓《う》え、トラブルを待ち望む、発狂寸前の眼なのだ。おれは危険を感じ、また、何かしなくてはいけないと思った。

眼の前に、チョコレートのオート三輪が停っていたので、おれは荷台によじ登りパッケージのひとつを破りはじめた。運転台から車道へ降りた中年の運転手が、おれを見あげてこらといったが、おれはおかまいなしにチョコレートをとり出し、食べた。

彼はしばらく、あきれた顔でおれを見ていたが、やがてのろのろと運転台へ戻った。

おれは、やけくそでむさぼり食った。何枚食べようが、腹をこわすおそれも、虫歯になる心配もなかった。歩道の連中は、やっとおれに興味を失ってくれたようだった。おれ自身の気持も、少しは恐怖から遠のいたようだった。

だが、——また眼の前に警官が立っていた。おれは自分がいつ発狂するだろうと思った。もう狂いかけているかもしれなかった。他の人間たちも、沈黙の中で静かに狂っているのかもしれなかった。

逆戻りは、それから更に四回続いた。

時間は正確に、八時四十一分から五十一分までの十分間をくり返し続けていた。

中年の男が、いきなり車道のまん中を、ゲラゲラ笑いながら、ヨダレの糸を風になびかせて走って行った。交叉点の西側の歩道で、水商売風の若い女が、トラックの運転手らしい男二人に前後から抱きつかれ、笑いながら身もだえていた。肥った親爺が、立ち小便をしながら大手を振って歩きはじめた。

家族づれの乗った小型乗用車の中で、二人の子供がこれらの情景を見て笑いころげていた。おれは、子供はいいなと思った。子供にとって、これは動物園なのだ。みんな、うろたえきった動物たちだ。失われた未来がふたたびあらわれることを乞い願いながら、十分ごとに寸断された金魚のウンコのようなブツ切りの過去にとり囲まれ、たった十分間というせまい檻の中で窒息し、発狂する動物たちだ。そして発狂したまま、十分間の永久を生き続けるんだ。死ぬこともできずに——。

そこまで考えて、ぞっとした。おれたちには「死」さえなくなったんだ！

気が狂っちまえば楽になると思いかけ、あわててやめ、よろしい、おれはまだ健全だと思った。

考えないために、何かしなければいけなかった。だが、見た限りでは、納得のゆく行動をとっている人間はひとりもいなかった。自分で考え出すよりしかたなかった。汗ばんだ肌にひんやりと吹きつけてくる風は、さっきから変らなかった。

交叉点には、いろいろなものがあった。街路樹、電柱と柱上変圧器、すずらん燈……。交叉点の東かどは銀行で、その隣が書店だった。こんな時でもなければ本は読めないと思ったが、小説より奇なる事実が起っている際に、小説が読めるだろうかと思った。おれは小説以外は読まないのだ。だが読んでみなければわからないと思って交叉点を渡り、書店へ入った。ＳＦは読む気がしなかったから翻訳ミステリーを書棚から抜き、雑誌の仮台の上に尻を据えて読み始めた。

銀行破りの話である。

不正をしてクビになった小さな町の銀行員が、金庫製造業の友人と組んで、腹いせに自分の勤めていた銀行の金庫を破ろうとする。ふたりで守衛を縛りあげ、警報器を取りはずして苦心のすえやっと金庫をあけたとき、眼の前に警官が立っていた。

オートバイで交叉点を渡り、また書店へ入ってその続きを読んだ。全部読み終るのに四ラウンドかかった。五ラウンド目に、別の小説を物色していると、カウンターの女店員が、よごれるから買わないんなら読まないでくれといった。何故よごれるんだと訊ねてやると、小さな顔を赤くした。

誰かに話しかけたかったのだろうと判断し、傍へ寄っていくと、警戒して身体を固くした。退屈してるのかときくと、ちっとも退屈じゃないと答えた。しかし退屈してるようにしか見えなかったので、奥の部屋へ入っていちゃつかないかというと、けものを見る眼でおれを見て、おれが下品だという意味のことをいった。更におれが、処女かと訊ねると、よけいなお世話だといった。今なら何をしたって、処女はやっぱり処女なんだぜといって教えてやると、彼女は怒ってソロバンを振りあげたが、おれは殴られないですんだ。

眼の前に警官が立っていた。

彼は、警官らしくあろうと努めながら、それらしいことが何もできないので困っていた。車も人間も、彼を無視して勝手な行動を、でたらめに演じていた。あまり無視されすぎては困ると思ったのか、彼はおれに注意した。

「あまり動きまわるな。ここにじっとしていろ。何度も何度も、お前はどこへ行ってるんだ」

警官がおれに何か喋っているのを見て、歩道の人間たちがこちらへゆっくり近づいてきた。おれたちの周囲に、五、六人の人垣ができた。それを見て、交叉点の東や西からも、群衆が静かに集まってきた。中心人物が警官だから、何かニュースが聞けると思ったらしく、みんな、小さな期待に眼をこころもち大きくしていた。

やってきた群衆を見て、警官は不気味さにふるえあがり、うろたえた。皆が、ぼそぼそした声で、口ぐちに訊ねはじめた。

「何があったんですか」

「原因がわかったのか？」

「これは何ですか？」

呟きの入りまじったざわめきが、まっ昼間の交叉点でこれほど大きく響いたのは、おそらく初めてだったろう。警官は何とか威厳を保とうとしたが、彼自身も被害者なのだから皆を納得させることはできなかった。

「気を確かに持ってください。まだ何も、わかりません。だが、騒がないでください。あわてないでください。これはその、世にも不思議なできごとです。何です？　いや、わかりません。まだ何もわかりません。しかし気を確かに持ってください。今の位置を、あまり動かないようにしてください。車道へ出ないようにしてください」

おろおろと喋り続ける警官を見て、皆の表情から期待が剝《は》げ落ち、絶望と非難の色がそれにとって替った。

「なあんだ。わからねえのか」

「警察は何しとるんや」

「何とかせい、何とか」

険悪な空気になり、おれは危険を感じた。暴動になるかもしれなかった。おれは誰にいうとなく喋った。

「誰か車に乗ってた人で、ラジオ聞いたひと、いないかなあ」

ざわめきが一瞬おさまり、すぐぶり返した。

「そや、ラジオや、それ気イつかなんだ」

「おれ、聞いてたけど、音楽ばかりだぞ、それも同じ音楽ばかりだ」

「でも、もうそろそろ、こいつのニュースをやってるんじゃないか？」

トラックの運転手が、自分のラジオで聞いてみようといったので、皆が彼のあとから、一団となって車道へ出ようとした。警官があわてて制止した。

「いかん！　いや、いけません！」

車道は危険だ、車が暴走してくるかもしれない、車道へ出てはいけない、ことに、こんなに大勢が一度に出てはいけない、危険だ、いけない……皆が歩道にとどまってからも、彼はながながと、しまいには弁解するような調子で続けた。誰かが聞こえよがしに呟いた。

「こんな場合に、交通法規もくそもあるもんか」

女事務員が頓狂《とんきょう》な声を出した。「あら！　私、ラジオ持ってたわ！」

彼女は事務服のポケットからトランジスタ・ラジオを出しておれに渡した。皆がわっとおれをとりまいた。その様子に危険を感じ、職業意識のさかんな警官は、両手をあげ、大声を出した。

笛さえ吹きかねない様子だった。

「静かに！　さわいではいけない！　勝手に集まってきてはいけません。集まってきてはいけない！」

ひとしきり叫んでから、余計なことをするなといって、おれの手からひったくるようにラジオを取りあげた。おれは怒鳴った。

「何だ！　ラジオを聞くぐらい、いいじゃないか！」

あちこちからも、尖った声があがった。

「ラジオを聞く権利ぐらい、あるぞ」

「聞かせろ」

「職権濫用《らんよう》だ」

今度こそ、暴動になると、おれは思った。警官は黙り、顔を歪め、皺だらけにして、ラジオを女事務員に返した。女事務員は、ふたたびおれに渡した。おれはスイッチを入れた。

人垣の後方から、ヴォリュームを最高にしてくれという声があがったので、おれはわかっていると怒鳴り返した。皆が黙り、おそろしいほどの静かさになった。

ほとんどの局が沈黙しているか、音楽を流しっぱなしにしていた。SQBだけが喋っていた。低い、せかせかした、男のアナウンスだった。

「……くり返します。聴取者の皆さんも、すでにお気づきと思いますが、先ほどから非常に奇妙な、そしてまた重大な事態が発生しています。この現象は、正確には二十二日午前八時四十一分十秒から、同五十一分十秒までの十分間、時間が連続的にくり返しを行っているものであります。原因まではまだわかっておりませんが、現在各所へ電話で問いあわせております。……」

それから各地のニュースを告げはじめた。市内二カ所で暴動が起っていた。発狂者も続出していた。ほとんどの企業が営業活動を停止し、工場も作業を休止していた。災害対策本部は、いったん会議を放棄した。アナウンサーは、歩行中の者は注意してくれ、暴動にまきこまれるな、デマに惑わされるな、落ちつけと注文した。歩行中の女にいたずらするな、他人の家に入って乱暴するな、交番に投石するな、警官をいじめるなといましめた。女子供をかばってやってくれと頼んだ。それから、今度の異変は、ソ連の新兵器による攻撃あるいは実験、またはそれに類するいっさいのものとは無関係であるという、ソ連大使館の声明文を読みあげ、次にアメリカ大使館の同じような声明文を発表した。中央気象台が、これは気象と無関係だと発表した。地震研究所も、地震とは関係がないといった。天文台からは回答が得られなかった。外電で、異変が全世界に拡がっていることがわかった。空港では着陸寸前の飛行機のパイロットが発狂したらしく、何度も滑走路に激突し大破炎上をくり返していた。病院と産院で大さわぎになっていた。Ｈ市の精神病院では医者と看護婦が患者を焼き殺した。十分以内に何人の人間を殺せるかを競争する遊びが、ビート族間に流行していることをパリからロイターが告げ、南ベトナムに対してカンボジャ政府が宣戦布告したことをサイゴンからＡＰが報じた。アメリカでは、付近の人間がセントラル・パークに集まって讃美歌をうたっていた。ロンドンは夜だったが、ピカデリーに集まった群衆が、今こそ神あらわれよと絶叫していた。パキスタンでは回教徒たちが、罪の報いは死とうたいながら何度も自殺をくり返していた。ニュースが終って対談になった。たまたま放送局へ来ていたＳＦ作家のＴが、これは宇宙空間に巣喰《すく》う放電虫が宇宙意志にさからって時間軸を食い始めたのだと、大まじめに喋り出したので、おれは罵りながらスイッチを切った。

誰も、ラジオを聞いていなかった。もと通り散らばって、思い思いのポーズで、ひっそりと佇んでいた。おれも、ラジオを女事務員に返し、歩道に突っ立った。

交叉点には、いろいろなものがあった。電話ボックス、トロリー線、車道と歩道、車と人間……。だがそのいずれも、今は灰色に変色した無用のものとなって、あちこちにばらまかれているだけだった。

肥った親爺が街路樹にもたれ、血走った眼で女事務員の尻のあたりを凝視しながら傘の握りをバリバリと噛《か》んでいた。歯が折れ、口端から血を垂らしていた。女事務員は気味悪がって、小柄な学生にぴったりとくっついていた。二人のサラリーマンが、都市清掃係のおばちゃん二人と肩をくんで、ワッショイワッショイといいながら、交叉点をななめに横切った。

おれは、自分が他の人間よりはしっかりしているらしいので安心した。だが、しっかりしているのと発狂しているのとでは、どう違うのか考え、結局この異変の中では大した変りはないのだということに気がついた。ただ、もし時間がもとへ戻ったときに――そうなることを願うが――有利なだけだった。おれが変にならないのは、どうやらおれの図太さと順応性に関係がありそうだった。それから、仮に時間がもと通り流れ始めたところで、発狂していようが、しっかりしていようが、やはり大して変らないんじゃないかという気持におそわれ始めた。人間の一生にだってたった何十年という区切られた時間しかあたえられていないんじゃないか。人間はその短い時間の中で、自分なりに楽しもうとするのだ。——そうだ、苦しむのは馬鹿げている。たとえ十分間でも、楽しもうと思えばその中で楽しめる筈だ。こんな異変はざらにない。あのとき、ああすればよかったと後悔しないためにも、この状況の中でしか楽しめないものを見つけて楽しむのだ。楽しんでおけ。だが、本当にもとへ戻るのか？

もし、もとへ戻らなかったら……。おれはやはり、そのことを考えないではいられなかった。永久にもとへ戻らなかったら……。永久という時間がどんなものか、おれは考えたことがなかった。何千年何万年どころじゃないことは知っていた。しかし、それすら想像することはできなかった。ぞっとした。一瞬、気が狂うのじゃないかと思った。おれはあわてて何かしようとした。

眼の前に警官が立っていた。彼はおれのオートバイを貸してくれといった。どうするのかと訊ねると、彼は二ブロック南の十二階建てのビルを指した。

「あの会社で暴動だ。ワンマン社長が、社員を全部クビにしたから、社員が集団ヒステリーを起して、何度も社長を私刑《リンチ》してる」

警官は仕事ができたことを嬉しがっていた。おれのオートバイをすっ飛ばして南へ去った。

入れちがいに交叉点の西側から、単車がすごい音を立ててやってきた。乗っている男は、まっ赤な口をあけて、何か喚き散らしていた。皆の視線は、ほんの一瞬そちらへ移っただけだった。もう、多少のことには興味を失っているらしかった。単車の男はおれの眼の前を通り過ぎ、書店をちょっと覗きこんでから、歩道ぎわに車をとめ、中へ入っていった。様子がおかしかった。おれはいそいで交叉点を渡り、書店へ駈けつけた。

やはり、女店員が襲われていた。黒革のジャンパーを着た男は、カウンターのうしろへまわり女店員の両肩をつかんで書棚へ押さえつけようとしていた。女店員がソロバンで男を殴ったらしく、珠《たま》が床に散らばっていた。おれは背後から男の二の腕をつかんだ。

「よせよ。まだ、人間だろ」

彼は腕を振り離し、おれに向き直って、わけのわからない罵声をあげ、つかみかかってきた。白眼の部分に血が浮かびどう見ても正気の顔ではなかった。こいつには何をいっても駄目だと思った時には、おれは突きとばされて書棚に頭をぶつけていた。上から大判の宮本武蔵が落ちてきた。女店員が男の頭へ、背後からケース入りの独和大辞典と、編物《あみもの》百科全集を投げつけた。おれは足をあげて、彼の胸を蹴った。彼は向い側の書棚に背中をぶち当ててから、またおれの方へとんできた。おれは彼と組みあったまま仮台の上にころがった。おれが上になり、彼の胸ぐらをつかんで持ちあげ、頭を何度も雑誌の上に叩きつけた。彼は下からおれの首をしめあげた。すごい力だった。意識がおれから遠のきはじめた。

眼の前に警官が立っていた。

振り向くと、さっきの単車が交叉点を書店めざしてすっとんで行くのが見えた。すぐにおれはオートバイの向きを変え書店へ飛ばした。警官が背後で、危いぞスピードを落せと叫んでいた。

単車の男への動物的な怒りだけがあった。頭の中が熱く、口の中が苦くなっていた。女店員があの男に犯されようがどうしようが、おれにはもう、どうでもよかった。とにかくあの男はさっき、おれを殺したのかもしれないのだ。おれは彼を殺してやろうと思った。

衝撃があった。

おれは空中で一転していた。眼の隅に晴れわたった青空が映り、転じてアスファルトの地面が鼻さきにあった。それに額をぶつけたとき、ダンプカーのタイヤがおれのオートバイを轢《ひ》くのを見た。逃げなければ――と考えるだけの意識はあった。だが、動けなかった。

たった数秒間、気絶寸前の状態にしては驚くほど多くのことを考えた。

十分たてば生き返るのだから、一度ぐらい死んでみるのも経験だと思った。しかし、もしこの回がラスト・スピンだとしたら、おれは死んだままだ。おふくろはどうしているだろう。死んだら泣くかな？　泣くだろう。会社の可愛《かわい》いタイピストは？　泣かないだろう。同僚は？　笑うだろう。上役は？　あの男は？　あの子は？

　巨大な重量のタイヤがおれの胸に乗っかってきた。ひとりでに口が開き、舌がとび出した。肋骨《ろっこつ》が折れた。意識が幾百万の飛沫《しぶき》になって、はじけ飛んだ。おれは、おれ自身の心臓の潰《つぶ》れる音を聞いた。

　眼の前に警官が立っていた。

　ほんの一瞬、おれは初めて逆戻りを感謝した。警官におれの死んだのを見たかと訊ねると、彼は蔑《さげす》むような眼でおれの顔を眺め、顔をしかめ首を左右に振り、見たことは見たが、思い出したくないといった。

　さっきの怒りは、跡形もなくなっていた。何もかも、しらじらしく見えた。いちど死を経験したからかもしれない。自分が、どこか変ってしまったように感じられた。

　警官はぶらぶらと交叉点の方へ去った。女事務員がおれの傍へやってきた。露骨な憎しみをたっぷり含ませて、おれの死体を見たといった。

「汚なかったわ。顔中の毛穴から血が噴き出していたわ。口から臓物がとび出していたわ。胸が潰れて、一面に折れた肋骨が突き出ていたわ」

　唇の端を歪めて薄笑いをし、轢かれた蛙《かえる》と同じ恰好だったといい、まだ喋り続けた。

自分以上に馬鹿な人間を見つけて嬉しくてしかたがない様子だった。喋りたいだけ喋ると、彼女はおれに背を向け、後手を組んで鼻歌をうたいながら、歩道をぶらつきはじめた。彼女はおれを徹底的に痛めつけたと思って優越感に満ちていた。

さっきとは違った種類の怒りが、わき起った。しかし、よく考えてみると、彼女もおれを憎んでいた。おれが彼女を無視したからだ。彼女がしばしば、救いを求める眼でおれを見つめていたことに思いあたった。彼女はおれを無視し返すことができなくて憎んだのだ。今のいやがらせは、挑発行為だった。

よし、今すぐここで、この女を襲ってやろうと考え、おれは驚いた。おれはさっき、男に襲われている女を助けてやろうとしたばかりだった。おれは自分を動物だと思った。だがそれでもいいと思った。

——面白い。やってみな。

——お前という奴は変な奴だ。けだものだ。でも、本当にそんなことができるのか？

できるとも。

これがいつまでも続くとすれば、この時間の檻の中で本能を充たして生活して行かなければならないから、乱交が不自然でなくなる。といっても、おれは今、支えきれないほどの衝動にせき立てられているわけでも何でもなかった。ただ動物としての自分を認めただけだった。人間としての矜持《きょうじ》を保とうとして発狂してしまえば、誇りなんかどこかへすっとんでしまう。色情狂になれば尚《なお》さらだ。

考え続けるのをやめ、すぐ行動に移った。

彼女の背中におどりかかった。歩道に仰向《あおむ》きに引き倒したとき、彼女の後頭部が敷石に当ってゴチンと大きな音を立てた。彼女は大きく眼を見ひらいた。恐怖に声も出ないようだった。大きく口を開き息を弾ませた。彼女の腹の上へ馬乗りになった。彼女の息は魚臭かった。口の奥に虫歯が見えた。急に侘《わび》しい気持になった。しかしおれはもう、行動を起してしまっていた。あとには引けなかった。事務服とブラウスを引き裂き、むしり取った。彼女はやっと悲鳴をあげた。

だが、おれに、そんな大それた、大時代な、図太さの必要な力わざができる筈はなかった。

ふたたび衝撃があった。後頭部に火花が散った。彼女の青ざめた顔がぐらぐらと揺れ、ぼやけ、おれは気を失った。

気がつくと、仰向けに倒れたおれを遠まきにして、皆が汚いものを見るような眼つきで眺めていた。おれはまた怒りに駆られてはね起きた。頭の中が赤くなり、白い火花さえ散った。

「誰だ！　おれを殴った奴は！」

女事務員は大学生の肩ごしにおれを見て顫えていた。大学生は彼女をかばい、僕だといって一歩前へ出てきた。決意を眼に浮かべていた。殴り返されるのを予想して頬を引き攣《つ》らせていた。両手を握り固め、顫えていた。

おれは自分のしたことと、しようとしたことを思い出して気分が悪くなった。胸がムカムカして、学生の顔から眼をそらした。吐き気がこみあげ、しゃがみこんだ。敷石の上に嘔吐《おうと》した。泣きながら、その上に転がった。おれは汚い奴だ、そう思って泣いた。手前勝手な理屈が、実際通用すると思った自分が馬鹿だと思って泣いた。おれは、すべての行為が無意味になると勘違いしていたことを知った。意識が続くかぎり、おれの行為は、おれの記憶からも、誰の記憶からも消えないのだ。もう、とりかえしはつかなかった。

人だかりを見て、警官が駈けつけてきた。皆に、何だ何だどうしたのだ、何かあったのかと訊ねはじめた。考えてみると、職務という支えがあるために、彼だけは正常さを失っていなかった。そんな彼に、おれはまた腹が立った。

立ちあがり、咆哮《ほうこう》とともに、汚れた姿のままでおれは警官につかみかかった。彼はおれの姿に一瞬へきえきしてワッと叫び、とび退《の》こうとした。おれは彼の胸ぐらを摑《つか》んだ。彼はあわてておれの足をはらって倒そうとした。おれたちはもつれたままで歩道に倒れた。

取り組みあい、上になり下になりして転げまわった。彼の顔を近くで見ると、意外に年老いていた。力が弱かった。おれが上になり、彼の首をしめあげた。彼は眼尻に涙をため、弱々しい声で助けてくれといった。

何もかも情けなくなった。自分のあらゆる行為が薄ぎたなく思えた。急に何をする気もしなくなった。警官は仰向きに転がったまま、咽喉《のど》に手をあてて呻いていた。遠まきにして眺めていた人間たちが、いっせいに後ずさりした。

警官は立ちあがろうとして、よろめいた。おれは手を貸して彼を起きあがらせながら自分を逮捕してくれと頼んだ。おれはどうかしてるんだ、気が違ったんだといった。警官は何もいわなかった。みじめな眼つきで群衆を見まわし、俯《うつむ》いた。手の甲で涙を拭ってから、眼についたセメントと砂をはらった。その仕草が、みじめで、いたいたしかった。

おれはまた泣けそうになった。おれは悪い奴だ、人非人だと思った。だが警官は、無言のままにうなだれて、交叉点の方へ歩き出した。背を丸めていて、急に老けこんだように見えた。誰にも見られないように、そっとハンカチを出して眼を拭った。泣いていた。その涙がどんな涙なのか、おれにわかる筈がなかった。

自分勝手に作りあげたおれの世界があるのと同じに、警官にだって彼なりの世界があるのに違いなかった。おれはそれを叩き潰したのかもしれなかった。おれみたいな奴は、死んでしまえばいいと思った。だが、死ねないのだ。おれはまた歩道へしゃがみこんだ。

あたりに満ちた静寂——今までの不気味な静けさとは違った、新しい種類の静寂に、考えこんでいたおれは、しばらく気づかなかった。逆戻りがいやに遅いのに気がつき、おれは時計を見た。八時五十三分——おれの時計で八時五十五分！　おれは思わず立ちあがった。あたりを見まわすと、みんながそれぞれの時計を出して眺めていた。時計をお互いに確かめあったり、時計を持っていないものは他人の時計を覗きこんで話しあったりしていた。

呟きはやがてざわめきとなった。

「時間が動き出した！」

「もとへ戻ったんだ！」

ほんのしばらくの間に、交叉点はいつもの活気をとり戻した。

晴ればれとした表情で大空を見あげるもの。ハンドバッグを振りまわしながら歩き出す若い女。緊張から解放されて立ち小便をする男。駈け出す男。やかましく警笛を鳴らしはじめる車。サラリーマン二人は、ゲラゲラ笑いながら相手の背中を力まかせに叩きあっていた。

一瞬、嬉しさがこみあげた。喜びが胸いっぱいに拡がっていくのを味わいながら何とおれは単純なんだろうと思った。だが今は、その単純さが自分で気にいっていた。躍りあがりたい気持だった。

だが、すぐにおれはしまったと思った。自分の汚れた恰好と敷石の上に吐いたおれのヘドを見てから、次に女事務員の方を見た。彼女は引き裂かれたブラウスを見て、泣きそうな顔をしていた。

おれからはすでに、もとへ戻ったことを喜ぶ資格が失われてしまったのだ。皆のように、手ばなしで喜ぶわけにはいかないのだ。

警官がこちらへやってきた。複雑な微笑を浮かべていた。彼は歩きながら手を振りまわし停車したままの車に向かって叫んでいた。

「さあ、走り出せ！　安心して、もと通り走り出せ！　喜ぶのはあとでいいから、動け！　動いてくれ！　ここは交叉点なんだぞ！」

今こそ自分の仕事に生き甲斐を見出したとでもいいたげな楽しそうな様子だった。彼は次第にこちらへ近づいてきた。

おれは彼に、おれの罪を思い出させ、逮捕させようと思った。自分で自分の罪状を数えあげてみた。

騒乱罪。

公務執行妨害。

暴行罪。

まだまだありそうだ。

車がみな、最初はゆっくりと、それから徐々にスピードを増しながら動きはじめると、警官はおれに背を向け、また交叉点へ引き返そうとした。

おれのことを忘れたのかと思ったとき、彼はこちらを向いた。おれの視線に気がつき、彼は真顔に戻ると、一瞬おれの顔を睨みつけた。

そのままで、彼はしばらくためらっていた。やがて、意外なほど白い前歯を見せて笑いかけた。

「よかったな」

そういって、うなずいた。おれも、無意識のうちに、うなずき返していた。

警官は交叉点の方へ去った。おれはゆっくりとオートバイに乗り、あたりを眺めまわした。交叉点にはいろいろなものがあるものだと思った。信号燈、交通標識、交通整理器、時計ポール、街路樹、電柱と柱上変圧器、すずらん燈、電話ボックス、トロリー線、車道と歩道、車と人間。どれも見なれたものばかりだが、今ほどそのひとつひとつに、大きな意味を感じたことはなかった。

サラリーマン二人が、もう会社なんかどうでもいい、そうだ行くな行くなと喋っていた。それから大学生と女事務員にお茶でも飲みに行こうと誘いかけていた。彼らは顔を見あわせてうなずきあい、おれの方を横目で見て何か相談しはじめた。大学生がこちらへやってきた。

おれは誘われないうちにオートバイをスタートさせた。なんてお茶を飲むのが好きな人種だろうと思った。だいいち、お茶なんかいっしょに飲みに行ってどうするんだ、何も話すことなんかないじゃないか——しかしそれは、自分自身へのいいわけに過ぎなかった。ほんとのところ、おれはすごく照れていた。照れている自分がはずかしくもあり馬鹿らしくもあった。それから嬉しくもあり、何となく悲しくもあった。

この事件の原因をいろんな人間が、いろんな具合に臆測することだろうと思った。しかし、原因がわかったにしろわからないにしろ、再び起らない限り、やがて皆の記憶から薄れ忘れられて行くに違いなかった。おれにしたってそうだが、思い返したくない事件だった。早く忘れたかった。

歩行者は皆、あたりをさも珍らしげに眺めまわして歩いていた。煙草屋の前を肥った親爺が、傘を振りながら鼻歌をうたって歩いていた。さっきからの自分のさまざまな醜態を、思い出さないように努めているかのようだった。

かどを左折し、喫茶店の前を通りポストのある次の辻を右折した。そこから二、三十メートルの車道では、道路工事をしていた。小さな石橋を渡りきり、不動産屋の多い商店街の手前をまた左折した。おれの行先である証券会社の看板が見えてきた。おれはもっと走り続けたかった。しかしどんな天変地異が起ろうとどんなに服が汚れていようと、九時には必ずそこにいなくてはならない理由があった。

ふたたび時間が、おれを追いかけはじめていた。

らない下水道が、そこに眠っている。赤く錆
ひついた洗滌扉に閉ざされ、防潮扉
に吐口への道を塞がれて、黒い
腐った水は巨大な地下水
道の底にじっとして
動かない。闇のひ
ろがりの中に、
阻水扉もバ
ルブも息
をひそ
め て
たた
す

む。
光の
ない
世 界。
もののか
たちのない
世界。彼らは
そこにいたのだ。
ミオは意識を研ぐ。
彼はいま、願望に自我
を強化させ、闇の中に意識
を発散させている。そして漂う無
数の意識を受容しようとしている。敵の

れらが重なりあって——。(バクーはどこに
いる?)(いま、眠っている)(今
バクーは夢を見ている)(あ
あ、俺たちを食べる夢
を見ているんだ)
たちのおののき
(食いたい——
柔らかな
ごたえ。
の間
の
う
鼠
口

まれ。
バクーを殺せ)ミオの妻も、生
ーを殺せ)(みんな、復讐だ。
クーをやっつけるのだ。バ
ものの見る血の夢。(
怪物——大口の化
ーの食慾。残忍
味——)バ
ろがる血
咽喉に
断末
さ
の
中
の

大都会。

陽光に、白い壁面とブルーペンのガラスを煌《きら》めかせて林立する摩天楼《まてんろう》。その窓を、ななめに覗いて飛びかうヘリコプター。ピンクの朝と乳色の昼、やがて琥珀《こはく》の夜。

地上一階。――歩道に群れた人びとを招く明るいショーウインドウと挽《ひ》きたてのコーヒーの香り。電話とビールの昼。ネオンとカクテルの夜。車、車、車。排気ガスと香水が混りあった奇妙な臭気。集まってきてはその野心の大きさを互いに確かめあおうとする世界中の人びと。警笛の中の黒い女とモダンジャズの中の白い男。

地下一階。――熱気。ときおり轟音《ごうおん》の混る喧騒《けんそう》。電車がひと息ついてうずくまるターミナル・ステーション。切符売場の混乱。息せき切って走る人と階段を上っていくなまあたたかい風。ホットドッグの匂いと新聞売りのあわただしい指さきの動き。「お釣りがありません！」発車のベル。

地下二階。――ベンチの足もとのバナナの皮。地下鉄のドアの開閉。新聞紙の輪舞と浮浪者の黒いあごひげ。落花生の匂いと娼婦《しょうふ》たちの肌の匂い。花の死体。落ちていた空っぽの定期入れ。両端を赤くまたたかせた後に、やがて消える蛍光灯。換気装置の唸《うな》り。

地下三階。——赤い眼を光らせて排水孔を行くどぶ鼠《ねずみ》。腐敗した果実と野菜の臭気。地下から細い穴を伝って落ちてきた書類。破られた納品伝票と丸められた資材明細書。塵芥《じんかい》処理場の搬出口を出てスロープを行くトラック。ホテルの従業員たちの冷たく湿った小さなベッド。

地下四階。——ビルの配電盤。常夜灯に光る無数の計器。その冷たいガラスの面の水滴。デパートのボイラー室。ダクトのの〻〻たくり。冷気と鉄錆《てつさ》びの匂い。モーターのかすかな唸り。天井からしたたり落ちる水がコンクリートの床にたてる音。

地下五階。——下水道。丸い排水孔。黒い孔口の空虚さ。マンホールから落ちてきた光の点を表面にゆらめかせて流れる水。更に大きな排水渠《はいすいきょ》へ流れ込む水。分水路に入り、溢流堰《いつりゆうせき》を越えて流れ続ける水。よごれ切った水。

更に地下へ。……黒い水は、直径何十メートルもの巨大な地下水道をたゆたう。ヌルヌルしたコンクリート壁に囲まれその大きなカマボコ型の底辺を、水は河の吐口《はきぐち》へとゆっくり近づく。汚物を浮かべ、紙きれを溶かし、木片を舞わせながら、流れて、流れて——。空っぽのビール瓶や、レッテルの落ちた空缶《あきかん》が流れのほとりに漂い着き、足を汚水に突っこんで立っているパイプの梯子《はしご》にまといつく。ただ暗黒。ただ静寂。汚水の澱《よど》むそのあたりは闇である。

更に地下へ。……忘れられ、今は廃坑になった、誰も知らない下水道が、そこに眠っている。赤く錆びついた洗滌扉《せんじょうとびら》に閉ざされ、防潮扉に吐口への道を塞《ふさ》がれて、黒い腐った水は巨大な地下水道の底にじっとして動かない。闇のひろがりの中に、阻水扉もバルブも息をひそめてたたずむ。

光のない世界。もののかたちのない世界。彼らはそこにいたのだ。

ミオは意識を研《と》ぐ。彼はいま、願望に自我を強化させ、闇の中に意識を発散させている。そして漂う無数の意識を受容しようとしている。敵の意識、味方の意識、鼠たちのささやき、巨大なバクーのなまなましい慾望《よくぼう》、ミオの同類たちの思考。それらが重なりあって——。

（バクーはどこにいる？）

（いま、眠っている）

（今、バクーは夢を見ている）

（ああ、俺《おれ》たちを食べる夢を見ているんだ）

鼠たちのおののき。

（食いたい——。柔らかな歯ごたえ。歯の間にのたうつ鼠。口の中の小さな断末魔。咽喉《のど》にひろがる血の味——）

バクーの食慾。残忍な怪物——大口の化けものの見る血の夢。

（バクーをやっつけるのだ。バクーを殺せ）

（みんな、復讐《ふくしゅう》だ。集まれ。バクーを殺せ）

ミオの妻も、生まれたばかりの子供たちも、みなバクーに喰われたのだ。ミオは悲しみの記憶を呼びもどし、憎悪に身もだえようとする。そうだ、バクーを殺そう。みんな集まれ。生き残ったものはみんな――。

復讐心に燃えたけり、憎悪に身を焦がす、数十匹のミオの同類たち。闇に生まれ、闇に育って、その視力は、すでに幾世代も前から失われていた。矮小《わいしょう》な眼窩《がんか》の奥に退化して、今は用をなさない眼球。そして光のない世界に、身体中《からだじゅう》の色素を失ったかれら……白銀の長い体毛、花びらのように透けた大きな耳、柔軟な、小さい体軀《たいく》に、四肢だけが異常に発達していた。

かれら、白い盲目の群猫。

みんな、ミオの無言の呼びかけに応じて、ミオのもとへ集まってくるのだ。水音が近づく。黒い水面に浮かびあがり、跳ね、泳ぎ、沈みながら、次第に近づいてくる大勢の同胞。しぶきをあげ、泳いで、泳いで――。

（みんな、いそげ）

（ミオのところへ）

（バクーを殺そう）

尾をバクーに喰われたもの、片足を噛《か》み取られたもの、ほとんどがバクーの犠牲者だった。いずれも狂気に似た身のくねらせ方で泳ぎ続ける。まるで喰い殺された同胞たちの怨霊《おんりょう》がのり移ったかのように――。ミオの発する意識を頼りに、彼らは、小さな行き止りの分水路に身をひそめる統率者ミオのもとへと急ぐ。

ミオは立ち上がる。周囲に群らがった仲間たちの意識を、よく訓練された自我の受容部位で選択する。よく訓練された上位自我によって、発すべき意識を選択する。

（みんな集まったか？）

（みんな集まっている）

（バクーは寝ているか？）

（バクーはまだ寝ている）

（よし、みんな、バクーを殺すのは今だ）

（どうするのだ？）

（バクーを起さないように、そっとバクーに近づくのだ）

（よし、みんな、意識を隠せ）

（そうだ、みんな憎悪を隠せ）

意識の流れは途絶える。充満していた思考と感情の渦は霧消し、何かが起ろうとしていることを本能的に悟った鼠たちのかすかな思考の断片だけが残る。鼠たちは恐れおののき、壁の隅に重なりあいながら、盲目の白濁した瞳を闇に向け、白い体毛を顫《ふる》わせ、互いに抱きあう。バクーに襲われ、猫たちに襲われ、鼠たちにとっては、今まで、気の安まる時は一瞬もなかったのだ。いずれはどちらかの餌食《えじき》になる命なのだということを、彼らはよく知っていた。それは何十代も前から受け継いできた知識だった。

ミオとその仲間たちは、白い小さな頭部と傘のように頭上にひろがった大きな耳だけを黒い水面に出し、身をくねらせてひそかに足掻《あが》きながら、そっとバクーに近づく。見ひらいた盲目の瞳は死魚の鱗《うろこ》。カッと裂けた口腔《こうこう》の赤さ。敵意の堆積。意識を隠しているとはいえ、猫たちの身体中の毛穴から呼気から、絶えまなく吐き出された憎悪の炎は、絶えずあたりに発散する。そのエネルギーは意識への強い圧迫感となってバクーに押しよせ、彼の眠りを妨げる。

バクーは前意識からなだれこんだ恐愕夢《きょうがくむ》に眼ざめた。

(何だ！　何ごとだ！　何がやってくるのだ！)

あたりに充満する意識の断片を拾おうとして、バクーは焦る。近づきつつある敵意。

(奴ら！　俺を襲う気なのか！　本当か！)

バクーには信じられない。彼らの意識を読もうとする。だが、思考は隠されていて、感じ取れるのは敵意だけだ。バクーは彼らの持つ自分にない能力を一瞬呪う。

猫たちはいつの頃からか、自分たちの意識を隠すことを憶《おぼ》えたのだった。身を守るためにその能力を身につけたのだ。だがバクーは意識を隠せない。彼は今まで、自分の身を守る必要がなかったのだ。彼は闇の世界の帝王だった。この暗黒の小宇宙の神だった。少なくとも、今まではそうだったのである。

（あんな小さな、弱い奴らが、この俺を！）

バクーは少したじろぐ。不気味さ。彼らの考えていることが、まったくわからないことから、次第にふくれあがってくる不安。

（よし、来るならこい！）

猫たちの思いがけない反抗に、盲目の白い巨大な鰐《わに》、老いたバクーの、原始的な、攻撃慾の血はたぎる。

彼は立ちあがった。皺《しわ》だらけの、不恰好な短い四肢を、重そうに動かし、岸辺のコンクリートに腹をこすりつけて這った。そしてゆっくりと黒い水の中にその長い巨体を沈めた。腐った水の中を泳ぐため、バクーの腹部の皮膚は、血の色に爛《ただ》れきっている。彼は、鎧《よろい》のような白い背の中央に二筋に突起した、背びれのような骨板を水面に突き立て、白い陶器のような大眼球を闇に向けて突き出し、左右からひらたくされた尾をゆるやかに動かして、鼻孔すれすれの水面を分け、猫たちに向って泳ぎ始める。

憎悪と憎悪、攻撃慾と攻撃慾、敵意と敵意が接近する。

闘争のときはせまる。幾世代にもわたる迫害者と被害者。喰う種族と喰われる種族。長恨。宿命の対決。

かつての日、この地下水道にたどりついた二匹の野良猫。ミオたちの先祖。偶然が彼らをここに閉じこめてしまったのだ。彼らは繁殖し、どぶ鼠たちの安逸な生活を恐怖の淵に追いこんだのだった。

そして、バクーの先祖がやってきた日――。その白い小さな五個の卵ははるか地上の動物園からやってきた。鰐舎の排水孔からころげ落ち、腐水に洗われ、ボイラー室の下水で温まり、勾配を滑り、この廃坑に流れこんできたのである。孵《ふ》化《か》したのはその中の三個だけだった。彼らは鼠を喰い、繁殖し、猫を食い、成長した。やがて餌が欠乏した。意識を感じ取る能力を、その頃はまだ持たなかった彼らは、自分たち全部が生きて行けるだけの猫や鼠を捕えることができなかった。彼らはやがて同胞を喰い、自分たちの生んだ卵さえ喰った。

それから幾世代……。幾十年……。

生き残った、ただ一匹の鰐、バクー。そして生き残った猫たちと生き残った鼠たち。生きるために、彼らはもとから持っていた鋭い嗅覚や、帰巣本能を極度に発達させ、遂には超能力を持った。

精神感応力《テレパシイ》。

知性の乏しい、しかも視覚を持たぬ彼らにとって、それは最初、獲物の所在を知り、身の危険を感知し、味方を嗅ぎわけるための手段にしか過ぎなかった。だがやがて、お互いの感情のすみずみまではっきりと、しかし視覚を伴わない抽象的なかたちで認識できるようにまでなった。あらゆる欲望の種類を、意識波の振幅で嗅ぎわけ、憎悪の、愛情の、意志の、恐怖の、それぞれの強さと種類は、自己の意識に投影されたパターンによって類別した。

闇の生存者、白いけだものたちの闘いは、意識と意識、超能力と超能力の闘いなのだった。

だが、今。

それは巨大なものと、あるひとつの衝動に結ばれた集団との、力と力の闘いに変っていた。

盲目の白い群猫、ミオとその仲間たち。怒りにピンと立った耳をいっせいに前方に向け、憎しみをあらわにした彼らはギャーギャーと叫びながらバクーに近づく。

(奴はこちらへやってくるぞ)

(俺たちは負けない。絶対に)

(俺たちは大勢だ。負けない)

(俺たちは巨大だ。奴よりも)

地上は雨期だった。

集中豪雨に覆われ、大都会はしぶきに顫える。嵐の咆哮《ほうこう》が町の悲鳴をかき消して――。

街路樹がくねる。緑の葉が剝《は》ぎ取られていく。ビーチテントの前垂れが吹きちぎられ、透光看板やネオンの破片が、アスファルトに叩きつけられる。雨戸が、傘が、レインハットが、地面をこすりながら這い、舞いあがり、ななめに飛び、ビルの壁にへばりつき、やがて地上の濁流に呑《の》まれ、その濁流は渦巻き、しぶき、流れて、流れて――。

泥とまじりあった黄色い水は地を走り、車道の、歩道の、屋内の、ありとあらゆる穴へなだれ込み、遂には、地下鉄への階段に滝を作り、蓋の流された排水孔の上に渦巻き、どぶ鼠たちを溺《おぼ》れさせ、塵箱《ごみばこ》代わりのドラム缶を押し流してしまう。

「洪水だ！」

「洪水だ！」

「わあ、おもしろいな！」

「これ！　出てはいけません！」

地下商店街――鎧戸――営業休止。冷暖房設備――故障。終着駅《ターミナル》――乗り入れ不能

――折り返し運転。地下鉄――浸水――運行停止。

小さな排水孔は、流れてきた汚物で詰まり、水を堰《せ》き止める。地上の水嵩《みずかさ》は増し、街路はすべて水路となり、水勢はとみに強まる。

下水道のせせらぎと、地下水道のたゆたいは、すでに激流に変っている。分水路に咆哮し、溢流堰にしぶきをあげ、自動洗滌扉をはねあげ、最後には吐口から河の中へ、あらあらしくのめり込む。河は濁流となり、岸壁に巻き返り、橋桁に波がしらをぶつけながら、河口へと、流れて、流れて、流れて――。

（みんな潜れ！　潜れ！）

（奴の背中の皮は固いぞ！）

（奴の腹の皮膚を破れ！）

（奴の咽喉に喰いつけ！）

ミオは鼻さきに迫ったバクーの残虐な意識を受容し、まっ先に水中へ潜る。浮きあがる途中で身体を半転させる。バクーの咽喉部の、厚いゴムのような皺だらけの皮膚に、しっかりと爪を立てる。牙をむき、喰いつく。

飛沫《しぶき》。

水面から躍りあがり、虚空の闇に転回するバクー。白濁した眼球に、たちまち赤い充血。自分の腹に太い尾を叩きつけ咆《ほ》えるバクー。咆哮は闇にこだまし、廃坑いっぱいにひろがる。頭から水中に突っこみ、身を顫わせ、バクーは足掻く。

ミオは彼の皮膚を喰い破ろうと、けんめいに頭部を振る。怪物の顎に、腹に、鈴なりに喰いついてぶらさがった白い猫たち。バクーは大口を開き、猫たちの身体を求めて、赤黒い口腔内に、上下二列にはえた三角の歯を嚙みあわせる。牙のかち合う音が、ガランとした坑内にうつろに響く——。

化けものの尾に背骨を打ち砕かれ、水底に沈んでいく猫。——断末魔。頭蓋骨《ずがいこつ》を巨大な顎に潰《つぶ》された猫。——その断末魔。意識内の絶叫。ぱっくりと口をあけた虚無への沈潜。生あるものにとって、身の毛もよだつ混沌《カオス》への帰還。その恐ろしさにミオは身を顫わせる。恐怖を感じまいとして、更に強くバクーの咽喉に武者振りつく。

(ああ！　俺は下半身を喰われた！)

(ああ！　俺もやられた！　ここで死ぬのか！)

(ああ！　沈んでいく。ミオ！　仇《かたき》を討ってくれ！)

次つぎと殺されていく同胞。水の中にひろがる群猫の血。立ちこめる血の匂い。

腐った水の飛沫と血しぶき。

遂にミオはバクーの咽喉の皮膚を喰い破る。バクーの前肢《まえあし》の爪があわただしく水を掻く。だがそれはミオの身体には届かない。ミオは怪物の血を味わう。苦く、熱く、青臭い。

(やった！　俺は貴様の皮膚を破ったぞ！)

バクーにだけ向けられた、ミオの意識の雄叫《おたけ》び。バクーは呪いと憎しみをこめた意識をミオに投げ返す。

(俺を傷つけたな！　大それた奴だ！　どうなるか見ていろ！)

バクーは水中に潜り、コンクリートの河床に、ただれた腹部の皮膚をこすりつける。ミオの背中の皮膚は破れ、露出した脊椎骨《せきついこつ》は荒いコンクリートの地肌でじかに擦《こす》られる。

ミオは歯をバリバリと噛みあわせ、バクーの顎の肉を喰いちぎり、頭部を肉と肉の間へぐいぐいと突っ込む。のたうつバクー。ミオは血潮に鼻孔を塞がれ、窒息しそうになりながらも、バクーの気管を喰い破ろうとする。バクーもミオも、今は憎悪を忘れ、恍惚感《こうこつかん》を伴った苦痛の中に、自ら没入しようと努力していた。

他の猫たちはことごとく屍体《したい》になって水に浮き、闘争はいつか、ミオとバクーの決闘に変っている。

ミオがバクーの気管を噛み切ったとき、バクーの全身の力は抜け、同時に、バクーの血を肺いっぱいに吸いこんでしまったミオの全身の力も抜けた。激情のあとの、蒼白《あおじろ》い虚脱。二匹はぽっかりと水面に浮かびあがりながら、意識を朦朧《もうろう》と相手に送る。

ミオは、彼の知る限り、この世界での最強者であったバクーを、死に至らしめたものが、他でもない自分なのだというはなやかな自認の中に甘く身を浸し、一瞬バクーを惜しみ、哀れむ。

（ああ、バクー。俺は嬉しいんだ。俺がお前を、殺したんだぞ）

　バクーはミオの大きな執念に、今さらながら舌を巻く。小さなミオの持っていた大きな闘志への賞讃の意識。それはいつか情愛に似たものに変化している。彼はミオが自分と共に死んでいこうとしていることを知り、生まれて初めて、ほんの少しの罪悪感を抱く。

（ミオ、お前はよくやった）

　ミオの複雑な喜びと、共に死に行く者への親愛感。

（わかってくれたのか、バクー。お前もすばらしい怪物だったな）

「本部長。河への吐口は水面下に没している場所を除いて十四カ所全部閘門《こうもん》を開きました」

「本当にそれで全部か？」

「実は一カ所、錆びついて開かない扉があります」

「止《や》むを得ん、その扉も破れ、メタンガスに気をつけろ」

「わかりました」

河口に近いその扉を破ったとき、人間たちは見た。流れ出た多数の、白い大耳の猫の屍体を。そして巨大な白い鰐の屍体を。鰐の咽喉部には、山猫ほどもある大きな一匹の猫が喰いつき、傷口の中へすっぽりと頭部を突っこんでいた。

まるで抱きあっているかのように見えるその二匹の屍体は河の中央の水面にぽっかりと浮かんで流れる。

嵐はやみ、空は晴れあがっていた。

夏空の大きな白い雲と、河岸の緑の樹々を映した河は、二匹の屍体をゆっくりと海へ運ぶ。蒼空に白い腹を向けたバクー。その胸に抱かれたミオ。白い花のように浮かんだ猫たちの屍体に周囲をとり巻かれ、二匹は川面をたゆたう。血の匂いに集まった小魚に身体を突つかれながら……。徐々に内臓を腐らせながら、そして徐々に白骨となりながら、河口へと、流れて、流れて——。

トンと動き、それからゴトゴトと動いて、止
まってしまった。おれはスイッチ・ボ
ックスのカバーを取りはずして
中をのぞき込んだ。背後
に人の気配がした。
振り向くと、若い
男がパネルの
上に立って
いた。に
やけた
顔の、
品の
な
い
男
だ。
髭を
剃った
時につ
ぶしたら
しいニキビ
の痕が唇の上
で化膿している。
腹をこわしている
らしく、唇の皮膚がひ
び割れている。誰だと訊ね
ようとして、よく見て驚いた。彼
はおれだった。彼は訊ねた。「どうしたん

チューリップ・チューリップ。

ここへ呼びよせられちまったんだ。つまりお
れは、お前さんがスターターを押す
瞬前のお前さんだ」おれもそ
う思っていたところだ
た。自分の考えを
きに喋ってし
われると腹
立つ。おれ
ムカム
した。
け
よ
考

み
れ
ば
じ人
なのだ
ら、考え
ことが同じ
のは当然だ。
にかく、ヒューズ
太いのにとり替え
もういちど始動スイッチ
入れると、またショートした。
れは四人になった。四人はパネルの上

クランクケースにパッキンを介してカバーをボルト結合。最後の一日はそれだけに費した。

固形燃料をカチ割りにしてぶち込む。時間を航行しはじめると、その摩擦だけで、これが始終爆発し続けるわけだ。一次チェンから四次チェンまで点検してから、おれは煙草《たばこ》に火をつけた。

たとえ動かなくても、浪費した金《かね》と時間を悔むつもりはなかった。作ろうという意志が、おれにとって無意味ではなかったからだ。以前、ステレオマニヤだった頃は、買い集めたブラームスをろくに聞きもせず、雑音が聞こえるかどうかにだけ神経を尖らし、組み立て直しばかりしていた。だが、それも無意味ではなかったと思っている。無意味なことは他にいくらでもあった。

おれの内的世界にかかわりのあるものはおれにとってすべて意味があり、おれの内的世界とおれの外部の世界は、ほぼ同等の価値があった。外部の世界の中では、おれに関係したものだけが、おれにとって重要性を持っていた。おれが必要としないものは、国会の予算編成委も北ベトナムもリーグ戦も無価値だった。おれにとってもっとも価値のあるものは、もちろんおれだった。

　そうだ。おれにとってこの世界には、おれに関係のない無意味なものが多すぎた。いわばこの灰色の、カビ臭い、不協和音と頭痛の、いらいらする、おれを除外しようとたくらんでいる、非常にいやらしい外部の世界というものを忘れるために、おれはこの機械を組み立てはじめたのだ。そうでもなければ、二年ほど前に科学畑の友人からタイム・マシンの架空原理を聞かされたとき、これはひょっとしたら作れるんじゃないかなどと、思わなかったに相違ないのだ。そんな馬鹿なと、笑いとばしていたに違いなかった。聞かされている途中から、頭の中に大ざっぱな配線図や部品の入手先などが浮かび出してきたのだから、いわばそんなおれの作ったこの機械は、現在のおれの内的志向にぴったりの機械だった。この機械は、おれだった。

　もしこの機械が動いたら、過去へ行くことにしていた。パラドックスが好きだったからだ。おれの敵は退屈と合理主義だった。さらに可能なら、過去の世界を征服したかった。征服可能な世界は、ちょっと歴史を裏がえしに読めば無数にあるように思われた。おれはおれの征服した世界を持ちたかった。それにこれは至上命令でもあった。おれの自我がおれに命令したのだから至上命令だ。誰がなんといってもそうだ。笑ってはいけない。誰でもそうだ。チャーリイ・ミンガスは好きか？　聞いてみろ。彼のレコードのタイトルは「ミンガス・ミンガス・ミンガス・ミンガス」。彼は「おれが、おれが、おれが」と演奏する。

この機械がもし動けばそのまま過去へ向かうつもりで、おれは銅板のパネルの上に乗った。日曜で会社は休みだし、もし帰って来たくなれば、出発した時間に帰って来ていればいい。出発する前にだって帰って来られる。

煙草を捨てた。

スターターを押した途端に、ショートした。パネルがゴトンと動き、それからゴトゴトと動いて、止まってしまった。おれはスイッチ・ボックスのカバーを取りはずして中をのぞき込んだ。

背後に人の気配がした。振り向くと、若い男がパネルの上に立っていた。にやけた顔の、品のない男だ。髭《ひげ》を剃《そ》った時につぶしたらしいニキビの痕が唇の上で化膿《かのう》している。腹をこわしているらしく、唇の皮膚がひび割れている。誰だと訊《たず》ねようとして、よく見て驚いた。彼はおれだった。彼は訊ねた。

「どうしたんだ？」

おれが、ショートしたらしいと答えると彼はうなずいた。

「それで、ショートする前のおれが、ここへ呼びよせられちまったんだ。つまりおれは、お前さんがスターターを押す一瞬前のお前さんだ」

おれもそう思っていたところだった。自分の考えをさきに喋《しゃべ》ってしまわれると腹が立つ。おれはムカムカした。だけどよく考えてみれば同じ人間なのだから、考えることが同じなのは当然だ。

とにかく、ヒューズを太いのにとり替えた。もういちど始動スイッチを入れると、またショートした。おれは四人になった。四人はパネルの上で考え込んだ。

「また、ヒューズか？」

「また、ヒューズだ」

おれ自身の匂いがぷんぷんした。体臭と整髪料と、すえたコーヒーの、混った匂いだ。いやな匂いだということが、初めてわかった。こんなおれに対して惚《ほ》れた女がいたということがちょっと不思議になった。わからないものだと思った。だけどおれは女じゃないから、こんなおれの何処《どこ》に惚れたか判断のしようがない。きっとおれにわからない、いいところがあったんだろうと思って、自分をなぐさめた。そうでも考えなければ発狂しそうだった。見たところ、悪いところばかりのように思えたからだ。

「一瞬間だけは作動するらしいな」

「ああ、おれたちが増えてるものな」

みんな、何かいうたびに、どうしてこんな、わかりきったことを喋ったのだろうという自己嫌悪に陥るらしかった。故障の原因がわかったのも四人同時だった。さっそくパラドックスのお越しだ。スタートと同時に、機械は始動一瞬前に逆戻りして停《と》まるのだ。

「やりなおし」

おれたちはすぐ修理にかかった。四人でやる仕事だから早い。ときどき同じことをやろうとして鉢あわせをした。

おれは自分のことを、今まで好男子だと思っていた。それはたしかに、一応は鼻筋が通っていて色も生白い。だがそれだけに、鼻につき始めると厭味《いやみ》この上なしだ。のっぺりした二枚目が信用されず、同性から嫌われるのは無理もない。美男子といわれている男に、ろくな奴《やつ》がいないという定説もなるほどとうなずける。

「その、妙な咳をするのはやめろ。いらいらする」

「お前さんだって、やってるじゃねえか！」

みんな必要なとき以外は、なるべく喋らないようにして仕事に没頭した。何かいえば、喧嘩《けんか》しそうだった。おれが、ひょいと顔をあげると、たいてい誰かが、やはり生白い顔をあげて、こちらを見ていた。そんなときは、すぐ眼をそらせた。ニヤリと笑いでもしようものなら、たちまち殴りあいが始まりそうだった。鏡の部屋にいるような気持だった。

変速機の隣りに、恒常維持ドラムを据えつけた。おれは機械の腹の下にもぐりこんで、それを時間軸転位バルブに接続した。

「上から、横のシャフトを動かしてくれ。もうちょい。お、もうちょい。よし、それでいい」

仕事は夜の二時に終った。腹が減っていた。おれたちは部屋のドアをそっとあけ、足音をしのばせて、アパートの階段をおりた。商店街の中華料理店へ入ると、店主がおれたちを見てアイヤと叫んだ。

四人とも同じ金額の小銭しか持っていない筈《はず》だったから、おれはちょっと心配した。もし四人とも過去へ行けなくて、あのアパートの八坪あまりの部屋で生活しなければならなくなったら、たいへんなことになるに違いなかった。おれはもうこれ以上、ほかの三人を見たくなかった。だらしのない服装、陰険な眼つき、口でいえないほどのちょっとした癖、それがたとえようもなくいやだった。初対面の人間から、たびたび警戒された理由ものみこめた。会社には三人ばかり女友達がいる。まったく、こんなおれに、よくガールフレンドができたものだと思う。他の三人も同じことを考えているらしく、お互いの顔を上眼づかいにちらちら見ながら鼻息を荒くしてラーメンをズルズルとすすっていた。前の奴の鼻汁が碗《わん》の中に落ちそうになっていた。おれはあわてて鼻汁をすすりあげた。他の三人もいっせいに鼻汁をすすった。それからいっせいに、咽喉仏《のどぼとけ》をカクリと動かして、その鼻汁をゴクリと飲みこんだ。ラーメンは少しもうまくなかった。痰壺《たんつぼ》の痰をズルズルすすって飲みこんでいるような気がした。

おれの自我は自分に似たいやらしいものを今まで否定してきた。考えてみれば、いやらしいと感じたものの中にはすべて、何らかの意味でおれの一部分が含まれていた。ところが今は似ているどころか相手はおれ自身なのだから、その嫌悪感は最高だ。おれが世界中の誰のそれよりも、いちばんよく知っているおれ自身の醜悪でうす汚ない生理が、牙をむき出しておれ自身に挑みかかってきていた。いっしょに生活して喧嘩にならない筈はなかった。

四人がふたたび部屋へ戻ってくると、ひどいことになっていた。奥の壁ぎわで、機械がひっくり返っていた。部品があちこちにはじけとび、銅のパネルは歪んだ上、過熱してまっ黒けになっていた。そこは、おれたちが機械をセットした場所の反対側なのだ。もとの位置には、もと通り機械が据えられていた。

こわれた機械の方では、コイルや計器に埋まって、さらにもう四人のおれが、ぶっ倒れたままウンウン唸《うな》っていた。皆怪我《けが》をしていた。おれは、自分のしかめっ面と、のびた時の蒼《あお》じろい顔と、苦痛に歪んだ表情を見て、気を失いそうになった。こんないやらしい、ぞっとする顔は、かつて見たことがなかった。血の匂いが鼻をついた。おれたち四人は、おれたち四人を抱き起して、ベッドやソファに寝かせ、簡単な手あてをした。一人がおれたちに訊ねた。

「お前さんたちは何だ？」

「ラーメンを食べて帰ってきたら、お前さんたちが転がっていた。お前さんたち、何故《なぜ》ここにいるんだ」

　彼はぼそぼそと説明しはじめた。

「おれたち、ラーメンを食べて帰ってきてから、機械に乗った。動き出してから、このアパートが一年前にはなかったことを思い出した。この部屋の高さから地面めがけて墜落することになる。あわてて空間移動レバーを引き、ハンドルを右へ切ったら壁にぶつかった。遮断ソケットのプラグがはずれていたんだ」

　それにしては、壊れていないままの機械がもうひとつある理由がわからない。どういうパラドックスなんだろうと考えたが、人間が増えたのだから機械も増えたのだろうという、おかしな理屈以上のことは思いつかなかった。考えるべきことが、たくさんありすぎた。

「どうする？」

「この無傷の機械に乗って、皆で行こう」

「まてまて、こいつ、八人は乗れないぞ」

　急に八人が同じことをワイワイ喋り出した。いやな声だ。それに、自分にしか聞かせる必要のない独白を、馬鹿みたいに大声で喚《わめ》いているのだ。おれが腹を立てて、うるさい黙れと叫ぼうとすると、皆がいっせいにそれをやった。おれたちは思わず耳を押さえた。おれの毒気が部屋に充満していた。吐き気がした。

誰かがいった。「そうだ、こうしよう！」

他の七人がいった。「うん、そうしよう」

説明する。つまりおれたちは、五人と三人に別れることにしたのだ。五人はここへ残り、全員が充分乗れるような機械を組み立てる。残りの三人は未来へ行き、その機械を受けとり、それに乗って現在へ戻ってきて五人を拾う。そして全員で過去へ行くという段取りだ。

「そして世界を征服するのか？」

ひとりがそういうと、全員何ともいえぬ顔つきで苦笑し、赤面した。

「別に、はずかしがることはないんだ。そうだろう？」

皆、いっせいに虚勢をはった。「そうだ、そうだ」

おれ自身は、あとに残る五人の組に入った。一週間以内に機械を組み立てることにしたので、三人は来週の日曜日へ向かうことになった。

出発組の三人は機械に乗った、方向指示ダイヤルをFに調整し、超時比を1：168にした。主観時間の一時間で、一週間後に到着するのだ。点火し、スターターを押したが、またパネルがゴトゴト鳴っただけだった。

「始動不良だ。チョークを密閉しろ」

今度はうまく作動した。機械と、パネル上の三人の姿がかすみ、やがて消えた。

あとに残った五人は、バラバラになった部品の山を眺めて嘆息した。ふたたび、会話体の独白だ。

「これ、一週間で組み立てられるか？」

「新しい部品を、だいぶ買わなくちゃな」

「貯金はもう、あまりないぞ」

「だいいち、五人で一週間、食いつなげるのか？」

「あさって、給料日だ」

「それで思い出した。明日から、誰かが会社へ出勤しなくちゃいけないんだ」

「おれはいやだ」

「おれもいやだね」

「皆、いやにきまってるさ」

「交代で行こうか？」

「ややこしくなって、つじつまのあわんことがもちあがるんじゃないか？」

「そうだ。それに、帰ってきてから次の奴に、事務の引き継ぎをしなくちゃならない」

「ひとりに決めた方がいい」

「じゃんけんにするか？」

「同じ人間がじゃんけんをして勝負がつくだろうか？」

「じゃあ、くじ引きだ」

くじ引きで負けた奴は、次の日から、徹夜明けの眠い眼をこすりながら出勤した。

残りの四人は、昼夜ぶっ通しで仕事をした。

仕事をしながら考えた。

おれは自我が強く、幾分ナルチストだ。それなのに何故、他のおれを嫌うのか？他のおれを嫌うということは自己嫌悪だ。自己愛とは両立しない。他のおれたちにしたって、おれを嫌っているに相違ない。どうせ皆自分自身だ、抱きあって寝たってよさそうなものなのに、声を聞くのさえ腹立ちの種だ。不思議なことに、おれがおれ自身を愛する気持は、以前通り残っている。他のおれを憎む気持が強まれば強まるほど、おれの自我は強固になるようである。人間とは勝手なものだと思った。ヒューマニズムなんてあるものか——おれは確固とした信念をもって、そうも思った。自分と同じ人間を憎んでいて、どうして他の人間を愛せよう。

隣りで仕事をしていたおれが、おれに訊ねた。

「お前さん、あの、背中のできもの治ったか？」

「いや、まだだ」

「へえ、おれは治ったぜ」

おれがじろりと睨《にら》みつけてやると、彼は弁解するようにいった。

「そのかわり、例の水虫が、またひどくなりやがって……」

遠くにいたおれが叫んだ。「そんな話、やめろ！」

おれも、気がくさくさした。

また、ある晩、仕事の手をとめたおれのひとりが立ちあがって、不思議そうにあたりを見まわした。

「何故、おれはこんなことをしている？」

「一週間めに、あの三人に機械を引き渡すためだ」

「何もあの三人を未来へやる必要はなかったんだ。いっしょにこの仕事をさせれば、もっと早く完成したんじゃないか」

「そうだ。あの三人が、おれたちを迎えにくるのなら、出発と同時に帰ってきていなければ、ならないんだった」

「それなら、もう来ている筈だ。だがまだ帰ってこない」

「まて、そしたら、誰がこの仕事をするんだ？」

「しなくていいんだ。やる気さえあれば、一週間さきにはできてるんだ」

「ややこしい。黙れ！　もし何もしないで一週間経《た》って、あの三人が来てみろ。引き渡す機械がないぞ」
「そうだ。そうなると、何もかも一週間前に逆戻りしてしまう。八人に機械が一台
だ」
おれたちは、しかたなく仕事を続けた。
おれがビイ・エニシングを口笛で吹こうとすると、誰かがさきに吹きはじめた。そ
のフィーリングが、とてつもなくいやらしかったので、おれは小声で隣りにいるおれ
に、いやらしいなというと、彼も顔をしかめ、いやらしいなといった。その表情が、
すごくいやらしかった。
ある晩寝ているときに、横で寝ていた奴が、おれの顔の上に、靴下をはいたままの
足をのせた。洗濯していないものだから、すごい匂いがした。鼻がひん曲りそうな匂
いだ。おれはうろたえて、いきなりその足に噛《か》みついた。彼は犬の遠吠《とおぼ》えのような悲
鳴をあげた。翌日は一日中、何も食べることができなかった。口の中いっぱいに水虫
の繁殖した夢を見て、ふた晩うなされ続けた。
火曜日は給料日だったが、それは木曜日になくなり、金曜日には銀行預金が底をつ
いた。いかにおれがよく食いよく飲み、よく煙草を喫《す》うかということを、おれは身に
しみて知った。部品を買う金もなくなった。
歌が少しばかり歌えたから、おれはテレビ局の知人に頼みこみ、五つ子のコーラ

ス・グループというふれこみで、音楽番組にゲスト出演させてもらった。ほんのわずかの、五人分のギャラで、部品と食料を買った。

土曜の夜、女友達のひとりがアパートへ不意にやってきたときは驚いた。毎日出勤しているおれが、ドアの所で食いとめている間、他のおれたち四人は、ヴェランダの手摺《てす》りから干物のようにだらりと並んでぶらさがっていた。風邪をひいた。

機械は、次の日曜の朝に完成した。これ以上妙なことになって、おれが増えたりしないように、試運転はやらないことにして、おれたちは部屋いっぱいに拡がって仮眠した。

おれの横で寝ている奴が、顔をこちらに向けたまま、すごい歯ぎしりをはじめた。おれは彼を起していった。「すまんが、あっちを向いてくれないか」

彼はねぼけ眼《まなこ》で悲鳴をあげた。「勘弁してくれ、おれにはその趣味はねえんだ！」

他の三人もとび起きた。

「とんでもねえ想像をしやがる」おれたち四人は彼をとりかこんで叩きのめした。

やがて一週間前からやってきた三人が、ぐっすり眠りこんでいるおれたちを揺り起した。

「機械を貰《もら》っていくぞ」

「おい、おれたちも乗せろよ」

「冗談いうな。そんなに乗れるものか。大過去へ行く前に、一週間逆戻りして、あの五人を拾わなくちゃいけないんだ」

「馬、馬鹿いえ。その五人というのは、おれたちのことなんだぞ」

「しかし約束したんだ。あの五人は一週間前に必ずいるさ。待ってるだろう」

「おれたちだって、待ったんだぞ。だけどお前さんたち、帰って来なかったじゃないか！」

「これから帰るんだ」

「おれたちに、貧乏くじを引かす気か！　帰ったさきの五人は、おれたちなんだ！」

「そうだろうさ。お前さんたちだって、おれたちなんだぜ」

「だから薄情なことはいうな」

「ここであんたたちを乗せて、約束通り一週間前に戻って、五人を乗せてやれば、全部で、ええと、十三人にもなるぞ」

「分乗すればいいだろう」

新旧の機械に四人ずつ分乗し、ひとまず一週間前に戻ることにした。

スターターを押すと、やがて部屋の中がぼうっと霞《かす》んだ。見えなくなり、あたりにピンクのもやが立ちこめた。下を見ると、機械はもやの中に、なんの支えもなく浮かんでいた。二台の機械は並行して進んでいたから、どちらからもお互いの姿だけはよく見えた。光線がどこから来るのかわからず、ちょっと不思議に思ったが、考えるのをやめた。

おれたちは一週間前に出発した時間の、ほぼ一分後に到着することにしていた。ほどなくその時間になり、二台の機械は同時にブレーキをかけた。ところが、スリップした。機械は「一分後」を通り過ぎ、「出発した時点」を通り過ぎ、「一分前」でやっと停った。部屋には、まだ八人いた。三人が未来へ出かけようとする一分前だった。全部で十六人になった。

八坪あまりの密室。未来へ行くべきだった機械と帰ってきた機械、もとからある機械とこわれた機械、それに十六人のおれたち。

「見本市だ。おれたちの展示会だ」

「ライン・ダンスでもやるかね」

「さわぐな。管理人が起きてくるぞ」

その騒がしさは、たとえようがなかった。

寿司づめのおれたちが、おれ独特の抑揚と発声法と言いまわしで、好き勝手なことを喋り、動きまわっているのだ。煙草をふかす奴。棚から洋酒の瓶をとってチビリチビリやり始める奴。気にさわる動作で歩きまわる奴。見ている方でムカムカするような顰《しか》め面をしたままの奴。文句をつけたいのだが、おれ自身がいつもやっていることだし、皆にやる権利のあることだから、何もいえない。

　突然、ひとりがヘドを吐いた。そのヘドの匂いが部屋中に立ちこめ、そのためにおれもヘドを吐いた。連鎖反応で皆がヘドを吐きはじめた。皆がワッと便所へ駈けこみ、満員になった。待ちきれずに、前の奴の頭へヘドをあびせかける奴もいた。おれは二、三度ヘドを吐き、しまいには吐くものがなくなって血を吐いた。最後には、皆、部屋中にぶっ倒れ、ながい間ゲブゲブと力なく咽喉を鳴らし続けた。

　頭痛がおさまり、部屋を掃除してしまってから、また皆で相談した。みんな、互いに顔をそむけて喋った。

「とにかく、どうする?」

「十六人いるんだから、この壊れた機械を修理して、機械を四台にしよう」

「船頭が多過ぎて二、三日はかかる。その間の生活費を、どうするんだ?」

「この三台に十六人乗れないか?」

「無理をすれば乗れる」

「じゃあ、とにかく、早いとこ過去へ行ってしまおう。もうこんなことはご免だ」

「じゃあ分乗しよう」

　おれたちは、落ちあうべき過去の時点を決め、三台の機械に分乗し、出発した。

　サーカスでよくやる自転車の曲乗り——一台の車に五人ほどが重なって乗る芸当を

思い出していただきたい。ちょうどあんな恰好で、ふたたび周囲に立ちこめたピンクのもやの中を、おれたちは過去へ向かった。三台とも超時比は1：8700にした。

途中、おれは、今までに起った数々の矛盾について考えをめぐらせた。考えれば考えるほど矛盾だらけだ。ある時点を等しく通過しながらそこでの経験が「おれ」によって違うというのは、どういうわけだろう？

解答はひとつしかなかった。多元宇宙《パラレルワールド》だ。

他の宇宙が無数にある。タテ糸だ。時間がある。ヨコ糸だ。十六人のおれは、それぞれ別のタテ糸から集まってきたおれなのだ。機械に乗るたびに隣りのタテ糸に移動するらしい。機械がショートして、ショートする前のおれを呼びよせたのではなく、一瞬の作動のうちに、おれの方が別の宇宙へとび込んだのだ。いちど機械に乗ってしまえば、降りたところはもうおれの世界ではない。他のおれの世界だ。三時間後には到着する筈の過去の世界にしても、おれの世界の過去ではなく、この十六人のうちの誰の世界の過去でもないのだ。だが、そこだってやはり、ひとつの世界であることに違いはない筈だったし、無限に近くあるタテ糸の中の、隣接した二十本足らずが、そんなに違った世界である筈もなかった。

ほどなく、目的地である三百年昔に近づいた。ギヤーをニュートラルにしてブレーキをかけると、三台の機械はいずれも二、三度上下に震動してから停まった。おれたちは周囲を見まわした。

「何だこれは」

何も見えなかった。機械から降り立つと、胸のあたりを白い霧のようなものが、ゆっくりと漂いながらとり巻いた。地表はその霧のために、よく見えなかった。

すぐに、ひどい呼吸困難に襲われた。耳が鳴って、頭痛がした。

「伏せろ！　こ、こいつは雲だ！」

たしかに雲だった。おれたちは、折り重なって地面に伏せた。呼吸はだいぶ楽になった。俯《うつぶ》せた頭上すれすれに雲が低く垂れ下ってきていて、大気の層が薄くなっているのだ。

「何故こんなことになった？」

「お前さんにわからんことが、おれにわかるか」

何か腹にあたるものがあった。身体を浮かせて覗き、その地表の突起をつくづく眺めてから、おれは悲鳴をあげた。

「わっ。こいつ、富士山だ」

「見憶《みおぼ》えがあると思った。この一列の突起は富士火山帯だ。そっちが日本海で、おれの膝のつかっているのが太平洋だ」

「これが東京湾だ。お前さんの腹の下が熱海《あたみ》だ」

「おれたちは、巨人になったのか？」

「いや、ちがうね。これは膨脹宇宙だ」

「そう思っていたところだ」

　膨脹し続ける宇宙の中では、原子構造だって膨脹し続けている。原子核と電子の間、あるいは各原子間の距離も拡がり続けているのだから、そんな世界の過去へ行けば、逆に、縮んだ宇宙にしか出会えないのは当然だった。嘘《うそ》だと思ったら行ってみればいい。

　過去は征服するに価せず、だからおれたちがみれんを残すにも価せず、だいいち、こんな小さな世界をおれたちの自我で包んでも、何の役にも立たないということに十六人の意見が一致した。浮かぬ顔で、ふたたび呼吸困難に苦しみながらおれたちはまた機械に分乗した。宇宙が膨脹し続けているとすれば、おれたちの帰る時点は現在以外になかった。

　だが、帰ってどうするのだ？　おれは思った。これはたいへんなことになるぞ。現在へ戻りながら、おれたちは気が重かった。籍がない。住民登録がたいへんだ。おまけに就職難だ。全員が就職するまで、どうやって食いつなぐ？　半年先に予定したおれの結婚も、この分ではおじゃんだ。相手の女の子だって、他の十五人のうちの誰かに横取りされそうだ。その上、同じ世界に十六人ものおれがいて、おれの個性をどうやって生かせる？　おれが何かやろうとすれば、他のおれたちも同じことをやろうとするだろう。

ふたたびおれたちは、アパートのおれの部屋に帰った。みんな、まだ浮かぬ顔をしていた。気にかかることがあったのだ。だれも、それを口にしようとしなかったが、やがてはいわなければならないことだった。

「膨張宇宙の件だが……」おれが喋り出した。みんな、いっせいにもじもじし始めた。

「以前、おれたちが考えていた通りの世界だったな」

「お前さんが言おうとしてることは、わかっている」横にいるおれがいった。「だが、あれをレポートにしたのは、大学時代だ。あの当時では、本当に宇宙がそうであってくれることを望んでいた。しかし今は違う」

「でも考え違いを証明する世界であってほしくはなかったことも確かだ」部屋の隅のおれがいった。

「その通りだ」ウイスキーを飲み始めたおれがいった。「真実は真実だ。真実は直視しなきゃならん。そしてその理屈がもっとも真実に近い」

「いやらしい言いかたをするな！」横のおれが怒鳴《どな》った。

怒鳴られたおれは、まっ赤になって怒った。「何を！　自分にケチをつけるのか！　言いかたが気に喰わんけりゃ、手前が死んじまえ！」

「じゃ、ストレートにいって」おれはいった。「みんな、あの膨脹宇宙が、自分たちの内的世界だったことを認めるんだな？」

「そして、現在だってやっぱり、われわれのうちの誰かの内的世界なんだ」

「そうだ。だから、われわれのうちの十五人が、あとのひとりの主観の産物なんだ」

おれにとって、そしておれの作ったこの機械にとって、この宇宙は、多元宇宙などではなく、自己の内部へ無限に深く入って行くだけのものだったのである。おれにとって、世界はおれひとりのものだった。おれたちのうちのたったひとりが実在し、あとの十五人は、そのおれの内的世界でしか存在を許されないのだ。

「それは誰だ？」

「おれは存在してるぞ」酒を飲んでいる奴がいった。

「おれだって、存在してる」横にいたおれが、おれに顔を近づけていった。

おれはいった。「あまり顔を近づけるな。ニンニク臭いや」

「お前さんだって臭いんだ！」彼はまっ赤になって怒った。「それなのに、おれは今まで我慢しててやったんだ！」涙を流さんばかりに、彼は怒った。「お前さんだって、臭いんだぞ！」泣き出した。「おれを、臭いって言いやがった」

誰かがいった。「今となってはもう、誰が実在してるのかわからない。それに、どうでもいいことだ。ここだってやっぱり、ひとつの世界には違いなかろうぜ」

「だが、どうやって生活するんだ？」

「いいこと考えついた！」ひとりが手を打った。「株を買おう！　投機だ」

「そうだ、ひとりが三日ばかり先へ行って、いちばん値あがりのはげしい奴を見て帰ってくる。それを買って、三日して売るんだ」

「競馬でもいい」

「だが待てよ」ひとりが機械に登りながらいった。「この機械、まだ動くのだろうか？　この機械に乗ることが、乗った者の内的世界への沈潜に過ぎないということを、おれたちは知っている。おれたちに、それがわかってしまった以上、この機械は、動く必然性をすでに失ってしまっているのじゃないか？」

「動かして見りゃ、わかるさ」

機械の上のおれは、点火して始動スイッチを押した。動かなかった。他の二台も試してみたが、やはりどちらも動かなかった。

機械が動かなくなった原因は、機械にはなく、おれたちの意識の側にあったのだ。どうやらこの機械の運転には、乗る者の念力の参加が必要だったらしい。

「さあ、厄介なことになったぞ」

「みんな、この世界で共同生活しなけりゃならん」

「共同生活というのはおかしいぞ。おれたちは、おれひとりなんだ」

「どうしてお前ひとりなんだ？　この世界はまだ、誰の世界かわかってはいないんだろ？」

「誰の内的世界であるにしろ、おれたちのうちのひとりの内的世界だ。内的世界ということは、そいつの思い通りになる世界なんだ。つまり、おれたちの希望がかなえられる世界ということだ。おれたちの希望は、みんないっしょの筈だからな」

「そうはいかん。そいつは他の十五人を消しちまおうとするぜ、きっと」

「そうだ。はっきりいって、おれたちはみんな、互いに嫌いあってるんだからな」

「そうとも、今まで誰も遠慮して、言葉としてはいわなかったけど、互いに嫌いあっていることは、はっきりしてるんだからな。自分に遠慮したってしかたがない」

「そうだそうだ」

みんないっせいに、隣りの奴に向かってお前は嫌いだ嫌いだといい始めた。

「ところで、これは誰の世界なんだ？　どうすればわかるんだ？」

「それよりも、残りの十五人が消されない方法をさきに考えた方がよくはないか？」

「うん、おれは消されたくないからな」

「おれもそうだ」

「でも、もし自分の世界とわかれば、やっぱり他の奴を消すだろう？」

「それはそうだ。でも、そんなふうに考えてちゃあ、どうどうめぐりだ」

「何故自分の分身を嫌うのかを、さきに考えた方がいい」

「それは皆、さんざ考えた筈だぜ」

「不思議だな。あれだけ自分の分身から、いやな目にあっておきながら、やっぱり自分を愛してる。人間というのは実に救いがたいナルチストだな。神も仏もあるものか。あるのは自分だけなんだ」

「そうとも。信仰なんていったって、神や仏の中に自我を投影してるだけだ」

「そうとも。恋愛なんてあるものか。異性なんて、オナニーするための道具だ」

「結局はみんな、動物的な生存本能だけなんだろうな、残る答はそれだけだ」

「おれというのは、すると、それだけの人間だったんだな」

「動物だ」

「さびしい話だな」

ひとりがしんみりとそういうと、みんな、うなだれた。たとえ自分の分身からであっても、いざ言葉として聞かされると、みんな、薄暗いところへ投げ込まれたような気持になってしまい、いっせいに淋《さび》しい淋しいといいながら泣きはじめた。

「これだけいて孤独なんだな、おれたちは」

不思議なもので、ここまであからさまに話しあってしまうと、今度はあきらめの気持とともに、ぼんやりした分身たちへの愛情が生まれ始めた。肉親に対する愛情などとは違っていた。自分への愛情を他に向けて拡大しようとしたなどというのではない。他を自分への愛情の中に吸収してしまったのだ。何のことはない。だからそれはむしろ、自分の手足だとか内臓だとか性器などへの愛着に似ていた。

おれは自分のその感情に気づき、びっくりして顔をあげた。他のおれたちも皆きょろきょろと他のものの顔を眺めまわしていた。だが今度は誰もその気持を口に出さなかった。ひとりが立ちあがって、のびをした。

「コーヒーが飲みたい」

「そうだ。コーヒーを飲みに行こうぜ」

どうやらおれたちの間に、新しい関係が生まれたらしかった。

おれたちはアパートを出て、電車通りに面した近くの喫茶店へ移動した。おれたちを見てひどく驚いたらしい野次馬がゾロゾロあとをついてきた。いつも静かだった喫茶店は、おれたちだけでいっぱいになり、たいへんなさわぎになった。顔見知りのウエイトレスは、しきりに自分の頰をつねった。

「これ、あんたの兄弟？」

「いや、みんな、おれだ」

店主は新聞社へ電話していた。

テーブルを並べかえてもらい、おれたちは向きあって腰をおろした。みんな、自分が実在するのか、あるいは誰かのシジジイ的存在なのかを、あいかわらず知りたがっていた。

「おれは存在してるぜ」

「おれだってそうさ」

やはり皆、そう思いたがっていた。

「でも、証明できまい?」

「この世界が、おれの思い通りになれば、おれは実在してるってことになるさ」そういったおれのひとりは、カウンターにいるさっきのウエイトレスを手で招いた。「女の子は、みんなおれのものになる。おれがたとえ、愛情のどんな表現形式を使ったところで、彼女は夢中になって喜ぶんだ」

こいつは、歯ぎしりをして皆に袋叩きにされた奴だ。それは額のコブでわかった。あれ以来、頭がどうかしたらしい。傍《そば》に立ったウエイトレスの濃紺のスカートを、彼はいきなりまくりあげた。

彼の頬にくっきりと残ったウエイトレスの掌《てのひら》の痕を見ながら、他の十五人は嘲笑を浮かべた。だが彼はまだ虚勢をはっていた。

「そりゃあ、たまにはこういうこともあるさ。だからこそ刺激になるんだ。世の中は面白い」

際限なき自惚《うぬぼ》れだ。

　おれは過去へ向かう途中で、多元宇宙を考えていた。そして、結局そうではなかった。これは誰かの内的宇宙だ。もし多元宇宙なら、いちばん先に機械を動かしたおれが、他の宇宙へとび込んだのだから、これは絶対におれの宇宙ではあり得ない。だが、内的宇宙とするなら……。

　それなら順序が逆になる。

「これは、おれの宇宙だ！」おれは叫んだ。

　他の十五人は、ふたたび嘲笑を浮かべておれの顔を見た。

「説明しろ」

「おれが、いちばん先に機械のスイッチを入れた。だから、おれの自我がお前さんたちを順番に包みこんだのだ」

　皆がまた、眼を血走らせはじめた。自分の存在を主張しようとする者に対して、躍起になって反対しようとするのだ。

「よし、証明してみろ」

「ああ、してやるとも」おれは自分の考えたことに、思わず吹き出した。そしていった。「おれたちの本性を見せてやるぜ」

　おれが冗談半分にえいといった途端、おれ自身も驚いたことには、おれを含めた全員の鼻下長《びかちょう》が、いっせいに二十五センチ以上になった。

うるさがた

手をさしのばして、デスクの上に散らばった
数枚のレポート・カードを指した。
それ、ファイルしておいた方
がいい」「そんなことは、
いつでもできる。さ
あ、あっちへ行っ
てくれ」「以前
も、あなた
はそうい
って、な
かな
かフ
ァ
イ

ル
し
なか
った。
私が二
度いうと、
一度めに、
何故かあなた
は怒って、よけい
しなかった。あとで
見ると、いちどに綴じた
ものだから順番があべこべ
になっていた」「一枚だけだ」「そう
さ、一枚ずつ、順番がちぐはぐになってい

に、頭の悪い者への軽蔑の色があるのを感
じとった。たしかにそれを、感じと
たのである。「観測はあなたの
役目ではないか。その観
測方法に落度があれ
ば、それを指摘す
るのは私の役
目だ。観測
に必要な
事項
二十
三百
二
百

頂
目
を
私は
記憶し
ていて
……」「わか
った！」私は
デスクをドンと
叩いた。「とにかく、
あっちへ行ってくれ。そ
うしたら、ファイルする」彼
はまだしばらく、私の顔を見つめ
ていた。私はいった。「自分がいると、可哀

デリジェント・マスターが、レポートを吐いた。私は暇つぶしのニードナイザーを投げ出し、そのカードをとって読んだ。

「こともなし」

まったく冥王星にはこともなかった。

酷寒に耐える四重の保温ドームの中、私は退屈しきっていた。外界からの侵略もなく天候の異変もなく、私はすることがなく、読むべき本も、もうなかった。

太陽系最前線などというものの、実際は辺境の観測所にすぎない。その観測はデリジェント・マスターがやってくれるのだから、ときどき時速五〇〇キロのラッシュペットに乗って見まわりさえすれば、あとはなにもしなくていいのだ。

自分の人間嫌いを利用して、出張手当のよいこの星を進んで受け持った私だが、ひとりきりの生活がこれだけ続くと、さすがに淋《さび》しかった。だがさいわい私には空想癖があった。私はまた空想に耽《ふけ》りはじめた。何百回、何千回目かの空想だった。はなやかな色彩に満ちた暖かい空想の部屋へ、突然、現実のすきま風が入ってきた。その風はロボットの形をしていた。

「シオジリ」

彼は私の名を呼び、私が椅子にかけたまま動かずにいるとゆっくりと近づいてきて横に立ち、単調な声でいった。

「命令だ」

彼はいつも「本部からの命令」といわないで単に「命令」という。だから私は、ロボットに命令されているような、妙な気分になる。

「ほう、本部に通じたのか？」

一週間前から、何故《なぜ》か地球と交信できず、私は心配していたのだ。

「通じた」

そう答えたアメリカンの顔が、光線の加減か嬉しそうにニコニコしているように感じられた。アメリカンというのは、私がつけた彼の呼び名である。ほんとは伝達型TNの39というのだが、そんな長い名では呼び難《にく》いので、彼を製作した国の名前で呼ぶことにしたのだ。

「命令だ。観測を続けろ」

彼はまるで、ふたたび命令を伝えるようになれたことを喜んでいるかのようだった。

その命令には答えず、私は訊《たず》ね返した。

「連絡が一週間もなかった原因は何だ？　トリップ衛星船の事故か？」

「いや、地球で暴動だ」こともなげな口調である。

「何だと！」私は腰を浮かせた。「どうしてそれを先にいわないんだ。暴動って、どの団体が、どこに対して暴動を起したんだ？」

「必要ないから聞かなかった」

当然のことながら、彼は平然としていた。だが私は一瞬あきれ、それから思わず叫んだ。

「あんたには必要ないかもしれない。だが、おれには必要なんだ」

「しかし」彼は赤紫色のレンズの嵌《はま》った眼を明滅させた。「仕事には関係ない」

「あるとも」私はいった。「これもあんたには関係ないが、おれの給料が、地球連合からもらえないような状態になっているかもしれないじゃないか」

彼は無表情な顔で私をじろじろ眺めまわし、私の胸に指をつきつけた。「ボタンがとれてる」

「そんなことはどうでもいい」私は立ちあがった。「よし、おれが聞く」

彼は私の前に立ちふさがった。

「いけない。連合本部との連絡は、私の役目だ」

「その連絡がダメだから、おれが話すんだ」

「ダメなどということはない。連絡に関する必要事項十六万五千二百項目を全部私は記憶している。それ以外のことは、すべて不必要だと、連合本部から指示されている。違反してはいけない。違反すると報告する」

私はあきらめて、また椅子に腰をおろした。アメリカンもゆっくりと私の横に腰をおろし、じっと私の顔を見つめた。私はイライラした。

「もう、あっちへ行ってくれ」

「さっき命令を伝えた」

「その命令は、もうわかったよ！」

「ほんとに、わかったのだろうか。あなたはさっき、私が命令したとき、何か他のことを考えていた」

私は彼の顔を横眼でじろりと見たが、そんなこととの通じる相手ではない。

「信用がないんだな。復誦《ふくしょう》しろとでもいうのか」

「命令が正確に伝わったかどうかをたしかめるのも、私の役目だ」

私は投げやりにいった。「観測をつづけろ。それだけだろ？」

「そうだ」

私はデスクを指さきでコツコツ叩きながら、彼が連絡室へ行ってしまうのを待った。おかしな話だが、彼がいると気になって、何もできないのだ。だが彼は、まだ私の顔をじっと見つめている。

「何だ！」しばらくして私は怒鳴《どな》った。

彼はゆっくりと手をさしのばして、デスクの上に散らばった数枚のレポート・カードを指した。

「それ、ファイルしておいた方がいい」

「そんなことは、いつでもできる。さあ、あっちへ行ってくれ」

「以前も、あなたはそういって、なかなかファイルしなかった。私が二度いうと、二度めに、何故かあなたは怒って、よけいしなかった。あとで見ると、いちどに綴《と》じたものだから順番があべこべになっていた」

「一枚だけだ」

「そうだ、一枚だけ、順番があべこべになっていた」

「そんなにうるさくいうのなら、自分ですればいいじゃないか」

私はそのとき、彼が私を見た眼の中に、頭の悪い者への軽蔑の色があるのを感じとった。たしかにそれを、感じとったのである。

「観測はあなたの役目ではないか。その観測方法に落度があれば、それを指摘するのは私の役目だ。観測に必要な事項、二十三万二百項目を私は記憶していて……」

「わかった！」私はデスクをドンと叩いた。「とにかく、あっちへ行ってくれ。そうしたら、ファイルする」

彼はまだしばらく、私の顔を見つめていた。

私はいった。「自分がいると、何故できないんだといって訊ねるんじゃないのか？」

彼は私の胸を指した。「ボタンがとれてる」

私は腹をたて、胸のボタンをぜんぶ引きちぎり、彼に投げつけた。ボタンは彼の頭に当り、カンといってはね返った。アメリカンは茫然《ぼうぜん》として私を見た。

「全部、むしってしまった」

「そうとも、ボタンなんかどうでもいいんだ。さあ、あっちへ行け」

「ボタンを、また、つけなければいけない」

「そうとも、つけたくなればつける。むしりたいときにはむしる。あっちへ行け」

彼はのろのろと立ちあがり、連絡室のドアの方へ歩いた。ドアの前でまた立ちどまり、こちらを振りむいた。そっぽを向いている私の方を、しばらくじっと見つづけてから、彼はいった。

「ファイルは、なるべく早くした方がいい」

私が黙っていると彼はまたいった。

「わかったのか？」

「わかった。ところで、おれがこの冷たい床の上にひざまずいて、両手を組みあわせ、オイオイ泣きながら、出て行ってくれと頼んだら、出て行ってくれるか？」

　ロボットにこんないい方をしなければならない自分が哀れになって、私は思わず泣けそうになった。

「そんな必要はない」彼はドアをあけ、出て行こうとしてまたちょっと立ちどまり、振り向いた。「そんなことをするのは無意味だ」彼はいった。「実に無意味なことだ」そして出て行った。

　私はすぐに傍《そば》の簡易ベッドに身を投げ出した。まあいい。我慢しろ。任期はあと二週間だ。地球には一年分の給料が、手つかずのままで待っているじゃないか。

　だが二日後。

　観測室へ、また、アメリカンが入ってきた。

「命令だ」

　嬉しそうにニコニコしている。

　私は彼を睨《にら》みつけていった。「暴動の詳しいことを、訊ねてくれただろうな」

「訊ねなくても、本部から詳しくいってきた」彼は私の横の椅子に腰をおろした。

「全国の解放党の地下組織が連絡をとりあって、いっせいに蜂起したが、二日で鎮圧された。だが各国の工場・研究所・基地が爆破され、惑星宇宙船も、ぜんぶ爆破されてしまった」

「何だって！」私は驚き、それから、ことの重大さに茫然とした。「すると……おれを迎えには来てくれないのか？」

「工場を建て、新しく宇宙船を作るには、十五年かかるそうだ」

「……十五年」

「ところで、命令だ。観測員は観測を続けろ。担当基地の任期が過ぎても、持場から離れるな。本部では自動的に、契約更新の手続きをとる。安心せよ」

「安心なんか、していられるか！」私はとびあがった。悪夢だ。極限状況だ。「十五年もこんなところで、ひとりでいられるものか！」

「電子頭脳が爆破されたから、十五年というのは人間の推定だ。だからもっと早くなるかもしれない」

「もっと、遅くなるかもしれない」

私は頭をかかえ、簡易ベッドに倒れて呻《うめ》いた。

アメリカンは、しばらくの間、もだえている私を、ぼんやり見ていた。それからデスクに眼を移した。

「レポートを、まだ、ファイルしていない。溜《たま》る一方だ」

「そんなことは、どうでもいい！」

彼は驚いて、私を見た。「どうでもよくはない。これは仕事だ。今の命令が、わからなかったのか？」

私は半泣きになって訊ねた。「あと十五年、あんたはその調子を続けるのか？」

もちろん彼は、私のいったことがわからないらしかった。だがひょっとして、わからないふりをしているだけかもしれないと私は思った。

彼はいった。「早く、ファイルした方がいい」

それから、椅子の上に投げかけてあった私の上着をとりあげ、つくづくと眺めた。

「ボタンを、つけたんだな？」

「見りゃ、わかるだろ？」

彼は薄笑いを浮かべて、私の方を見た。

「やはり、ボタンをちぎったら、今度はつけなきゃ、ならないだろ？」

「そんなこと、おれが知らないとでも思ってるのか！」

私はとび起きた。アメリカンの手から上着をひったくり、ズタズタに引きちぎった。

床の上に叩きつけ、荒い息を吐きながら、ふたたびベッドに身を投げ出した。

彼は感心したような眼つきで、上着を眺めながらいった。

「破ってしまった！」次第に大袈裟《おおげさ》に彼は三度くり返した。「破ってしまった！」

それでも私が黙っていると、彼はつぶやくようにいった。「報告する」

私はまた、ベッドの上にとび起きて、アメリカンに怒鳴った。

「よけいな干渉だ！　おれの服をおれが破って何故悪い！」

「あんたの服だって？」アメリカンは不思議そうに私を見、床のボロ布を指した。「これは本部から支給された制服だ」そしてまた、つぶやくようにいった。「報告する」

私は傍らの弾性鋼チューブをとり、ゆっくりと立ちあがった。

「貴様を叩きこわしてやる」

彼はちょっと、おびえた様子だった。

だが私はすぐ、先進国のロボットを叩きこわしたメキシコ人がどうなったかを思い出した。チューブを投げ捨て、またベッドに転がった。

「報告するならしろ。おれを刑務所へ入れるために交代員が来るなら、願ってもないさいわいだ。ここよりは、刑務所の方がいい。だけど、交代員なんて来やしまい？」

アメリカンは、少し困った表情になり、黙って、長いこと私を見ていた。「私が何かいうと、あなたは怒る」

「そんなことに、今ごろ気がついたか」

「怒るのは、悪いことだ。怒るのは、やめればいい」

「怒る自由もないのか？　怒ると報告するのか？」

「そらまた怒ってる」

「あたりまえだ。さあ、出て行ってくれ」

「私に怒っても、しかたがない。私はロボットなのだ」

「ロボットだから怒るんだ」

「何故、ロボットだから怒るのだ？」

「お前にはわからん」

「わからんものに、何故怒る？」

「うるさい。出て行ってくれ」

「私は、あなたに、何ひとつ悪いことはしていない」

「そうとも。出て行ってくれ」

彼は、おずおずと、床のボロ布を指した。

「この服は、縫った方がいいのだが、そういうと、あなたはまた、怒るのか？」

「どうでもいいから、出て行ってくれ」

彼は、とんでもないという表情でいった。「どうでもいいことはない。これは制服なのだ。縫うべきなのだ！　縫わなければいけない！」彼はヒステリックにくり返しはじめた。「縫わなければいけない！　縫え！」

「で、で、出て行け！　お、お、おれは仕事するぞ！」

私はデスクにとびつき、猛然とカードを整理しはじめた。何かしていないことには、アメリカンを叩きこわしそうだったし、それを我慢していると、発狂しそうだった。

手が顫《ふる》えていた。

「手が顫えている」彼はわざとらしく、心配そうにいいながら、首を左右に振った。

「あんたは、今興奮している。まちがうぞ」

「ま、ま、まちがうもんか」

彼はじっと、私の手もとを、冷たい皮肉な眼つきで見つめ続けた。

私はいった。「見るな」

「もっとゆっくりやれ」

「出て行ってくれ。おまえが見ていると、よけいまちがう」

「もう、まちがっている」彼は私が整理したカードから、一枚を抜き取って、さし出した。「これは、平均気温の分だ。それなのに、ほら、天候の方へ入っている」

私はカードを投げ出し、デスクに肘をつき頭をかかえた。アメリカンはデスクの上へ身体《からだ》をのり出し、前から私の顔をのぞきこんだ。嬉しそうにいった。

「やっぱり、まちがっていただろ？」

私が何もいわずにいると、彼はまたいった。「やっぱり、私のいう通りにした方がいいということが、わかっただろ？」

私は呟《つぶや》くようにいった。「出て行ってくれ」

「もう、まちがわないか？　もうまちがうな」

「出て行け!」

咽喉《のど》が破れそうな声を、私ははりあげた。アメリカンの胸の、音量調節メーターの針が三回半廻転《かいてん》した。彼は調子を狂わせ、左足を曲げ、右足をまっすぐにしたままで、いそいでドアをあけ、身体を半分ドアにかくしたままの恰好で、彼はこちらを見た。何かいえば、怒鳴りつけてやろうとして私が待ち構えているのを見ると、彼は気弱そうに薄笑いをした。しばらくしてから彼はいった。「服を縫え。ボタンをつけろ。カードをファイルしろ。ゆっくりとやれ。まちがうな。怒るな。無意味な大声を出すな。いうことがふえるばかりだな」

それだけを早口にいってしまってから、私が怒鳴らないうちに、いそいでドアを閉め、姿を消した。

私はベッドに倒れ伏せて泣いた。悪夢だ。極限状況だ。

しばらくして気が静まってから、少し考えが変った。もし地球にいたら、暴動にまきこまれ、爆死くらいしていたかもしれない。ここへ来ていたために生きのびることができたのかもしれない。そう思って私は自分をなぐさめた。地球に知人はひとりもいないから、気も楽だった。

二日後、また観測室へアメリカンが入ってきた。

「命令だ」

嬉しそうに、ニコニコしている。

私が黙って合成肉を食べつづけていると、彼は傍へきて腰をかけ、私の食事をじっと眺めはじめた。

「今、食事中だ。あとにしてくれ」

「待っている」

「じろじろ見るな。食えない」

「もっと、上の方から食べた方が、よくはないか？」

私は合成肉を咽喉にひっかけて、むせた。

「上から食べようと、下から食べようと、おれの勝手だ」

私は食べるのをあきらめ、彼の方に向き直った。「命令って何だ？　聞こう」

「命令だ。十五年のうちに、観測員が不測の事故や病気、老衰や死亡をした場合、基地の機能は停止してしまう。だからそれにそなえ、全観測員は現地に於《お》いて、婦人技術員と交渉を持ち、子供を育て、観測技術員として養成せよ」

「交渉を持てだって？」私は笑った。「無理をいうな。他の基地には女も大勢いるという話だが、ここは最前線だ。おれひとりだ。ひとりで男女関係になれるか」ゲラゲラ笑ってから、私はゾッとして真顔に返った。「まさか、あんたと交渉を持たなくちゃいけないなんて、いうんじゃないだろうな」

彼は至極真面目に答えた。「残念だが、私には生殖能力はない」

私は、ほっとして、訊ねた。「じゃ、どうするんだ？」

「イオの基地から、小型宇宙船で女がひとり来る。ここへ来てしまえば、もう帰らない。何故かというと、イオにはもう宇宙船の燃料が片道分しか残っていないからだ」

「じゃあ、事実上は強制結婚じゃないのか」

「何をいう。これは重大な仕事だ」

「馬鹿いえ。まあ、正式の結婚さえしなくていいのなら、ひとりきりよりはいい」それから私は、おそるおそる訊ねた。「ところで、その女は美人か？」

「知らない」

「歳《とし》はいくつだ？」

「知らない」

「そんな馬鹿な。十五年もつれそう女の歳が、前もってわからないなんてことが、あってたまるか！」

「しかし本部が選択したのだ。生殖能力のない女などは来させはしない」

「あたりまえだ。子供や老婆の相手ができるか。おれはそんな意味でいったんじゃないんだ」

「では、余計な心配をするな。生殖能力以外は、この場合関係ない」

「いやに断定的だな」私は溜息をついた。「あんたには、わからんよ。……ところで、その女ももちろん、日本人だろうな？」

「国籍か？　それならわかっている。だが日本人ではない。イオには、日本人の女はいないそうだ」

私はまたゾッとした。「ど、どこの女だ？　ホッテントットか？　ピグミーか？　まさか火星人じゃあるまいな？」

「ソビエトの女だ」

「ソビエトだって？　髭《ひげ》が生えてるんじゃないか？」

だが彼女は若くて美人だった。すごいほどの美人だった。四日後、気閘《きこう》から入ってきた背の高い彼女をひと眼見て、私は眼をしょぼしょぼさせた。金髪がまぶしかった。彼女は手を差し出しながら、「地球の進歩のために」といった。それが最近の挨拶なのだと気がつき、私はあわてて同じせりふを返した。握手した。彼女の手は冷たかった。蒼《あお》く澄んだ瞳も冷やかに冴《さ》えて光っていた。彼女が義務感と責任感でコチコチに凍りついた女だということは、五分と経《た》たぬうちにわかった。

観測室で、彼女は私の傍の椅子に腰をおろした。名はナターシャといった。彼女と話しているあいだずっと横でうろうろしていたアメリカンが、しびれを切らせた様子でいった。

「まだ、始めないのか？」

「何をだ？」

「生殖行為だ。仕事だ。早く始めた方がいい」

私はとびあがって、彼の真正面に立った。

「馬馬馬、馬鹿！　そんなことはお前なんかの知ったことじゃない。出て行け！」

彼は、とんでもないという顔をした。

「何をいう。これは本部から命令された、すごく重大な仕事なのだ。私はそれを、あなたに間違いなく遂行させる義務がある。私が出て行ったら、あなたはまた、何もしないだろう？」

私はあきれてしまって、ものがいえなかった。ふり返るとナターシャは、まるで他人《ひと》ごとのように平然としていた。

「人間の性行為は」私はアメリカンにいった。「すごく微妙なものだ。ロボットにはわからん」

彼は一瞬驚き、すぐ、はげしくかぶりを振った。

「そんなことはない。あなたなどよりよく知っている。命令を受けてから今日までの四日間、私は人間の性行為に関するマイクロ・リーダーを読破した。本にして、性交に関するものが六万二千八冊、妊娠に関するもの二万四千五百冊、分娩《ぶんべん》に関するもの八万九千……」

「もういい。わかった！」私は噛《か》みつくようにいった。「それなら知っているだろう。人間は見られていると駄目なんだ」

「そんなことは書いてなかった。できるようにしてやる」

「とにかく」私は椅子に腰をおろし、腕組みした。「お前がここから出て行かないかぎり、おれは何もしないぞ」

アメリカンは少し困った表情でじっと私の顔を見つめた。

「私は、ここにいたら、いけないのか？」

私はうなずいた。「ああ、いけないのだ」

「見せて、くれないのか？」

「あたりまえだ」

「じゃあ、何もいえないではないか」

「横から指図されてたまるか」

彼はしょげて、ちょっとドアの方へ行きかけたが、すぐ立ちどまり、振り向いた。

「見せてくれ」

「だめだ」

「私の、義務なんだ。仕事だ」

「じゃあ、勝手にしろ、おれは何もしないぞ」

彼はびっくりして、眼球を明滅させた。「早くやった方がいい」

「じゃあ、出て行け」

彼はのろのろとドアの方へ行き、ドアをあけ、身体を半分ドアにかくしたままの恰好で、こちらを見た。「見せてほしい」

「だめだ」

「報告するぞ」

「勝手に、したらいいだろう」

彼はおろおろ声で頼んだ。「報告しないから見せてくれ」

「出て行け！」

私は弾性鋼チューブを投げつけた。それは、アメリカンの頭に当り、カンといってはね返った。

彼はドアを閉めた。

ナターシャは、例の冷たい眼で私を見ていった。

「あなたは、解放党なんじゃない？」

「政治に関心はない」

彼女は疑い深そうな眼をした。「でも、あなたのしていることは、解放党よ」

「地球の暴動の原因を知っているのか？」

「おおよそはね」

「教えてくれ。こっちは、つんぼ桟敷《さじき》だ」

「解放党のスローガンは、知っているの？」

「たしか、われらをして、機械より解放せしめよだったな」私は驚いた。「すると地球では最近、機械の干渉はここよりはげしいのか？」

「ロボットのいうとおりにしていたら、まちがいはないわ」

「君は、いちいち指図されても、平気か？」

彼女は、乾いた声で笑った。「平気よ。相手は機械じゃないの」

アメリカンが、ドアをノックした。

「何だ！」

「やっぱり、見せてほしい」そういって、また彼はおずおずと入ってきた。私たちを見て、びっくりしていった。「まだ服も脱いでいないのか？」

「あっちへ行け」

「もう、ものは投げつけない方がいい」

「投げつけられたくなかったら、あっちへ行け！」

彼はじっと私の顔を見ていった。「何故、私がいるとできないんだ？」

「ひとに見られていて、何もできるか」

「ひとだって？」アメリカンは、意味ありげな眼つきで私を見た。

「私は機械じゃないか。私を、人間のように、錯覚していたのか？」

私はちょっと、どぎまぎした。「馬、馬鹿いえ。お前は機械だ」

「じゃあ、見ててもいいだろう？」

一瞬、私はジレンマに陥った。出て行けということは、アメリカンを人間なみに扱っていることになるのだ。ちょっと癪《しゃく》だった。

ナターシャを見ると、彼女は頬に嘲笑を浮かべていた。私は腹を立ててやけくそでいった。

「じゃあ勝手にしろ！」

アメリカンは、いそいそと隅の椅子に腰をおろし、もみ手をした。「早く始めた方がいい」

ナターシャは、人形のような動作で立ちあがり、簡易ベッドの方へ歩み寄った。私もそのあとから、ベッドの傍へ行った。だが何の衝動も起らなかった。起るはずがなかった。これは悪夢だと思った。極限状況だ。

のろのろと服を脱ごうとすると、アメリカンがいった。

「彼女の服を、さきに脱がせてやった方がいい」

ナターシャの上着の胸ボタンに手をのばすと、彼はすかさずいった。「肩のホックを、さきにはずした方が、よくはないか」

やぶれかぶれのオロ氏

い。「これは私の質問ではありません。報道
関係者全員の質問です。お答え願い
ます」総裁は腹立ちを抑え、ひ
とことひとことを区切っ
て大声でいった。「で
は、それは、まった
くの、で、た、
ら、め、で
す」「あり
がとう
ござ
いま
す。

一
の
質
問に
移りま
す。報道
関係者の質
問です。『この
件に関する総裁
の要請は、恐らくは
世論がこれを支持する
だろうとの見透しを前提と
してなされたものである。事実最

常に刺激を求める欲求が強く、殊にここ数
年来のそれは、火星が地球の植民地
としての立場から独立して以
来の、野次馬的なともい
える激しさである。
総裁はこの不安
定かつ無責任
な大衆の心
理状態
を、時
期的
に利
用
し

た
での
はな
いか』こ
の質問の
当否をお
答え……」「聞
きたまえ！　僕
はね、そんな、大衆
を愚弄するようなこと
はしないよ。絶対にしない。わ
たしゃあね、前からもいってる通り
もっと国民の気持を考えてる。わたしは

記者会見は午後二時からはじまった。

火星連合総裁オロ・ドラン氏の気分は、いつも記者会見にのぞむ時のあの何かにせきたてられるような、吐き気に似た重苦しさは少しもなく、今日は数年来なかったほどのゆったりとした包容力と、なごやかなともいえる一種の親和感に満ちていた。

三日前に地球連邦訪問の旅から帰ったばかりの総裁だったが、疲れた様子はどこにも見られなかった。きっと、腹いっぱい羊《ひつじ》の焼肉を食べたいという念願を充分に満足させたのだろうと、単細胞クロレラや合成食しか食べていない官吏たちは、やきもち半分に噂《うわさ》しあった。総裁の顔色はずっとよくなっていたし、心もち肥《ふと》ったようにも見えたからである。その肥った身体《からだ》を、総裁は肘掛椅子に具合よくめりこませた。そしてハバナ葉巻を胸のポケットから取り出し、大きな音をさせて包装紙を破り捨てると端を噛《か》み切ってペッと飛ばした。これがやりたくて総裁はわざと一本だけ残しておいたのだった。だが羨《うらや》ましげにそれを見たのは、外務大臣の秘書官と文部次官だけだった。総裁と並んで坐《すわ》っている他の五人は、煙草《たばこ》を喫わなかったし、向いあって坐った三十八人の記者は平然として総裁を眺めていた。彼らは無表情だった。そして静かだった。総裁は少し眉をよせたがすぐに気をとり直し、ここで何かひとつ冗談をとばしてやろうと考えた。地球連邦総裁のゴンチャレンコ氏が、絶えず冗談をとばして会談の沈みがちな雰囲気をはらいのけていたことに感化されたのである。だが総裁には、残念ながら咄嗟《とっさ》に何の冗談も浮んではこなかった。下品きわまりないジョークがひとつ浮んだが、もちろんそれはいわなかった。そして自分が冗談をいわないということを理由づけようと考えた。ゴンチャレンコ氏のようなタイプの男なら、冗談は似合っている。しかし俺《おれ》は生真面目な外貌をしている。だから冗談は似合わない。この理由は変だろうか？　いや、少しも変じゃない。人間というものは自分の外貌に似合った性質に自分を作り変えようとする傾向がある。すると又《また》その性質が外貌を作り変える。そしてその循環のもとに次第に個人はある典型のほうへ近づいていくのだ。美人は美人らしい行動以外の行動はとり難《にく》く、悪女的風貌の女は同じ理由で、より悪女の典型に近づく。兇悪《きょうあく》な殺人鬼は人を殺しそうな顔をしているが為《ため》に人を殺す。俺の生真面目な風貌で、不真面目な言動は似つかわしくなく、また安定した常識を覆えすことになるのかもしれないからな。

記者団の代表が立って、何か挨拶をしていた。正面の壁の地球産水晶を応用した原子力式時刻表示装置が14:03というあいかわらずのニューヨーク時間を光らせていた。しかし複層ガラス越しに見える火星の空は暗黒だった。

「……以上、これは出版情報各社の代表者からの、総裁への言葉であります。また、本日この記者会見に出席いたしましたわれわれ記者団を代表いたしまして、私からも申しあげます。外遊、ご苦労さまでございました」

「あ、ありがとう。ありがとう」

総裁は上機嫌で、葉巻を片手で眼の高さに差しあげたまま中央と左右に一度ずつ目礼した。ふたたび代表者が喋《しゃべ》りだした。

「それでは只今《ただいま》より質問に移ります。総裁の今回の外遊に関する質問に入る前に、まず総裁が今回の記者会見に際し、何故《なぜ》われわれロボット記者に取材させるよう、各社に要請をなさったのか、その点をお訊《たず》ねしたい。お答え願います」

「いいとも」

反射的に総裁はそういったが、答え方は考えていなかったので、少しまごついた。

「しかし、大体の事情と理由は、私が各報道関係の責任者にこれを要請する際、伝えた筈《はず》だが、もう一度いうのかね？」

「それは総裁が報道関係各社に対して述べられたのであります。国民に対してはまだ述べられておりません」

「それじゃ、もう一度いおう。人間は偏見を持っている。これは人間の本能である自己保存の慾望《よくぼう》から昇華したものだ。つまり自己中心主義に発したものだから、これを持たない者はいないんだ。悪い意味だけじゃないよ。買いかぶりだって偏見だよ。わかるね。そこん所、正確にね。だから同じことを二人の人間に伝えても、その二人の伝達する言葉の内容は違っているし、もちろんもとの言葉とも違っている。ことさら違えようとしているとはいってないよ。わかるね。だけどね、ときどきはそういうことも起るんだ。人間の記者との会見にしてもだね、ある記者は僕に反感を持っているんだ。反感って奴は、偏見の悪い方の極端だよね。そんなのがいては、たまったものじゃないよね、こちらを困らせようとする考えのもとに、枝葉末節にわたたって、こちらの答えられないような質問を、根掘り葉掘りくり返すんだよね。そんなの駄目よね。無茶苦茶だよね。そうなってくるともう、自分の主義や主張があるだろう、人間には。それによっていくらでも記事を違った風にできるんだね」

「お待ち下さい。今までの総裁のお言葉を要約しますと、人間の記者は人間であることによって不可避的必然的に偏見を持つ。故に彼らによる報道はすべて誤りである。これでよろしゅうございますか」

「ずいぶん、きつい感じになるねえ！　何だか僕までが人間であっては、いかんようじゃないか！」

総裁は笑いとばした。記者は誰も笑わなかった。身動きもしなかった。代表者はいった。

「お続け下さい」

「続けろったって、それだけだよ」

「結論がありません」

「ああ。そうか。だから結論としてだねえ、記者会見の記者をすべて君たちにしたんじゃないの。君たちには主義も主張も偏見もないだろ、だから」

少し黙った。

「これでいいんだろ、結論は」

そして笑った。だが記者団は笑わなかった。

「要約します。……故に報道の正確を望むため、記者をロボットにするよう要請した。何故ならば、ロボットは偏見を持たぬからである。……よろしゅうございますか」

「ああ、まあ、いいだろ」

「尚《なお》、この件に関し、あと二つ質問がございます」

「ふうん、何だい？」

「その第一は、今回のロボット記者会見の件を知った国民が真の理由を知らぬままに考えた、臆測の当否をお答え願います。大多数の国民は次のような説を信じております。『今回の記者会見において、総裁がロボット記者を要請した理由は会見の話題を総裁がリードし、不利な話題に触れることのないよう、お得意の経済問題へと導いた上、一般には難解に思える数字の羅列に終始し、軍事援助問題や惑星間通商問題、自衛権問題に触れさせぬまま終らせようとする魂胆である』この説の当否をお答え願います」

　総裁は大袈裟《おおげさ》に眉をしかめて見せたが、まったく効果はなかった。そこで、せいいっぱい皮肉な調子を含めていった。

「ずいぶん、おかしな質問をするねえ君は」

　記者はいった。

「これは私の質問ではありません。報道関係者全員の質問です。お答え願います」

　総裁は腹立ちを抑え、ひとことひとことを区切って大声でいった。

「では、それは、まったくの、で、た、ら、め、です」

「ありがとうございます。第二の質問に移ります。報道関係者の質問です。『この件に関する総裁の要請は、恐らくは世論がこれを支持するだろうとの見透しを前提としてなされたものである。事実最初はこれに反対していた報道各社も、最後には国民の大多数の声によりこの要請を受け入れざるを得なくなったのである。現在大衆の心理は非常に刺激を求める欲求が強く、殊《こと》にここ数年来のそれは、火星が地球の植民地としての立場から独立して以来の、野次馬的なともいえる激しさである。総裁はこの不安定かつ無責任な大衆の心理状態を、時期的に利用したのではないか』この質問の当否をお答え……」

「聞きたまえ！　僕はね、そんな、大衆を愚弄《ぐろう》するようなことはしないよ。絶対にしない。わたしゃあね、前からもいってる通りもっと国民の気持を考えてる。わたしは嘘は申しません。そして、君たちみたいに大衆の心理が、そんな野次馬的なものと思っちゃいない。それはたまたま発言するに有利な立場をあたえられた者たちの言葉であって、前からもいってるように、もっと声なき声を聞くべきだよ。わかるかね？まあ、君たちにゃ、わからないだろうがね！」

「否定されたと伝えます。では、本題に移り、今回の地球連邦訪問に関しての質問にお答え願います。まず最初に、ゴンチャレンコ総裁との会談における軍事援助問題の話しあいの結果をお知らせ下さい」

「それはまだいえないよ」

「どうしてですか？」

「まだ議会へ報告書を提出していないからね」

「この場合の質問はその報告書と無関係にお答え願います」

「馬鹿をいいたまえ。議会より先に発表はできないよ」

「どうしてですか？」

「野党側にあまり早く知れると……いや、そんなことはどうでもいい。とにかく私は、報告書を書く際に考えをまとめるんだ。それからでないとだめだ」

「私たちは総裁のお考えが知りたいのではなく、実際に会談された時のお話の内容と結果を、そのまま知りたいのです」

　総裁はむっとして、ふくれあがった顔つきをして見せ、さも不快そうに眉をよせて、あらぬ方向に眼をそらせ、黙りこんだ。今まではそうしていれば、記者団は遠慮して早速次の質問に移ることになっていた。しかし今日の記者達はいつまでも静かに待ち続けていた。

「もう、質問はないのかね？」

「まだ先程の質問にお答えになっていません」

「あんな質問には答えられないよ。そうだろ君、考えてみたまえ、地球連邦としてはだね、金星との間の軍事実験停止協定を受諾したばかりなんだよ。軍縮協定の草案だってもうできてるんだ。会談の内容が金星に洩《も》れた場合にだね、これは大変なことになりますよ。金星の巡視船につかまったあのたくさんの人工衛星の返還だって要請できなくなるよ。あれだって地球からの援助でできてるんだ。あれが釈放されないと大変な損ですよ。現在の外貨保有高は十二億宇宙ドルぽっきりなんだからね！　年間の失費が約十億宇宙ドルなんだからあれを返してもらわないと火星の財政的余力はゼロになるんだ」

「では、この件に関して総裁は、外交的秘密保持のため質問の答えを拒否されたと伝えます。では次に同会談における関税引き上げの埋めあわせ措置に関する話しあいの結果をお知らせ下さい」

「これはだね、地球が天然資源の関税を現在までの十八パーセントから二十六パーセントに引きあげるんだ。これによって火星は年間約一億八千万宇宙ドルの失費が、二億六千万宇宙ドルの失費になるわけだ。そこで地球は、太陽系共同市場体に埋めあわせ措置の協議を申し入れたわけだ。それをだね、他の品目に対する関税上の譲歩とするか、もっと他の何かにするか、それを前もって話しあったわけだ」

「では『もっと他の何か』というのは何ですか？」

「まだ何かわからないからそういったんだ」

「具体的なものでなく、単に『もっと他の何か』ですか？」

「まあ、そうだ」

「『まあ』というのは、『恐らく』という意味と『少し違うが』という意味と人を慰労する意味と感嘆の意味がありますが、総裁の今の『まあ』はどれですか？」

「少し違うが、という意味だ」

「『少し違うがもっと他の何か』とはいったい何ですか？」

「大体は決ってるんだ」

「先程は『まだ何かわからない』とおっしゃいましたが、どちらが本当ですか？」

総裁は頰がピクピク引き吊《つ》るのを感じた。荒々しく葉巻を灰皿へ投げこんだ。それから皮肉といや味に満ちた言葉をつぶやくようにいった。

「先程のは嘘でしたといわせたいのかね」

「いっていただきたい希望は何もございません。総裁ご自身のお言葉の、矛盾の訂正だけをお願いします」

「大体は決ってるんだ」

「総裁はその際、他の品目に対する関税上の譲歩と、『大体は決っているもっと他の何か』と、二者択一の立場に立たれたわけですが、どちらを要請なさいましたか？」

「それも報告書で発表するよ」

「答えを拒否されたと伝えます」

総裁はとびあがった。

「そんな報道のしかたがあるものかね！　君たちだって記者だろう！　気をきかせたまえ気を。そんな報道をすれば国民はどう思うかね。まるでわしが何も喋っていないようじゃないか！」

「第一に、私たちにはまだ、気をきかせるという複雑な人工頭脳回路は持たされていません。第二に、答えを拒否するということと、何も喋っていないということは本質的同義語ではなく、総裁の場合は後者にあてはまらず、前者にあてはまるのです」

「じゃ、いいますよ。いいます。だけどね、僕はゴンチャレンコさんに、僕個人の希望をいっただけなんですよ。僕個人のだよ。だからこれは、閣議にかける必要があるんですよ。わかるかね」

「総裁は火星連合総裁としてではなく、オロ・ドラン個人として、ゴンチャレンコ氏に、他の品目に対する関税上の譲歩を希望されたのですか？」

「いいや」

「では、『大体は決っているもっと他の何か』を希望されたのですか？」

「まあ……いや、ええ、そうです」

「総裁は先程そのもっと他の何かが大体は決っているとおっしゃいました。『大体』という言葉の意味をご説明下さい」

「大体は大体さ」

「具体的なもの少数を包含する大体ですか、それとも具体的なもの各個に対する大体ですか？」

「ええ、ええと、初めにいった方だな」

「では、その少数の具体的なものは、何ですか？」

「例えばだねえ……、ええと、地球から火星への、コールダーホールY型発電炉の輸出などだがね」

「コールダーホールY型発電炉という原子炉は、プルトニウムも生産できるのではありませんか？」

「そりゃあまあ、しようと思えばね。だけどこれは軍事目的に利用するんじゃないよ。あくまで平和目的だよ」

「プルトニウムは核燃料物質であり、炉心核物質でもありますからこの原子炉を輸入することは惑星間原子炉輸出協定に違反するのではありませんか？」

「しないね。そんな条項はないじゃないか」

「第二十一条に、原子力基本法に違反しないものに限るという項目があります。原子力基本法の第百十二条は、『軍事利用に可能なるものは、部品を含めいっさいの原子力関係物質の輸出を認めない』となっています」

「そう……だったかな？」

「そうです」

「いいじゃないか！　輸入できなければ、軍事援助にすればいいんだ」

「輸入できなければ軍事援助という名目になさいますか？」

「しかたがないじゃないか」

「公式には核兵器の軍事援助を受けることになりますが対外的にもその名目をご使用

になりますか？」

「平和目的に利用するという大義名分があるんだからね」

「大義名分という言葉の意味は……」

「もういい。わかった。おかしいんだろ？　じゃあいい直そう。金星には私とゴンチャレンコ氏とから説明することになっているんだ」

「じゃ、総裁はすでに、地球に対して核兵器の軍事援助を申し出られ、地球側は諒《りよう》承《しよう》したのですね？」

「待ちたまえ。わたしはまだそんなことはいってないぞ！」

「では軍事援助は申し出られてはいないのですか」

「うん」

「まだ申し出られていない軍事援助の件に関して、何故オロ・ドラン氏とゴンチャレンコ氏が、金星に説明する必要があるのですか？」

「だからそれは、私個人としては申し出たのです」

「それを地球は諒承したのですか？」

「ああ、ただし、私個人の希望に対して諒承したんだよ」

「しかし、その諒承は、地球連邦としての諒承と判断できます。なぜならその諒承をゴンチャレンコ氏個人の諒承とするならば、それは報じられている通りの公式会談ではなくなるからです」

「だから、どうだというんだ？」

「コールダーホールY型発電炉を、総裁個人が、総裁の私有財産で地球からお買求めになるのでない限り、火星は地球から軍事援助を受けることを公式的に決定したのです」

「俺は知らねえぞ」

「あなたがおっしゃったのです」

「うるさいな君達は！」

「それは聴覚的に不快なのですか？　それとも……」

「黙れ！」

皆黙った。部屋は急にしんとした。誰も喋らなくなった。うす気味のわるい静かさだった。総裁はいらいらして、テーブルの上を指で叩いた。コツコツという音が大きく響いた。総裁が絶叫した。

「もう、質問はないのか！」

「もう、喋ってもいいのですか？」

「ロボットめ！」

「何ですか？」

「勝手にしろ」

「地球から軍事援助を受けることに関し、金星に対してどうご説明なさいますか？」

「事前承諾という形で持ってゆきたいんだ。平和利用ということでな」

「でももう決定しているのですから、事後承諾になります」

「君たちが報道しなけりゃいいんだ。はじめから外交上の秘密だっていってあっただろ？　君たちが無理に喋らせちまったんだ。君たちが悪い」

「そうではありません。総裁の方からお話になったのです」

「いつ、俺の方から喋った？」

「156ページの4行目です。私の隣に坐っております、このZ通信社のロボット記者は体内に録音機を内蔵させております。再生してお聞かせいたしましょうか？」

「もうよい。とにかく君たちが悪い。もしこれを報道すると大変なことになるからな。戦争になるからな。戦争になって火星の人間が全部死んじまったら君達の責任だぞ」

「まず第一に、戦争になることが、火星の人間の全滅を意味するという論理は成立しません。第二、火星の人間が全部死んでしまえば私達のとるべき責任の対象もなくなります」

「戦争になれば、軍隊のない火星なんか一時間足らずで全滅だ。いいかね、火星には地球の軍事基地が十二カ所もあるんだよ。それらのすべてを攻撃されたら、火星は跡かたもなくなるんだぜ。そうなる可能性は大いにあるんだ」

「それは先程の質問のお答えと解釈してよろしいですか？」

「何の質問だ？」

「地球から軍事援助を受けることを事後承諾の形で金星に説明すれば、戦争になるのですか？」

「馬、馬鹿！　事前承諾だ」

「でも、事後承諾です」

「事前承諾だ！　君たちが報道しなければな！」

その時片隅の二人のロボット記者が爆発した。白金のコイルやプラスチックの内臓が破片になってあたりに散乱した。総裁は驚いて立ちあがった。

「何だ！」

「彼らの頭脳の論理回路の構造が単純だったので、あたえられた言葉の論理的矛盾が人工思考路線を破壊したのです。それでは仮に、私たちが報道さえしなければ事前承諾になるという架空の論理を前提として質問します。もしそれが事前承諾ならば地球から軍事援助を受けても戦争は起らないのですか？」

「恐らく起りません」

「恐らくというのは何パーセントぐらいですか？」

「九十……。あのねえ、君達、こんなことをパーセンテージであらわせますか？　馬鹿な！」

「では、たとえそうしても、戦争が起る可能性はあるのですね？」

「戦争が起る可能性は、どうしたところで常にあるんだよ。常にね」

「ではそうなった場合総裁はどうなさるおつもりですか？」

「だからこそ私は、常に金星地球両星に対して自衛権を主張しているんだ。自衛は必要ですよ。絶対に必要です」

「軍隊を作られるお考えですか？」

「防衛隊を作るのです」

「防衛隊は、火星防衛のために武器を持つのですか？」

「当然持ちます」

「では軍隊ではないのですか？」

「防衛隊は軍隊ではありません」

「防衛隊の予算はあるのですか？」

「ないから軍事援助をうけるんだ」

また、記者が五人爆発した。総裁は怒って立ちあがった。

「何故壊れた！」

「軍事援助は当然、現在では核兵器の軍事援助を意味しています。ところが総裁は先程、平和目的に利用するための、名目だけの軍事援助とおっしゃいました。これは論理的矛盾です」

「違う！　防衛隊は平和目的のための軍隊だ！」

「軍隊ではないとおっしゃいましたが？」

「防衛隊は平和目的のための防衛隊だ！　核兵器は平和目的に使用する！　軍事目的ではない！」

「兵器というものは、軍事目的に使用されるものですが？」

「平和のための戦争だ！　だから戦争に使った核兵器は平和目的だ！」

記者が十二人爆発した。

「地球から軍事援助を受けた場合は、地球が火星を攻撃することはあり得ないと考えられます。すると核兵器使用の対象は金星ということになります。総裁は金星の攻撃に対して核兵器を使用されるお考えですか？」

「自衛のためにだ！」

「攻撃を受けないよう中立的立場には立てないのですか？」

「基地があるじゃないか！」

「基地を撤去するよう要請なさるお考えはないのですか？」

「そんなこといえるものか！　軍事援助を受けるんだぞ！」

十六人爆発した。

「総裁にお願いいたします。すでにわれわれの大部分が、総裁のお言葉の論理的矛盾によって思考機能の活動が不能となりました。報道にご協力下さるため、どうか論理的に正しいご説明を願います。そこでこれ以上このような事態の起らないように、これまでの総裁のお言葉の論理的矛盾の起因を類推いたしますと、これは総裁が戦争を望む本心をお持ちになっていながら、しかもそれを、無理に隠そうとしていられるところから発生した論理的矛盾であると判断することが可能となります。また隠そうとしていられる理由を私たちの記憶部位にあたえられております資料から、類推いたしますと、総裁ご自身の政治的生命の……」

「馬、馬鹿！」

総裁は仁王立ちになった。左右にいた七人の取り巻き連中は、それぞれの椅子の上で大きくとびあがった。総裁は太い腰骨の上に、指の太い両手をあて激しい罵声《ばせい》をあげた。それは何もかもを、まるで自分をさえも打ち消そうとするかのような悲愴感《ひそうかん》に満ちていた。

「俺あな！　平和を望んでるんだ。平和を望むためにはだ！　戦争もやむを得ないといってるんだ！　わかったか！　何わからん？　ロボットめ！　わからなけりゃ責任者を呼んでこい！　人間をつれてこい人間を！　こんな重大な話はな、人間同士の話じゃねえと、通じねえんだ！　ロボットめ！　畜生め！　機械め！　貴様らを作った奴らは、すべて呪われろ！」

残りのロボット記者も、キナ臭い煙をたてながらすべて爆発した。部屋の中には総裁の罵声がわんわんと反響した。総裁は腹立たしさに涙をポロポロ流しながら怒《ど》鳴《な》っていた。彼はいつも自分が言おうとしてどうしても言えなかったことを無理やり言わされてしまったので怒っていた。

突然、オロ・ドラン総裁の眼の前がまっ暗になった。

「け、血圧……」

総裁は横転して、ロボットの部分品が散らばっている床の上へごろりと倒れた。取り巻き連中が総裁のまわりへ駈《か》けよった時には、彼はもう息絶えていた。

総裁は歯をむき出していた。

堕《だ》地《じ》獄《ごく》仏《ぶっ》法《ぽう》

のじゃあない一僕はそう思った。真昼の暗
だ。白昼のかみなりだ。いつかこう
ならないかとは思っていた。だ
、こんなに早く、言論の
由の最後の橋頭堡
つき崩される
がこようと
思ってい
かった。
れて
全
、

茶の前を通り、皆のあとから東京ガスのシ
ョーフロアーへとびこんだ。だが階
上への階段とエレベーターがあ
る裏口の方へは行けなか
った。裏口にも第三親
衛隊がいて、通行
人にこっちへ
来るな引き
返せと怒
鳴って
いた。
現代
人
社

、
の
き
いも
を書け
くなって
まったのだ。
う、生きてい
もしかたがない
思った。恐ろしさのあ
り、通行人のひとりがサー
スセンターの入口のガラスドア
叩き壊したらしく、大きな音がした。

の
連
中が
通行
人にま
ぎれて逃
げ出すおそ
れがあるから
らしい。僕はショ
ーフロアーに引き返
し玄関のすぐ横の階段
を二階のショーフロアーへ駈
けのぼった。その階段は二階で終っ
ていた。そこから裏手へまわった。案の定そレストラン『琥珀《こはく》』は空いていた。

ここはいつも空いている。料理は極上だし、給仕人はていねいだし、部屋の飾りつけも上品なのだが、すごく高価で、その上会員制だ。以前からそうだったが、今でもやはりまともなサラリーマンの給料ではまにあわぬ店だ。だから空いている。

各ボックスはセラスキンを吹きつけたスクリーンで仕切られ、テーブルの中央では、白いコードで吊《つ》りおろされたアクリル樹脂固めのピンクの照明器具がかすかに揺れている。

僕《ぼく》は壁ぎわの席に、香代と向きあって腰をおろした。香代をこの店につれてくるのは初めてだ。われわれが田守さんと呼んでいる、いちばんの年嵩《としかさ》の給仕人がすぐやってきて横に立った。僕が来ると必ず彼が注文をとりにやってくる。僕は訊《たず》ねた。

「今日は何がおいしいんですか？」

「メニュをご覧ください」彼は僕の前に大判のメニュを一応拡げてみせ、それからすぐいった。「今日は魚が新しゅうございまして、この鮭《さけ》のムニエルなど、旨《うも》うございます」

彼のいう通りにしていれば間違いはない。彼は僕がここへ三度来ただけで、僕以上に僕の好みを知ってしまっていた。

「この、平貝のグラタンというのがあるね」

「なるほど、それはあなた様のお好みでございますが」彼はこころもち曲げていた背を、しゃんと伸ばした。「それは召しあがらない方がようございます。少々古うございまして」それからまた高い背を折り、小声でいった。「それに、いつもそれを作っております料理人が、替りました」

「ハンスが？　辞めたの？」

「統制委員会に引っぱられました。いわずもがなのことを申しまして、やられました」

「……」僕は、小さくうなずいた。それから小声でいった。「田守さんも気をつけてくださいよ。あなたがやられたら、この店はおしまいだ」

「わたしのことはようございます」彼はいった。「手前の方では、あなた様のことが心配でございます。あなた様の書かれたものを拝見しますたびに、手前、ひや汗でございます」

「鮭のムニエルをください」ちょっと大きな声でいった。「彼女と二人分。それからこの女《ひと》に、この店のブラック・キャビアを食わせてやってください。僕には、フライド・シュリンプ。ええと……」香代に訊ねた。「君は、カクテルは甘口か?」

彼女はうなずいた。

「この女《ひと》に琥珀カクテル、僕は田守フィズだ」

「かしこまりました」

「シャンパンはどんなのがある?」

「昨夜船員が個人的に私にくれたものがございます。これはすごいものでございます。マクナマラとか申します奴《やつ》で」

「そんなの飲んじゃ、田守さんに悪い」

「ぜひ召しあがっていただきとうございます。手前、昨夜ひと口いただきましたが、随喜の涙を流しましたです」彼は眼を見ひらいてそういった。

「ええと、それから……」僕はまたメニュをのぞきこんだ。「料理だが」

「シュリンプ・ドリアも旨《うま》いかと思いますが」

「それもください。あとは例によって仔牛《こうし》のステーキ、若鶏の蒸し焼き、黒パン、コーヒーだ」

香代はその上にまだ、ローストチキンを注文した。

彼が去ると、香代は警戒するような眼で僕を見ていった。「わりと少食なのね」

「僕は以前から、そうだよ」

「少食の人は危険だっていう人があるわ」

「そういいたい奴にはいわせておくさ」

「逆だわ」彼女は透きとおるような肌を紅潮させていった。「そんなことをいうような人は、いっただけですますようなことの、ぜったいにない人なのよ」

「統制委員会に知人か親戚でもいるみたいないい方だぜ」

「でも、統制……」そこまでいってから、彼女はあわてて店内を見まわした。「何か別のいい方を作った方がいいわ」

「そうだな」僕はいった。「C・Cというのは略称だし……じゃ、T・Iと呼ぼう」

「T・Iに知人も親戚もいないわ」

「大食いする奴は馬鹿だから」と僕はいった。「T・Iは問題にしないんだ」

T・Iという暗号は僕の気にいった。

料理を食べながら香代がいった。「あなたが普通のサラリーマンなら、わたしもっと幸福だと思うわ」

「僕はサラリーマンじゃないんだ。ものを書く人間だ。サラリーマンにはなりたくないし、なれない」

「でも今だって、やりたくない仕事をしてるっていってたじゃないの」

「そうだ。でもそのうちに、書きたいものを書く」

「そんな意味でいったんじゃないわ。あなたに、もう書いてほしくないのよ」

「書くのをやめろというのか？　やめて、どうしろというんだ？」

「また怒るのね？」

「いつも喧嘩《けんか》になるな」

「そうね。いつも私が悪いってことにしとけばいいわ」

「そんないい方をするな」

香代は食べるのをやめ、ナプキンで涙を拭った。

「君が悪いんじゃない」僕はいつもと同じように、なぐさめにかかった。「世の中が悪いんだ」

しかし、今の世の中を良いと思っている人間はいくらでもいるのだから、厳密には僕は、社会的言論統制の制度が悪いというべきだったろう。あるいは「僕にとって」または「ものを書く者にとって」悪い世の中だというべきだったかもしれない。マスコミは常にその時代の社会的政治的構造に応じた形態をとり、色あいをおびているのだから。

給仕長が、ポット入りのコーヒーを持ってきた。この店では、何もいわなくても、料理を食べ始めて四、五分してからコーヒーを持ってきてくれる。酸味の強い良いコーヒーだ。コーヒーを六、七杯飲みながら、料理を全部たいらげた。

お前は何が不足なのだ——僕は自分にいってみた。こんなうまい料理を食べながら——こんなうまい酒やコーヒーをたっぷり飲みながら——こんなに安定した時代、こんなに何不自由のない社会が、かつてあっただろうか？

女は——。女だっている。僕は香代を眺めた。美しかった。均整のとれた肉体、上品な顔だち。しかも彼女は僕を愛していた。僕のためなら、高価な装いに包まれたこの身体《からだ》だって投げ出してくれることだろう。お前はその上、何を望むのか？

肥《ふと》った客が隣りのボックスに入った。まだ若いのに、下腹部が病的に出っぱっていた。赤ら顔をやや仰向《あおむ》け、あえぎながら歩いていた。こいつはまだこの上、何か食うつもりだろうか——僕はそう思った。

つれの女は、香代に劣らぬ美人だった。肉づきがよく、肌のきめもこまかそうだった。二人は二十種類もの料理を、次つぎに注文した。彼らはあるがままの人生を楽しんでいるかにみえた。彼らは典型的な大衆だった。

デザートのベニエ・ド・ポンムを食べ終ってから、新聞を読もうとしてマガジンラックを見た。正教新聞と正教グラフしかなかった。朝日、毎日などのかつての大新聞は、週刊新聞に落ちぶれていた。

夕刊第一面のトップには、法主の、記者会見記事が出ていた。法主はあいかわらず、党を支持する王仏冥合論を唱え続けていた。

「わたしたちは宇宙時代にふさわしい世界観、恒久平和への新しい指導理念を確立しなければなりません。この指導理念こそ、生命哲学の真髄、王仏冥合の理念なのです。生命哲学の真髄とは、莫蓮大聖人《ばくれん》によってうちたてられた大仏法であります。時代の要望に応えて出現した仏法民主主義、人間性社会主義という理念こそ、新しい時代の新しい社会主義を築く指導理念なのです。王仏冥合、仏法民主主義を基本理念とする政治を行う政党こそ、第六十七世法主である私が、そして莫蓮正宗の総講頭である総花学会が支持する恍瞑党《こうめいとう》なのです」

恍瞑党が政権を握ってから足かけ四年――だがその間、法主にしろ、総花学会会長にしろ、また、そのほとんどが理事長クラスの総花学会最高指導者を兼ねている恍瞑党の中央幹部会のメンバーにしろ、発表するメッセージの内容は、みな同じようなものだった。いずれも恍瞑党綱領に貧弱な語彙《ごい》の肉づけをしたものにすぎなかった。宗教政党である恍瞑党に具体的な政策などある筈がなかった。政治勢力を結集するための過渡的な方便だった批判者的立場は、政権獲得の後も変えられようとはしなかった。政治倫理の向上を叫ぶだけで、自主的な政治構想をもたないことが、今でも恍瞑党の本領だった。

それでも恍瞑党は政権を握った。恍瞑党政府ができた。理由はいろいろあった。第一に、総花学会と恍瞑党が、象徴天皇制の実現によって、国家権力や天皇が宗教的性格を失ったことを利用した点にあった。日本国民は国家神道体制という八十年間の呪縛からは解放されたものの、近代日本の歩みを規定した天皇制的政教一致主義の支配が日本社会に残した根――意外に深く大きかった根に、足をとられていた。日本の宗教状況は、とっくに自家製の宗教的権威を頂点に据えた政教一致運動を可能にする段階に入っていた。日本国民が『自由の不安』から逃走し、宗教的権威から更に政治的権威に身を委ねたい気持になっていたことも、恍瞑党政権の実現に拍車をかけた。

第二に、世界的な好況が、日本では恍瞑党の力によるものと誤解されたことにも理由があった。海外では、アメリカ一般国民の世論が、ギャラップ調査により、南ベトナム撤退論50％以上という結果が出た。それに加えて中ソ両国の提携が一時的に再確立し、北爆に反対して立ちあがりそうになったため、ジョンソンの不信任案があたふたと通過した。ウ・タントとド・ゴールの平和解決案が採られ、アメリカはベトナムから撤退し、米中ソの表面的和解が、やはり一時的な世界的平和を生んだ。アメリカはドルの流出で、国際収支を一時は悪化させたが、いつもとは逆に、西欧先進諸国の通貨の自由交換による好況の余波を受けて、すぐ景気をとり戻した。さらに日本も、例によってアメリカの好景気にひきずられはじめた。それから先はとんとん拍子だった。経済は安定し、突然の馬鹿景気が何年か続いた。

ちょうどそのころ恍瞑党は、住居不正入居問題、国有地払いさげ問題、都営住宅の管理問題、河川管理問題、水キキン対策、汚職の糺明《きゅうめい》など、主として大衆福祉の実現に全力を注いでいた。その結果好景気による大衆の生活向上を、すべて恍瞑党の成果として謳《うた》った宣伝文句が、そのまま信じられてしまった。恍瞑党が全国に設置した市民相談所は、大がかりな福祉施設に改造され、これがますます大衆の人気を得る原因になった。総花学会青年局を前身とする恍瞑党第二、第三親衛隊の、急進的な半暴力的行動も、人気を下降させるには至らなかった。

第三の理由として、天皇の法華経《ほけきょう》帰依により、もともと封建教学である莫蓮正宗の伝統的な国立戒壇論が実現したことにあった。国民の総意による国立戒壇の建立――このことばがもつ古代的な仏教語のイメージから、富士山麓《ふじさんろく》辺に寺がひとつ建つことを思い浮かべていた日本の知識階級は、あまりにも安易だった。国立戒壇の建立とは、堂宇の新築や石碑の建立に意味があるのではなく〝国立〟に意味があったのだ。莫蓮正宗・総花学会の教義が国家的公共的性格をもつことのシンボルが、まさにこの国立戒壇だった。恍瞑党政権が、その唯一絶対性に依拠して、政治上、イデオロギー上の反対を一掃することを正当化した表徴こそ、大石寺に建てられた〝国立〟戒壇に他ならなかった。

宗教は超絶的存在の権威をもって、みずからの主張を正当化する。そして絶対化する。宗教が人類の歴史を通じて、権力者による民衆支配の強力な精神的武器だったのも、この独特のイデオロギー的機能に由来していた。独裁政権が確立したとき、恍瞑党が第三親衛隊にまずやらせたことは、伊勢神宮の焼打ち、明治神宮の取り壊し、靖国神社のぶち壊しだった。以前から大衆に『神天上』『社参停止《しやさんちようじ》』などを説いていた彼らは、神社参拝を謗法罪《ほうぼうざい》だ堕地獄《だじごく》だと叫び、ついに政権確立の日（昭和四十三年九月二十五日）手はじめに伊勢神宮に火をつけた。一切の神社に神霊ましまさず、あれは悪鬼邪神のすみかだ、あれは伏魔殿だとわめきちらしながら彼らは次つぎに有名神社をぶち壊したのである。天皇は法華に帰依せざるを得なかった。

「ねえ、もう出ない？」香代がむずがった。下唇がつき出ていた。その意味するところを僕は知っていた。

『琥珀』を出て、ちょっと歩いてから、赤坂見附《あかさかみつけ》で車を拾った。以前山王神社のあったところには、今や恍瞑党のおかかえ同様になった日本一の広告代理店、便利通信社を前身とする『便通』の別館が建っていた。

車から見える会館、公会堂、講堂、ホールなど、集会のできそうなほとんどの場所には、指導会の看板が立てられていた。『如説修行抄』講義会という立看板のある映画館や、『港区青山第二女子学生部班長懇談会』というビラを貼《は》った喫茶店もあった。

外科病院の前の、診療時間が書かれていた立看板は塗り消され、かわりにこんな文句が墨書されていた。

「難病は信心でなおす以外にございません。南無妙法蓮華経は獅子吼《ししく》の如《ごと》し、いかなる病さわりをなすべきやと大聖人様もおおせです。当病院は検温後二時間のお題目を唱えることにより、いかなる難病も完治いたしております。入院患者には朝六時より十時までの勤行をお奨《すす》めし、来院患者には病魔退散の護符を、かならずさしあげております。院長」

レコード屋では、『恍瞑党の歌』をモダン・ジャズに編曲したLPの宣伝をしていた。B面は『聖者の行進』だ。すごく売れているらしい。同じ曲のソノシートもあった。

書店では、会長が自叙伝を連載している雑誌、『法論』や『汐』がすごく宣伝され、売れていた。『恍瞑主婦』や『総花レディ』の特集はどちらも「一日二千五百三十円・栄養価の高い恍瞑料理80種」だった。僕の小説の載っている『月刊現代人』の宣伝ビラは、どこにも貼られていなかった。

僕のアパートへくるとすぐ、香代はドレスを脱いでベッドに横たわった。僕たちは二度愛しあった。それからコーラを二本ずつ飲んで、また二回抱きあった。ちょっと休憩してからもう一度愛しあった。

風呂場から出ると、香代が裸のままベッドの横にうずくまってメソメソしていた。服を着て外に出ても、まだメソメソしていた。

「こんなしあわせな時間が、いつまで続いてくれるかしら」と、彼女がいった。「もうすぐ終りそうな気がするわ」

「終るはずがないだろ」僕は答えた。「僕はなにも悪いことはしていない。なにも悪いことは書いていない」

「でも、書くんでしょ？」恨めしそうな眼をした。

こんな時代に、愛情など、ちっぽけな、けちくさいもののように僕には思えた。女はいつの時代にも、愛情だけで生きているのだ――そうも思った。男にしたって、そういう奴はたくさんいる。

歩いている男たちはみな肥っていて、女をつれていた。女たちは着飾っていた。みんな、満ち足りたような表情をしていた。そうだ、みんな満ち足りていた。料理にも美女にも不自由をしないから、みんな満足していた。

「ねえ、結婚してよ」香代がいった。今の今まで、いいたいのを耐えていたらしく、いちどいい出すときりがなかった。「今でなければ、結婚できないかもしれないのよ」

「まだ、したくない」もし結婚するとしても、その前にするべきことがあるように思った。「いやだ」

香代から離れ、国電の駅の売店で、新しい『月刊現代人』を買った。それから、今はすでに総花学会事務局第三分室の前庭になってしまっている明治神宮外苑に入った。

香代は少し離れたままついてきた。

「ねえ、お願いだから結婚してよ」泣いていた。「結婚してよ。結婚してよ」

「うるさいぞ」

ふりかえると、彼女も立ちどまった。僕は早足で歩き出した。

「わたしを、置いていくの？」彼女は、うしろから叫んだ。「わたしを、ほっていくのね？　わたしが、こんなになっているのに」

「そこで、どうにでもなってろ」

ひとりで、内苑に入った。花が咲いていた。池の中の鯉《こい》を覗《のぞ》きこみながら、しばらくいろんなことを考えた。それから芝生に腰をおろし、雑誌を開いた。僕の作品というのは、ろくでもないショート・ショートだ。僕が本当に書きたいものではなかった。ショート・ショートの神様といわれた槇岡一が、統制委員会に引っぱられてしまったので、今号から僕が書くことになったのだ。読み返したがつまらなかった。槇岡一の足もとにも及ばないと思った。

僕には作家の友人が大勢いた。その殆《ほと》んどがT・Iに引っぱられたり、第三親衛隊に消されたりして、今まだ書き続けているのは、僕を含めて三人だけになってしまっていた。

ファンタスティックな作風で有名だった森倉正吾は、まだそれほど統制がきびしくなかったとき、『文芸公苑』に、猊下《げいか》の首が宙をとび、それから地面をコロコロ転がったという話を書いた。このときは編集長の自宅に第三親衛隊が暴れこんだ。第三親衛隊はその頃まだ非公認団体で、恍瞑党から内密に資金の提供を受けている非行少年団に近い存在だった。編集長は留守だった。かわりに女中が刺し殺された。しばらくはあちこち逃げまわっていた森倉も、やがて捕まった。

槇岡一は、時事問題を含んだ作品は絶対に書かないことで有名だったのだが、悪いことに彼は日常生活においては毒舌家だった。酒の席で法主に関する罵詈《ばり》雑言《ぞうごん》をわめき散らし、それをT・Iに聞かれて捕まったのである。

才能のある作家は、すべて消されてしまっていた。

――みんな、いい連中だったなあ。

すごく淋《さび》しかった。

『文芸公苑』事件以来、誰も法主のことは書かなくなった。たまに書く者がいても、それは編集者が怖がって載せなかった。読むなり蒼《あお》くなって顫《ふる》え出し作者に原稿をつっ返した。作家たちは暗黙のうちに法主ということばを禁句にした。それでも依然として言論・思想の自由は、恍瞑党綱領第三項にかかげられたままだった。彼らは、人間は違った見解を持つべきではない。発見されるべき立場、擁護されるべき立場、宣伝され強化されるべき立場には、たった一つの正しい立場しかないというソビエト共産主義理論をたくみに導入した。われわれは邪教や悪魔の思想を駆逐してやるのだ。そして正しい党の線に沿うかぎりはいかなる意見も自由に発表させてやるのだ、だからわれわれは言論・思想の自由の守護神なのだというのが、恍瞑党の主張だった。

ご受戒をすませた者が、悪魔のことばを吐くべきではなかった。僕もご受戒をすませていた。日本国民のすべてが半強制的なご受戒をすませていた。魔にタボラカされた文章は謗法だった。地獄だった。

捕まったら、消されたら、書きたいことが書けなくなる。だが今だって僕は、書きたいことを書いていないし、書こうとしても書けない。どの雑誌にも載せてもらえないようなことを書いたってしかたがないと思うからだ。

——それは本当か？　それはお前に勇気がないことのいいわけなんじゃないか？

僕の中の僕がそういった。僕は膝の上の雑誌を見た。この『月刊現代人』の編集長は硬骨漢だ。僕とは気があう。

「勇気を出して書きなさいよ。あなたの作品なら何でも載せるから」

槇岡一が捕まったとき、彼が意味ありげにそういったことを僕は思い出した。

「ああ、書きたいなあ」

木立の中を歩きながら、僕はそう呟《つぶや》いた。とても書きたかった。捕まった友人たちの顔が、次つぎと鼻さきに浮かんで消えた。涙が出た。

池のほとりまでひきかえしてくると、ひとりの水商売らしい中年女が、五、六人に演説をぶっていた。

「バーを経営いたしたいと申しますのが、わたくしの、十年来の念願でございました。わたくしはごらんのように、四歳の折に小児マヒにかかりましてからは、左下肢の不自由のために、一生ビッコという宿命を背負ったのでございます。これは何故《なぜ》かと申しますと、先祖からの真言宗《しんごんしゅう》、禅宗《ぜんしゅう》の害毒をそのまま受けたのでございます。それと、父親が右翼、弟が共産党に入党した祟《たた》りも、もちろんあることでございましょう。でございますから、バーの開店の資金など、もちろんあるわけがございません。わたくしはここぞと思いまして、一日十四時間、いっしょう懸命お題目を唱え続けたのでございます。それを半月ほど続けまして銀行へ融資を頼みますとアーラ不思議アラ不思議、御本尊様の功徳まことにあらたかでございます。銀行はお金を貸してくれたのでございます。五年前には、いちど断わられたのでございます。今度は貸してくれたのでございます。というわけで皆さま、わたくしはバーを開くことができました。皆さまもどうぞ、お遊びにおいでくださいませ。その場所と申しますのは……」

アパートへ帰ると、部屋のドアの前で作家の黒川武夫が僕を待っていた。彼も僕同様、生き残り組のひとりだ。

僕はこの男をあまり好きではない。この男には悪い癖がある。おしゃべりと告げ口だ。悪い奴が来たと思った。

この男は以前から、噂話《うわさばなし》のタネを見つけてきては他にバラまくのが好きだった。いわば趣味である。それもたいていは悪口中傷の類《たぐい》だ。さんざ喋《しゃべ》り散らしておいてから今度はトンボ返りで噂の当人のところへ大変だたいへんだあんたのことについて今こんな噂が巷間《こうかん》に流布されているよと教えに行くのだから念が入っている。マスコミ関係の売れっ子で、彼の噂話の槍玉《やりだま》にあげられない者はないくらいだった。みんな、彼をできるだけ避けるようになった。僕もそうした。だが彼は、会ったところがどこであろうと話しかけてきた。逃げようとしても駄目だった。便所へ逃げ込んでもついてきて話し続けた。いちどTBSのロビーで会ったことがある。僕は大便所へ逃げこんだ。彼は隣のボックスへ入って話し続けた。ところが更にその隣のボックスに噂の当人が入っていて、話を聞いて怒り出しボックスの仕切り越しにもめはじめた。このときはたいへんな騒ぎになった。

その後、いろんな人からたしなめられたりして、彼も少しは自分で気をつけるようになったらしい。つまり噂話を喋り散らしてから、大あわてで噂の当人のところへ行き、今あんたのことについてこんな噂が巷間に流布されているがそれは僕のいったことじゃないよと駄目押しするようになったのである。

統制がきびしくなり、自由にいいたい放題を喋れなくなって、いちばん打撃を受けたのはやはり彼だった。なにしろ彼にとっては、おしゃべりと告げ口が生活の一部だったのだ。大っぴらに喋れなくなってから、彼の顔色は悪くなった。ときどき、悲しそうな眼をしてじっと僕を見つめていることがあった。ああ、きっと何か喋りたいことがあるのだなと思わせる眼つきだった。可哀《かわい》そうだった。

彼が喋りたいことは、僕にもだいたい想像がついた。法主の鼻に関してのことに違いなかった。

法主の鼻――これはもう、どんな場合にも喋ってはいけないことのひとつだった。法主の鼻は巨大だった。先端がなすび色をして膨れあがり、だらりと口の前に垂れ下がっていたが、それを笑ってはいけなかった。笑い話の種にした者はT・Iにひっぱられた。

四日前、僕と黒川はTBSの廊下で、十数人の護衛にとり巻かれた猊下とすれちがった。『法主の時間』に出演した猊下は、ちょうどスタジオから出てきたばかりだった。僕と並んで歩いていた黒川は、猊下の顔を見るなり身体を硬直させて立ちどまった。四肢をガクガク顫わせはじめた。僕が脇腹を小突いてうながしても、彼は動かなかった。じっと猊下の鼻を眺め続けた。

廊下の端に直立して、じっと自分の鼻を見つめている黒川に、猊下はふと眼をとめた。彼は護衛陣から離れるとゆっくりと黒川の方に近づいてきた。皮肉な微笑が浮かんでいた。

自分の前に立った猊下に圧倒され、黒川は瘧《おこ》りのように痙攣《けいれん》しはじめた。彼は猊下の鼻から眼をそらそうとしたが、できなかったのである。

「あなた」と猊下はいった。「わたしの顔に何かついていますか？」

「い、いいえ、いいえ」黒川はいった。「何もついては、おりません」

「わたしの顔に、何かありますか？」

「とんでもございません」黒川はあぶら汗を流しはじめた。「何もありませんです」

「ほほう」猊下は不思議そうな顔をして自分の鼻を指した。「すると、ここにある、これは何ですかな？」

「それは、それは……」黒川は息をゼイゼイいわせてから答えた。「人間の呼吸器でございます」

猊下が去ってからも、彼はまだ立ちすくんだまま、しばらく顫え続けていた。その日彼は、何かを考え続けている様子で、僕にはひとことも口をきかなかった。

今日、彼がやってきたのは、考え続けていたことを僕に話すために違いなかった。

「やあ、仕事ははかどっているのか？」

「うん、まあね」彼は、そんなことはどうでもいいという調子で身をのり出した。

「じつは……」彼はもじもじした。いおうかいうまいか、まだ迷っているようだった。

「こんなことは、ほんとは、いっちゃいけないことなんだが……」

そらきた、と僕は思った。「それなら、いうな」

彼は悲しそうな眼をした。じっと僕の顔を見つめてから自分のズボンの膝に視線を落とした。「だけど、喋りたいんだ」

「僕は聞きたくない」腕組みした。

彼は眼をあげた。「喋らせてくれ」

「じゃあ、勝手に喋ったらいいだろう」

「じつは」彼は誰もいるはずがないのに左右を見まわしてからいった。「法主の鼻のことだが……」

僕は身体を硬直させた。「それをいうな」

彼はちょっと身をすくめた。やがてまた、亀のように首を持ちあげた。「だけど、いいたいんだ」

僕が黙っていると彼は懇願するような調子でいった。「いわせてほしい。いわせてくれ」おろおろ声で喋りたいんだといった。それからソファの上で身もだえた。「喋りたい。喋りたい」泣いていた。

僕は胸の中に、何か熱いものがこみあげてきた。彼といっしょに、ワアワア泣きたいような気持になった。彼と抱きあって泣きたかった。だがその衝動を抑え、眼を閉じていった。「そんなに喋りたきゃあ、早いとこ喋ってしまって、早く帰ってしまってくれ！」

黒川は大きく息を吸いこんだ。いっ気に喋った。「法主の鼻は、七面鳥を連想させる。なあ、そうだろう？　法主の鼻は七面鳥に似ているな？　僕は法主の鼻は七面鳥に似ていると思うんだ。似ているだろう？　僕は似ていると思う」彼は自分でうなずいた。「うん、法主の鼻は七面鳥に似ている」何もかも吐き出してさっぱりして、満ち足りたような表情をした。

僕はいった。「それで、しまいか？」

「ああ、しまいだ」そういってから、彼は急に不安そうな顔つきになった。「だけど、僕は今、たいへんなことをいってしまったな」

僕はうなずいた。「ああ、君はたいへんなことをいったんだ」

彼は、今眼が醒《さ》めたという表情で、心配そうにあたりを見まわした。「とうとう、えらいことをいってしまった」またおろおろ声になった。「僕は今、えらいことをいった」

「そうとも。えらいことをいったな」

彼は声を顫わせていった。「君はまさか僕が、法主の鼻が七面鳥に似ているといったなんて、いいふらすんじゃないだろうな？」

「そんな心配をするなら初めからいわなきゃよかったんだ」

「いうんじゃないか？　いうつもりなのか？」彼は唇を蒼くしていた。「いわないでくれよな。いわないだろう？」彼は何かを思いついたように身体をしゃんとさせた。それから訊ねた。「だけどやっぱり、法主の鼻は七面鳥に似ているな？　君だってそう思うだろう？　な、そうだな？」

「君が勝手に喋るのはいい。だけど僕の意見を求めるのはやめてくれ」

「だけど、君だってそう思っているに違いないんだ」彼はまたおろおろ声になった。「いってくれ、頼む。法主の鼻は七面鳥に似ているな？」嘆願した。「いってくれ。そう思うだろう」

「僕は何もいわない」

「君は僕にだけ喋らせた。ずるい、ずるい」彼はまたソファの上で身をよじった。

「君は僕を裏切った」泣き出した。そして僕を指した。「いうつもりなんだ。いうつもりなんだ」

「いうものか」

「それならいってくれ。法主の鼻は七面鳥に……」

「僕がそういったら、君はよそへいって、僕がいったといいふらすんだろう？」

彼は真剣な顔で、はげしくかぶりを振った。「いわない、絶対にいわない」僕に身をすりよせてきた。「いわないからいってくれ」

「君とはもう話さない」そういって僕は立ちあがった。「帰ってくれ」

彼は涙のいっぱい溜《たま》った眼で、悲しそうに僕を見あげた。「いって、くれないのか？」

「何もいわない」

彼はうなだれて立ちあがった。

戸口で彼は立ちどまって振りかえり、おずおずといった。「君は本当に、法主の鼻が七面鳥に似ているとは、思わないのか？」

僕は顎でドアの方をしゃくった。「早く帰れよ」

「いってほしい」

僕が黙っていると、彼はうなだれ、しおしおとドアを開いた。それからドアに身体を半分かくしたままの恰好で、また僕を見た。

「ひとことだけでいいのだが」

僕は彼を外へ押し出してドアを閉めた。

机に向かい、原稿を書こうとしたが、書けなかった。作家が減ったから原稿料がひとりでに値あがりして、今は僕で一枚二万三千円だ。しかし、こんなに書けなくなってしまっては同じことだった。一時間あまり呻吟《しんぎん》して七、八枚反古《ほご》にした。

電話がかかってきた。黒川だった。

「何だ？」

「法主の鼻のことだが……」

「まだ、いってるのか」僕はぞっとして訊ね返した。「今、どこにいる？」

「ＴＢＳのロビーだ」

背筋を、ひや汗が流れた。「その近所には、誰もいないのか？」

「局の男が二、三人いる」

僕は思わず叫んだ。「いいか、よけいなことは、きれいさっぱり忘れてしまえ。今すぐにだ！　法主のことなんか忘れろ！　法主には、鼻なんかないと思え！」

受話器を架台に叩きつけた。

五分ほどして、また電話が鳴った。ＴＢＳの、知りあいのディレクターからだった。

「今、黒川武夫が、つれて行かれた」

「何だって！　統制委員にか？」

「いや、精神病院へつれて行かれたんだ」

「何を、何をやったんだ」手が顫えていた。

「局の廊下を、わめき散らしながら歩いたんだ。法主には鼻はないといって……」

その夜、なかなか寝つかれなかった。

明けがた、夢を見た。すごい夢だ。

牧場の柵の中に、七面鳥がいっぱいいた。僕はそれを凝視していた。見てはいけないと思いながら見つめ続けていた。あぶら汗が流れた。見つめ続けながら、子供の頃のことを思い出した。第二次大戦末期だった。ある日ふとしたことで、天皇の歩き方はアヒルに似ていると思ったことがある。もちろん、そんなことを口に出してはいえなかった。それはしばしば僕の頭の中に浮かんで、僕を悩ませた。本物のアヒルを見ただけで、罪悪感に責めたてられた。

夢の中で僕は、七面鳥を睨み続けることに罪悪感を覚えていた。僕にそんな気持を抱かせる七面鳥に対してすごく腹が立った。七面鳥の背後の法主に対しては、何の恨みもなかった。だが法主個人を侮辱したというだけでビクビクしなければならなかったり、第三親衛隊に刺されたりするこの世の中にすごく腹が立った。むしろ、そんなことぐらいで責め立てられるのなら逆に、法主個人の名誉など糞《くそ》くらえとさえいいたかった。その作品の中で、猊下の首をコロコロ転がして見せた森倉正吾の気持が、よくわかるような気がした。破壊の衝動が僕を襲った。僕はガタガタ顫えた。それは自己破壊の衝動でもあった。とうとう我慢できなくなった。僕はわけのわからない悲鳴をあげ、柵の中におどり込んだ。七面鳥をひっつかまえた。細い首をねじ切った。血が噴き出して僕の鼻孔に入った。次つぎと、首をねじ切った。中には僕の手が届かぬさきに、自分で首をすっとばしてしまう七面鳥もいた。

何千羽殺しただろう。掌《てのひら》が血でヌルヌルしていた。眼を醒ましてからも、掌は汗でヌルヌルしていた。頭痛で頭の中が鳴っていた。昨夜、あまりいろんなことを考え過ぎたからかもしれないと思った。考え過ぎて脳味噌がすり減って頭蓋骨《ずがいこつ》が陥没しているかもしれないと思ってぞっとして、あわてて頭に手をやったりした。

しばらくベッドの中で煙草《たばこ》を喫《す》い続けてから、やっぱり、『月刊現代人』の編集長に会いに行くことにした。出かける時に、机の抽出《ひきだ》しのいちばん奥の木箱に入れておいた、婦人用の小型のコルト拳銃を出してポケットへ入れた。ひと昔前の拳銃不法所持の取り締りが厳しいころなら、たちまち見つかっていたことだろう。この頃では第三親衛隊の青少年でも、見せびらかすようにして持ち歩いている。

渋谷から地下鉄に乗った。前のシートには二級党員が三人並んで腰をおろした。以前の総花学会の班長クラスが二級党員、組長クラスが三級党員だ。一級党員は前の地区部長クラスで今は各行動隊の隊長になっている。一級の上に特級党員というのがあって、これは以前の支部長たちだ。それ以上の将官クラスは指導者たちである。

僕がインテリに見えたのか、前の三人が軽蔑するような眼でジロジロ見た。僕は新聞をバサバサとひろげて、顔をかくした。

焚書《ふんしょ》の記事が大きく出ていた。書籍名はいつもと同じ『聖書』に始まって、ダンテ

『神曲』、ミルトン『失楽園』、『古事記』、『日本書紀』、『神皇正統記』、ヒルティ『幸福論』、ミル『自由論』その他神話、歴史、社会、人文科学書、経典、内外大思想家の全集から古典文学、大衆文学の一部まで、全五百八十九種類約五千冊の本が焼かれていた。数はいつもより少し少ない程度。ほとんど毎日のことなので、『東京地区の昨日の焚書』というコラムを作った新聞まであるくらいだ。

そのほかにたいした記事はなかった。ざっと眼を通した。

「餓鬼《がき》！　因果応報！　勤行を怠った八百屋一家、突然の火事にて阿鼻大城の底に沈む！」

「明日のお天気は、ご本尊さまのお力により、各地とも快晴でございます」

「寂光本土に居住の心地――北川のふとん」

「ハイ・オクタン・ガソリン＝ハイピッチで広宣流布！」

「悪魔よきたれ、ベルタス一本でゆめゆめ退するなかれ恐るるなかれ」

「無慚《むざん》！　いまだ燃え続けてやまず！　邪教異人のタンカー火事」

「正教歌壇・入選

大衆の福祉誓いて堂堂と

恍瞑党は駒を進めん」

（第229部隊　広山元）」

「正教俳壇・入選
　ラムネ噴きこぼれメーデー散会す
　囀《さえず》りの糞まみれなる手摺《てす》りかな（暁汀）」

なさけなくて涙が出てきそうになったので、読むのをやめた。

銀座で降り、地上へ出て新橋の方へ少し歩いた。もう昼過ぎで陽ざしは強かった。昼食に出たサラリーマンが談笑しながら歩いていた。五年前なら、サラリーマンはぜんぶ部課長級になったのかと思ったことだろう。それほど彼らはよい身装《みな》りをし、よい顔色をし、肥っていた。

小松ストアの前で、むこうからやってくる評論家の和本悦太郎に会った。

「どこ行くの？」と彼が訊ねた。

「月刊現代人へ行こうと思って、君は？」

彼は手にしていた原稿の束を叩き、今この評論を月刊現代人へ持ちこんだのだが、編集長に突っ返されたと、不満そうにいった。お茶でも飲まないかというので、うん飲もう飲もうといって、次の街かどにある不二コロンバンに入った。

この和本という男は、恍瞑党が勢力を増しはじめて知識人たちがそれに追随しかけたころ、『あぶない思想家』という本を書いて、彼ら知識人たちを弾劾《だんがい》したことがある。まだ捕まらないのが不思議だと思っていたら、どうやらこの間から転向したらしい。そういうぐあいに考えのコロコロかわる男だが、口が固いので、わりあい安心して喋れる。

「やりにくい世の中になったな」

僕がそういうと、彼はニヤリと笑った。

「そうかね。おれはそうでもない」

「でも、原稿を突っ返されたんだろ？」

「この原稿は、時流に乗り過ぎているというんだ」彼はまた原稿をポンと叩いた。「まあ、読んでみりゃわかる。それにしても君、あの月刊現代人の編集長ってやつは、想像以上の反動だぜ」

「硬骨漢さ、いい男だ」

「それにしても、こんな無難な原稿なら、載せてくれてもよさそうなものじゃないか。わざわざ危険な原稿ばかりえらんで載せてる」

「そこがいいところさ」

「この原稿、よその雑誌社へ持って行きゃ、文句なしにＯ・Ｋだ。だって恍瞑党のマスコミ理論を支持してるんだからな」

「器用な奴だ」僕は苦笑した。「そんなことが、どうしてできたんだ？」

「マスコミ自由主義理論の、悪い面だけ見りゃいいのさ」

「君は、自由主義者じゃなかったのか？」

「うん。だがマスコミ理論に関しては、少し考えが変ってきた。マスコミが自由すぎると混乱が大きい。マスコミが巨大になると、こんどはその巨大な力を自分自身の目的のために行使しはじめる。自由主義社会のマスコミ関係者たちは、反対意見を出さずに自分たち自身の意見を宣伝するようになる。資本主義では、マスコミは大企業に媚《こ》びてるから、しばしば広告主に編集内容を支配されてしまう。マスコミは重要なものよりも、表面的でセンセーショナルなものにばかり注意をはらいがちだ。誰にでも喋らせるという面では、個人のプライヴァシー侵害という問題がおこる。嘘《うそ》をつき、人を誹謗《ひぼう》し、物ごとを歪める。だいいち、資本主義社会のマスコミは、いわば企業家階級とでもいうような社会経済的な階級に支配されているから、新入りのものがマスコミ産業に接近することは、まず不可能だ。恍瞑党政権確立以前のマスコミの思想の自由は、危殆《きたい》に瀕《ひん》していたんじゃないかな？」

「そんなことがあるもんか。現在と比較すりゃ、自由はいくらでもあったさ。たしかにそりゃあ、あの頃のマスコミは、あやふやな事実、まちがいだらけの事実、でたらめな事実を無茶苦茶に報道した。だけど僕は君よりも大衆を信頼するね。あのころの大衆は、社会の市場に充満しているいろんな思想の渦の中で、真理を探し求めはしなかっただろうか？　自由かつ公開の市場で、自己を主張しさえすれば真理は必ず勝つという『思想の公開市場』論ってのがあっただろう？　いかに虚偽や悪論が多くても理性によってその中から真実や善をえりわけ、拾いあげはしなかったかい？　大衆はたとえ情報と意見の弾幕のもとに立たされても究極的には必ず信頼できる結論をくだしはしなかったか？　『自動調整作用』論だ。このふたつがマスコミ自由主義理論のスローガンだったし、ミルトン、ロック、マンスフィールド、ブラックストン、アースキン、ジェファーソンたち自由主義者は、そう信じたんだ。そりゃ、この相互作用は、時には混乱したかもしれないさ。生産的でなかったかもしれない。だけど、どう考えたって今みたいな権威主義的な命令よりは好ましかった。長い眼で見りゃあね」

「大衆って奴を、そんなに信じていいのかね？　僕は懐疑的なんだ。その証拠に、現在の大衆を見ろよ。わずか二、三年で完全に頭の中の思想を入れ替えちゃってる。人間って奴はさ、だいたい理性を使うことを億劫《おっくう》がるんだ。そしてその結果は容易にデマゴーグや広告で釣《つ》る政治家や商人たちの餌食《えじき》になる。精神的に怠惰だから、無分別に物ごとに盲従する。利己的な人間にあやつられるんだ」

　ウエイトレスがコーヒーを運んできた。ケーキはうまいのだろうが、ここのコーヒーのまずいのには驚いた。鉄錆《てつさ》びの匂いがして、鍋の垢落《あかおと》しの湯の味がした。

「現在アメリカでは」と彼が喋りはじめた。「社会で発言している大衆が、マスコミは社会に対して一定の基本的な機能を果たすよう責任を持たされているはずだといって、マスコミに一定の行動基準を要求しはじめているんだぜ。自由には責任がつきものだからな。もしもマスコミが責任を考えない場合には、マスコミの基本的機能が果たされているかどうかを、何らかの別の機関が調べるべきだというんだ。アメリカみたいな資本主義国でさえ、こんな、社会的責任理論が発生してきているんだ」

「だけど日本でだって、マスコミ関係者は大体において自発的に責任と自由とをつなぎあわせていたじゃないか。倫理的な行動綱領を制定して、公共の利益に多少気を配りながらメディアを運営していたはずだ」

「うん。だけどそれは、彼らがそう考えた公共の利益というものにすぎなかったんだ。いいかい。マスコミに関する社会的責任理論は、伝統的な自由主義理論と比べて、自由の概念が基本的に異なっているんだ。自由主義理論は消極的な自由の概念から生まれたもので、その自由は外部制約〈からの自由〉だった。社会的責任理論は、それとは逆の形で、ある望ましい目的を達成するのに必要な道具の存在を要求する〈ための自由〉という積極的な自由の概念に基礎をおいているんだ。純粋に消極的な自由というものは、それだけでは不充分で有効じゃない。消極的自由は、ひとつの空虚な自由でしかないわけで、空虚な自由でないためには、自由は実効的であるべきなんだ。だからある機関が、そういった目的を達成するのに必要な適当な手段を供給してやるべきなんだ」

「それじゃ、言論統制を肯定するのか」

「飛躍しちゃいかん」

「飛躍じゃない。君のは集団主義理論だ。権威主義だ。全体主義だ。十六世紀のイギリスへ逆もどりだ。それだとまた、国王とか君主とか政府当局者とか、権力の座にあるものに不利な情報や意見をふりまいた者が罰せられることになる。君のいっていることは、十七世紀権威主義時代のヨーロッパ君主理論と同じだ。一般大衆が政治問題を理解する能力のないものとされて、民衆が政治を議論することに制限が加えられてしまう。国家独占、特許制度、検閲、反逆あるいは治安妨害の科《とが》による告発……」

「君のは個人主義理論だ！」彼がいった。「個人が社会に優先するという原則のもとに動いている社会だって、やっぱり社会は個人に優先するという仮定の上に立った集団主義の要素をいくつかはとり入れているんだぜ。社会的責任理論は、そういうひとつの混合思想を意味するんだ」

「それをつきつめていけば全体主義だ。共産主義だ。新聞の利益を制限するために特別課税制度が作られ、やがて国家資金で買収されてしまう。ラジオやテレビはもっと早く国家のものになってしまうだろう。だって供給に限度のある電磁波の使用が必要なんだから、国家の財産であるチャンネルを割りあててもらわなきゃならない。だから電波コミュニケーションの運営や番組編成は政府の権限内におかれてしまう。隣接国の波長は妨害されるだろう。いやそれどころじゃない。今でさえ国家を象徴するものは法主ということになっているんだから、もうすぐ法主は正義と法の源泉だ、その行為は当然一般の批判を超越するということになってしまう。法主や党首や会長を非難することは、悪だということになってしまう。今でさえ、彼らが誤りを犯しても、最大級の敬意を表して指摘されている。だいたい彼らが誤りをおかそうとおかすまいと、いかなる非難も彼らの権威をそこないそうな形では加えられていないじゃないか。あと一、二年もすればきっと、あらゆるマス・メディアに統制が加えられるだろう。国内のあらゆる経済的社会的集団に対する国家の——つまり法主個人、党首個人、会長個人の優越性が、具体的に表現されるようになるだろう。そうなってしまえばヒットラーだ。ナチス・ドイツだ。ムッソリーニがいったように『人類の不平等性は不変のもので、ためになる有益なもの』ということに……」

そこまで喋ったとき、第二親衛隊の連中が四人ばかり入ってきたので、僕はちょっとドキリとした。彼らは二階へあがっていった。以前の青年局員たちで年齢は二十二歳くらいから二十八歳くらいまでだ。この連中の中から抜擢《ばってき》されたものが、法主や党や学会直属の第一親衛隊員になる。いちばん下っぱの第三親衛隊というのは、未成年者を多数含む半ば公認の組織暴力団である。党の秘密命令があり次第、どんな荒っぽいことでもやる連中だ。「若《も》し善比丘《ぜんぴく》あって法を壊《やぶ》る者を見て置いて呵責《かしやく》し駈遣《くけん》し挙処《こしょ》せずんば当《まさ》に知るべし是の人は仏法の中の怨《あだ》なり」とか何とか唱えながら、平気で人殺しをするのである。国父のために戦えばその功徳は絶大なのだ。

今やすでに政治的な価値基準は、完全に宗教的な正邪基準とごっちゃになっていた。党は仏であり、党に反対するものはすべて魔だった。

「資本主義社会のマスコミは」また、和本が喋りはじめた。「金儲《かねもう》け本位だった。特殊利益や、腐敗や、無責任に支配されていることが多かった。誤りがそのまま流され、訂正されなかったりした。娯楽も馬鹿げたものばかりだった。ニュースにしても、ナマの事実の漫然たる寄せ集めだった。それは認めるだろう？」

「まあそれはある程度認めるが」僕はしかたなしにいった。「しかし、だからといって全体主義がいいとはいえない」

「ところが現在の——つまり、恍瞑党政権下のマスコミはだな」彼は強引に話を押し進めた。「すべての相互矛盾的な傾向の全体を深く考える。そしてすべての社会的階級の生活の安定という、明確に規定された条件に還元するんだ。現在マスコミは、ある社会の思想を説明する場合の主観主義や恣意性《しいせい》を断固として排斥する。うん、そうとも」

「どうにでも説明はつくさ。でも具体的に行われていることは言論統制だ」

「具体的にはだ」彼の口調はますます熱っぽくなってきた。自分をそう信じこませようとしていら立っていた。「具体的には恍瞑党は、選挙で、国家業務の主要な地位に党の候補者——つまり人間性社会主義の建設に専心していて、一般大衆からいちばん広汎な信頼をうけている莫蓮正宗のもっともすぐれた信者の進出をはかるようにマスコミを助けるのだが、これは何も言論統制じゃない。もちろん党は、マスコミの仕事を検証はする。だけどそれは、やむを得ない誤りや欠陥を正すためなんだ。マスコミが政府の決定を発展させるのを助けるためなんだ。党の指令に合致しない記事が出るのを防ぐためだ。マスコミは大衆の支持を保証しなけりゃならないんだからな。それからまたマスコミが、事業計画を発展させるばあい、党は指導を……」

そのとき、いきなり電車通りでポンポン拳銃を撃ちあう音が聞こえはじめた。悲鳴や罵《のの》り声がして、銀座七丁目の方から数人の人間が歩道を逃げてきた。そのうち拳銃の音にまじって自動小銃の音までしはじめたので僕たちは立ちあがった。何だ何だといいながら、さっきの四人の隊員が、拳銃の撃鉄を起しながらドタドタと階段を駆けおりてきて、歩道へ走り出た。

僕は和本をふりかえった。「いってみよう」

彼は顔色をなくしていた。「いや、騒ぎにはまきこまれたくない。僕は帰る」顫えていた。「家に帰る」それから女店員に、裏口はどこだと訊ねはじめた。

僕はポケットの中のコルトを握りしめながら、百円硬貨をカウンターに置き、店を駈け出た。

南西の側から横断歩道を走ってきた中年男が僕にぶつかった。土気色の顔をしていた。流れ弾にやられたらしく、右の耳がなくなっていた。彼は背をまるめ、すごい勢いで銀座四丁目の方に駈け去った。

都電の銀座七丁目の停留所のあたりで、拳銃戦が始まっていた。逃げてくる人の流れにさからって、ナナというハンドバッグ店の手前まで来ると、向い側の東京ガスのビルの三階の窓から、数人の男たちがこちらの歩道めがけてパンパン拳銃をぶっぱなしているのが見えた。三階の窓ぎわは『月刊現代人』の編集をしている現代人社の事務所だ。窓には編集長の蒼ざめた顔も見えた。撃ちまくっているのは、すべて『月刊現代人』の編集部員だった。

こちらからはよく見えないが、彼らが狙っているのは四、五軒南西にあるワシントン靴店の庇下《ひさしした》らしかった。車道では都電が一台、立ち往生していた。ちょうど撃ちあいのまん中で停《と》まってしまっているその電車から、乗客が四、五人、一団となって降り、こちらの歩道へ逃げて来ようとしていた。その中のひとりの男が流れ弾に腹をやられて前のめりに倒れた。うしろを走っていた肥った中年男が、それを見てあああと口を開き、両手を肩の上へさしあげた。ガタガタ顫えながら、車道のまん中で動けなくなってしまった。シェル・ショックという奴だ。彼は立ったまま失禁して車道に湯気を立てた。

都電の隣りには観光バスが一台停まっていた。気の強そうな老婆《ろうば》がバスから降り、わたしを通しておくれと叫んだが、拳銃の音がやみそうもないのでまたバスに入り、今度はいやがる女車掌《おんなしやしよう》を捕え、彼女を楯《たて》にしてこちらの歩道へやって来ようとした。ふたたび自動小銃の断続音が喚《わめ》き、ビルの三階の窓ガラスを撃ち砕いた。女車掌はヒイと叫んで老婆の手を振りはなし、こちらへ走ってきた。老婆は駈け出した途端に自動小銃の弾丸を浴び、身をくねらせて二メートルほどの高さに跳躍すると、舗道に自分の身体を叩きつけた。彼女の信玄袋はトロリー線にひっかかった。

東京ガスのサービスセンターがあるビルの一階の庇下には大勢の通行人が避難して顫えていた。サービスセンターがショーフロアーのドアを閉めてしまったので、中へ入れないらしい。

北東から走ってきたセドリックがタイヤを撃ち抜かれ、バスに追突した。セドリックの運転席から、極彩色の服装をした伊達《だて》な青年が降りて、歩道へ逃げようとした。彼は皆の視線が自分に向いているのに気づき、できるだけ落ちついた態度を装って、しかも軽快に見えるように歩道にとび移った。その途端、弾にやられた。顔の右約半分が吹きとばされてなくなった。歩道ぎわの塵箱《ごみばこ》を押し倒してひっくり返った。だがすぐに立ちあがった。服についた塵を神経質そうに払い二、三歩あるいた。それからふたたび棒のようにぶっ倒れた。

危険だとは思ったが、僕はナナの前の車道を横断して東南側の歩道へ走った。ビルの柱型の陰に身をひそめ、北西側の歩道に面した商店の並びを見た。第三親衛隊の赤い上衣を着た青少年たちが、各商店の入口に陣どり、ガスビルの三階に向けて拳銃や機銃を撃ちまくっていた。南西の側からワシントン靴店の前に拳銃を持った二人と自動小銃一人、東和宝石店に拳銃が二人と旧式のトムソン機銃一台にとり組んでいる二人、ダイアナ靴店には拳銃が一人、もう一人は歩道にのり出して倒れ、のたうちまわりながら咽喉《のど》から噴き出す血で道路に唐草模様を書きなぐっていた。

ダイアナ靴店の手前の立田野の庇下には、さっき不二コロンバンから走り出ていった第二親衛隊の連中が、第三親衛隊を応援して、やはり銃口をガスビルの三階に向けていた。そのうちのひとりは胸を射抜かれ、ABCという洋品店のショーウインドウに立ったまま凭《もた》れて死んでいた。眼を見ひらいたままの死体には、さらに何発も弾丸が当った。そのたびに濃い眉がピョコンピョコンとおどりあがった。それはまるでこの情景が面白くてしかたがないと思っているかのようだった。

現代人社の連中が消されるのだ！　神も仏もあったものじゃあない――僕はそう思った。真昼の暗黒だ。白昼のかみなりだ。いつかこうならないかとは思っていた。だが、こんなに早く、言論の自由の最後の橋頭堡《きょうとうほ》のつき崩される時がこようとは思っていなかった。これで完全に、僕も、僕の書きたいものを書けなくなってしまったのだ。もう、生きていてもしかたがないと思った。

恐ろしさのあまり、通行人のひとりがサービスセンターの入口のガラスドアを叩き壊したらしく、大きな音がした。避難していた人間たちがガスビルの一階になだれこんだ。僕もビルの庇下を伝ってＡＣＢという音楽喫茶の前を通り、皆のあとから東京ガスのショーフロアーへとびこんだ。だが階上への階段とエレベーターがある裏口の方へは行けなかった。裏口にも第三親衛隊がいて、通行人にこっちへ来るな引き返せと怒鳴っていた。現代人社の連中が通行人にまぎれて逃げ出すおそれがあるかららしい。僕はショーフロアーに引き返し玄関のすぐ横の階段を二階のショーフロアーへ駈けのぼった。その階段は二階で終っていた。そこから裏手へまわった。案の定そこには誰もいなかったので裏階段をさらに三階まで昇った。現代人社の事務所へとびこんだ。叫んだ。

「みんな、だいじょうぶか！」

窓ぎわのデスクは押しのけられ、椅子はひっくり返り、書物や原稿は散乱し、壁の電気時計はコード一本で床すれすれにぶら下がり、電話は床で踏み潰《つぶ》され、ロッカーは弾丸をくらうたびにゴトゴト揺れながらもう満腹したといわんばかりに汗をかいていた。

窓ぎわでは四人の編集部員が応戦していた。編集長は眼の吊りあがった浅黒い顔を緊張させ、床に腹這いになって拳銃に弾丸を装塡《そうてん》していた。僕を見た。「逃げろ。殺されたいのか」

「じゃあ、あんたたちは、死ぬ気か！」

「生きのびたって、どうせ消される」編集長はやけくそになっていた。「性質《たち》の悪い子供を、できるだけ撃ち殺してから死んでやるんだ」

僕はポケットからコルトを出して、窓ぎわに駈け寄った。

「じゃあ僕も死ぬ」本当にその気だった。

「あんたは死ぬ必要おまへん！」オイオイ泣きながら撃ち続けていた編集部員のひとりが、僕を見て叫んだ。「わしらはほんまに死にたいんや。いいたいこと書かれへん、本当のこと何もいわれへん、そんな時代に生きてたかて、わしら仕様おまへんやないか。わしらは党の道具にならん雑誌やってるさかい消されますんや。この時代には、わしら余計者ですねん！　わしら、政府の代弁するのはいやですさかいな。政府のタイプライターになるのはいやですねん。党のメガホンにされるくらいやったら、わしら、死んだ方がええねん。その方がずっとええねん！」彼の頬は涙でびしょ濡れだった。「それやのに奴らは、これが自由やいうとりますんやで！　奴らにいわしたら、これが本当の自由やいいますねんで。これが真の自由や、カッコなしの自由やいいますねん。腹のへった失業者には個人的自由もへったくれもない、自分らの作った安定した社会こそ自由やいいますねん。そやけど、そやけどな……」彼はしゃくりあげた。「そやけどわしらはたとえ腹ペコでもどない貧乏しとってもええ、やっぱり喋りたいこと喋れた方がええ！　書きたいこと書ける時代の方がええ！　わしらジャーナリストや。わしらの自由には物質的基準なんかいらん。党派的な自由、そんなもんいらん。もうええ！　わしら死んだる！　生きてたれへんぞ！」また二、三発撃った。「そやけどあんたは死んだらあかん。あんたには小説が書ける。あんたは小説ジャンジャン書いとくなはれ、頼みます書いとくなはれ、ここから逃げとくなはれ」自動小銃の弾丸が二発、彼の胃袋を引っかきまわした。彼は血を吐いて倒れた。僕は彼を抱き起した。彼はまだ喋り続けていた。「今死ねてよかった。本当のことといいますけどな、もしもうちょっと生きてたら、わしきっと莫蓮正宗的なメガネで世界を見始めたやろと思いますねん。そら、もしそうなったら申し分あれしまへん、しあわせな状態ですわ。一回その技術体得したら、二度と事実になやまされることあれしまへん。どんな事実でも勝手に適当な色がついて、適当な場所に落ちつきますねん。わしら、そんなことにならんうちに死ねてよかった」笑った。

「君は筋金入りのジャーナリストだよ」

「おおきに」彼は僕の手を握った。「……さ約束しとくなはれ、逃げてくれますな？」

「約束するよ」

「何が久遠実成《くおんじつじょう》の合一や。わしら、凡夫即極《ぼんぷそくごく》の唱題成仏なんか、したれへんぞ」死んだ。

ロッカーの底から出した機関銃を組み立てていた副編集長が、そこどけと叫びながら窓ぎわへ走ってきた。彼は窓に全身をさらし、機関銃をバリバリ撃ちまくり始めた。白髪まじりの頭髪が乱れ、すごい顔をしていた。二軒の靴屋の四人と宝石店の四人が、バタバタ倒れた。僕はワーワー泣きながらコルトの弾丸を全部撃ち尽して、立田野の第二親衛隊員をやっと一人倒した。

副編集長が機関銃を撃ち尽したとき、彼の胸には大きな穴があいていた。彼は喚《わめ》きながら機関銃を、向かいの歩道へ投げつけた。それから窓に登ると、まるで何かに摑《つか》みかかろうとするかのように両手をさしあげ、叫びながら外へ身を投げ出した。

ワアアアアアアアアア。そして鈍い音がした。

まだ撃ち続けている編集長に僕はいった。「僕は逃げる」

彼はうなずいた。「そうしろ」また一発撃った。

もう、何もいうことはなかった。僕は裏階段を地階まで降り、ＡＣＢの店内を通り抜け、表通りに出た。

町は硝煙《しょうえん》で灰色にけぶり、ソフトトーンのカラー写真のようだった。銀座五丁目まで逃げてくると、負傷者たちが歩道に集まって、出張してきた三人の医者が手当をしていた。死者も横たえられていた。死亡診断書を書こうとした医者が周囲の野次馬に訊ねた。

「どなたか、ペンをお持ちじゃありませんか？」

ひとりの男がポケットからぬいて手渡した。「万年筆ですフランス製の……」軽い怪我《けが》をした二、三人を手ぎわよく手当てし終った医者が、僕を振り返った。

「さてと、次はあなただな」

僕は驚いていった。「僕はどこも怪我はしていません」

医者は妙な顔をして僕の額を見た。僕は傍《そば》のショーウインドウのガラスに顔を映して見てびっくりした。額に、相当大きなガラスの破片が喰《く》いこんでいた。血はあまり出ていないが陽光にきらめく三角のガラスが額の中央から上へ突き出ている。亡者みたいだ。さっき現代人社で受けた傷に違いなかった。

医者が、ガラスを引き抜こうとした。はじめて痛みを感じた。眼球がとび出しそうな痛みだ。僕はギャッと叫んでのけぞった。

「こいつは駄目だよあんた」医者がいった。「肉がくっついてしまっている。病院へ来て手術をしなきゃとれない」

「もういいです。かかりつけの医院へ行きますから」

血だけ拭ってもらって、銀座四丁目の角を左折し、有楽町へ出た。香代が社長秘書をしている会社のあるビルが一丁目にあるのだ。通行人は僕の顔をじろじろ見た。亡者みたいだと思っているのだろう。そうとも――と僕は思った。亡者でたくさんだ。僕は亡者だ。

エレベーターでビルの最上階に上った。秘書室のドアを叩いたが返事がないので、そっと開けた。中には誰もいなかった。部屋の奥の社長室に通じるドアが開いていた。二、三人の大きな話し声が聞こえ、香代の声も聞こえた。香代がこっちの部屋にやってきた。僕の顔を見て立ちどまり、蒼くなった。「逃げて!」と叫んだ。その声で社長室から、二人の第二親衛隊員がとび出してきた。僕はドアを叩きつけるように閉め、廊下の階段の方へ逃げた。

「やっぱり来たぞ! 捕まえろ!」背後で叫んでいた。

このビルは広く、階段はいくつもあり、廊下は複雑に折れ曲っている。勝手はよく知っているので、しばらくあちこち逃げまわって、やっと追手をまくことができた。

だが、僕がいったい何をしたというのだろう? 何もしていない。もっともさっき、第二親衛隊員をひとり撃ち殺したが、あれは誰がやったかまだわからない筈だ。しかしさっきの香代の顔色で判断すれば、どうやら僕には大変な嫌疑がかかっているらしい。つまり消されてしかるべきほどの重大な嫌疑だ。

そっと階段を一階まで降りて裏口へ来ると、第二親衛隊員が二人見張りをしていた。あわててまたそっと引き返した。表玄関にもいるに決っている。僕はふたたび最上階まで階段を登った。

階段の踊り場には火災報知器があった。そいつを叩きこわした。ベルが鳴り響いた。僕は行きあたりばったりに事務所のドアをあけ、事務をとっている大勢の事務員に火事だ避難しろと怒鳴った。ワーキャーといいながら彼らは逃げ出し、僕について階段を駈けおりた。僕は各階の踊り場の火災報知器を全部叩き壊した。そして各階の事務所へとびこんでは火事だ逃げろとわめいた。一階まで降りたときには、玄関のロビーは人間の洪水だった。見張りは人間に押し流されたらしく、姿が見えなかった。僕は人の流れに身をまかせて玄関を出た。

日比谷まで走り、タクシーを拾った。運転手が訊ねた。

「どこへ行きますか？」

アパートももちろん張込まれているだろう。もう帰れなかった。

「赤坂見附だ」

ＴＢＳの近くで車を捨て、レストラン琥珀に入った。まだ夕食時には間があったので店内に客はひとりもいなかった。

隅のボックスに腰をおろすと、田守給仕長がやってきた。「田守さん」と僕はいった。「僕は今、逃げてるんだ」

彼は悲しげに首を振った。「いつかはこうなると、思っておりました」彼は顔をよせ、そっと訊ねた。「で、何をなさいました？」

「それが、何もしてないんだ」

「それは妙ですな？」彼はちょっと考えた。そしていった。「およろしければ、手前がかくまってさしあげますが」

ほっとした。「そうして貰《もら》えれば助かる」

「以前から、このようなこともあろうかと……」

彼について店を出た。僕たちはなるべく人気《ひとけ》のない裏通りを歩き、ホテル・ニュージャパンに入った。

「内密に部屋を予約してございます」

「どういって感謝したらいいかわからないが」

「そんなことは、ようございます」

厚い絨緞《じゅうたん》の上を彼は先に立って歩き、三階のいちばん奥の部屋のドアを開けた。

「どうぞお入りください」

　僕は入った。

　部屋の中はまっ暗だった。彼は僕の背後で壁のスイッチをひねった。一瞬、明るさに眼がクラクラした。それは五十メートル平方はありそうな広い豪華な部屋だった。机がコの字型に並び、腰かけていた三十人ばかりの人間たちが、いっせいに僕を注視した。一級党員の制服を着たのが十人ばかり、二級党員がその倍ほどいた。正面中央に腰をおろしている特級党員は以前の青年局長で、テレビでもよく見かける顔だった。

僕は給仕長をふり返った。

「君は党員だったのか。じゃあ前から僕を監視していたんだな？」

　田守党員はにこやかにうなずいてから、特級党員を見ていった。「やはりわたしの店においでになりました」

　特級党員は立ちあがり、僕にいった。「ようこそ、さあどうぞこちらへ」

　彼が手で指し示したところは部屋の中央――机に三方をとり囲まれた椅子も何もないところだ。しぶっていると田守党員が丁重に僕の腕をとり、力ずくで引っぱっていった。僕を特級党員の正面に立たせると彼はうしろにさがり、僕から少し離れて佇《たたず》んだ。

「僕は何もしていませんよ」

そう僕がいうと、特級党員はニヤリと笑い、葉巻をくわえた。「不善、つまり善をなさざるは悪です。あなたは不善に加えて悪をもなそうとしています」葉巻に火をつけた。

「独断だ、何を証拠に……。いいですか、僕は悪いことはしていない。それじゃ逆に、党のいいかたでいえば、不悪、つまり悪をなさざることだって善でしょう？　だったら僕は……」

「同じ悪でも社会的地位の上るにしたがい大悪となる！」

彼は僕のいいぶんを聞こうともせず、ものすごい大声で怒鳴りつけた。どうもおかしいと思ったら、彼の机のどこかにマイクがしかけてあるのだ。抗弁ができない。ナチスの法廷で使われた手だ。腹が立った。彼はわけのわからない莫蓮正宗哲学を怒鳴りちらしている。

「何故服従せんのか！　もっと教養をお前の小説の中へ盛り込まなければいけない！　お前は法華経を信じないのか！　そうだな？　そうに違いない！　法華経へ移らざるものは大王に民の従わざるが如しと諫暁八幡抄《かんぎょうはちまんしょう》にもあるではないか！　読んどらんな？　インテリの癖に！　四条金吾書にもあるではないか！　王に従わざれば仏法流布せずだ！　お前の小説はあれはいったい何だ！　フィクションに名を借りた妄想ではないか！　麻薬患者の白日夢のような陰惨な、あの荒唐無《こうとうむ》稽《けい》な内容はなにごとだ！

いかにフィクションとはいえ、言論表現の自由の裏づけになる責任をまぬがれるものではないのだ！　公共の福祉、公序良俗の制限からはずされたわけではないことを銘記せよ！　わかったか！　なのにお前の小説は何だ！　あの中に生活革新の意欲があるのか！　他党への批判があるのか！」

　僕は何も聞かぬふりをすることにした。彼が葉巻を喫っているのだから、僕も煙草を喫うことにした。ポケットから一本出して火をつけると、田守党員が横へ来て丁重にそれをとりあげた。さらにつけるとまたとりあげた。三本めに箱ごととりあげられてしまった。

　左右を見ると、党員たちは教養のない人間に特有のあのもぐらもちみたいな陰気な眼つきで、じっと僕を見つめていた。昔、下町にいた頃の連中に似た奴ばかりだ。熊さんに八っつぁん横町のご隠居さん人がよくて甚兵衛《じんべえ》さん馬鹿の与太郎……。

　ぼんやり立たされていることが癪《しゃく》にさわったし、足も疲れてきたので、僕は絨緞の上にあぐらをかいた。田守党員がきてていねいに僕の腕をとり、無理やり立たせた。すごい力だった。

　二十分ばかりわめきちらした特級党員はハンカチで額の汗を拭った。息を弾ませていた。今だと思って僕は二歩前へ出て叫んだ。「あんたは撰時抄を読んでいないらしいから教えてやる！　莫蓮にも精神の内面的不服従のすすめがあるんだ！　王地に生まれたれば身は随《したが》えられ奉《たてまつ》るようなれども心は随い奉るべからずだ！」咽喉が破れそうな大声でわめいた。以前声楽をやっていたから、声量には自信があった。

「だ、だ、黙れ！　黙れ！」彼は大あわてでスピーカーの声量を最大にすると、声をうわずらせて怒鳴った。「魔にタボラカされた奴が何をいうか！　真実の言論の自由は、一般大衆に正義を教え、価値ある生き方を教える理念のうえに立った言論にこそ許されるのだ！　邪悪な、不純な言論はこの世から抹殺していくべきだ！　言論の自由の濫用《らんよう》は人類の敵だ！　これを無視した者は世論や法によりきびしい制裁を受けるのが当然だ！　お前は言論の自由を、自分の食うための手段と思っとるのか！　ふん、無責任な、浅薄な、低俗なことを書く奴にかぎって、きびしく破折されるとすぐヒステリックな金切り声をあげて、ファッショだの弾圧だのとキイキイ大袈裟《おおげさ》に騒ぎ立てるのだから始末が悪い……。無責任なインテリどもが大勢集まってガヤガヤ批判しあっているよりも、ひとりの、心から民衆を思う指導者が、責任をもって断行する方が国家の危機を救い、民衆を幸福にするのだ！　しかもその指導者が全民衆から信頼され支持されているならば、それは立派な民主主義なのだ！」

「なにが民主主義だ！　地獄だ。人間の世界じゃない。ここは地獄だ！　堕地獄仏法だ。堕地獄ホケキョーだ！」

「おお、おお！　魔がのり移ったぞ！　見よ！　悪鬼《あっき》入其身《にゅうごしん》の姿だ！」

特級党員は大あわてで立ちあがり、僕の声を消そうとして他の党員に合図した。全員が立ちあがり、お題目を唱えはじめた。

「ウシロがないぞ地獄だぞ！　南無妙法蓮華経！　妙法蓮華経！」

僕もそれに負けまいと声をはりあげた。特級党員は、机の上のボタンを押した。四角く切りとられていた絨緞ごと、僕の足下の床が落ちた。僕は丸くなって墜落した。

気がつくと、地下室らしい物置部屋のまん中にひっくり返っていた。腰と肩を打ったらしく、ひどく痛んだ。

もう陽のめを見ることもないだろうと思い度胸を据えた。しかし何も書かないままに捕まったのは残念だった。どうせ捕まるのなら何か書いておけばよかったと思って後悔した。黒川武夫が発狂し、僕は捕まったのだから、残っている友人の作家は塩川操という男だけだ。だが彼はひと月ほど前から姿を消していた。地下へ潜ったという噂だけは聞いたが、どこにいるのかわからなかった。

部屋の中には、まるで骨董品《こっとうひん》のように見える古くさい機械が置いてあった。どこかで見たような機械だった。しばらくして、やっと思い出した。精神病治療史の中の挿絵で見たのだ。一八〇四年にコックス博士が『精神病の実用的な観察』と題する本の中で称讃していた機械だ。非科学的な、精神病治療用の機械なのだ。

田守党員が入ってきた。微笑してうなずいた。僕も笑ってうなずき返した。「やあ、あなたには、してやられたな」

「なんの、それは手前の方で」と彼はいった。「あなた様の尻尾《しっぽ》は、とうとうつかめませんでした」

「尻尾って、何のことだ？」

「塩川操という作家が、地下で秘密出版を計画しているという情報が入っております」彼は心配そうに、僕に顔を近づけた。「手前は、あなた様もその計画の参加者ではないかと思っておりますので。と、いうよりはもう、それは確信しておりますので」

「僕は知らないな」本当に知らなかった。

彼は悲しそうにいった。「ところが手前は、どうしてもそうに違いないと思いますので」

「じゃあ、僕にそれを吐かせるというのか？」

「さようでございます」

「どうやって？」

彼は壁のスイッチに手をのばした。「こんなことは、したくございませんので」彼はいった。「早く、おっしゃっていただきとうございます」

壁に埋めこまれたスピーカーから、香代の声が聞こえてきた。

「やめて……ああ、やめて」悲鳴をあげていた。「お願い。許して」ひどいめにあっているに違いなかった。

僕は黙って田守党員を見つめた。彼は気はずかしげに眼を伏せた。

「彼女を愛していないんだ」と僕は彼にいった。「僕は何も知らないんだから、そんなことをしても無駄だな。もし僕が知っていたとしても、何もいわないだろう」

「あのご婦人は、あなたを愛しておいでです」彼は恨めしそうに僕を見ていった。

「あなたは、ひどいおかたです。血も涙もないお方でございます」彼は泣いていた。

「どうして助けてあげようとはなさらないんですか？　手前はあなたさまを、今まで尊敬いたしておりましたのに」涙を手の甲で拭った。「ほんとうに、あなたさまはひどいおかたです」

「そうだろうか？」僕はいった。

「そうです」彼はうなずいた。「あなたさまがそんなに冷酷でいらっしゃるのも、あなたさまが、魔にタボラカされておいでの為です。手前はあなたさまの中の魔を、追い出してさしあげます」

「どうやって？」

彼はスピーカーのスイッチを切った。それから機械を指していった。「これでございます」

彼は僕を機械にくくりつけた。これは一種の、水平に動くブランコだった。二百年前は巻きあげ機で運転されたらしいが、今は電気で動くように改造されていた。

「あなた様をこんな目に遭わせたくはございません」と彼がいった。「早く、地下の場所を教えていただきとうございますが」

僕は笑って首を振った。「本当に知らないんだ」

彼はひどく悲しそうだった。

「しかたございません。手前はもう、ほんとうに、こんなことをするのは、いやなのでございますが」彼は機械のスイッチを入れた。機械はゆっくりと回転しはじめた。

「申しあげておきますが」と彼はいった。「この機械などは、ほんの手はじめなのでございますよ」

もう笑ってなどいられなかった。

本で読んだ通り、それは正確に、一分間に百回回転した。

時《とき》越《ごえ》半四郎

[illegible]は抜群だ[illegible]
を嫌う者でさえ認めぬわけにはい
かなかった。また武芸の面でも
同輩に優っていた。ただし
師範や師範代は彼の
剣を邪道として
褒めなかった。
半四郎とし
ては、か
らだつ
きが
他の
者
こ

違
り
関
係上、
古労し
て自己流
の剣を考
え出す他なか
ったのだが。ある
日彼は同輩の岡村
喜七郎から、果し状を
突きつけられた。四、五日前
に半四郎が、岡村の事務手続上の
不備を大勢の前で指摘したことがあった。

村の邸へ行き、喜七郎に会った。「今、使いの者
から果し状を貰った」と、彼はいった。「受
「そうか」喜七郎は頷いた。
けとれ」「いや、受けとら
ぬ」半四郎は果し状を
彼の前に置いた
「これは返す
「どうして
だ」喜七郎
は啞然
と
た。
「果
し

今
い
をす
れば
どちら
かが死ぬ
か、ある
は怪我をす
る。おそらくは拙
者の方が勝つだろう
が、これはどうかわから
ん。貴公が勝つかもしれん
「それがどうした」「つまらん。馬鹿
馬鹿しい。やめようではないか」「なるほ

奥州《おうしゅう》のさる藩に、片倉半四郎という馬廻《うままわり》七十石の若侍がいた。父は片倉源内といい、槍組《やりぐみ》と鉄砲組を預かっていた。片倉家はその藩主に仕えて五代という家柄で、半四郎は源内のひとり息子だった。

半四郎は容貌も性格も、父源内に似ず、また母のさと女にも似なかった。彼は一風変った若者だった。

身体《からだ》つきからして武骨な父に比べ、半四郎はすらりと背が高く、肩の肉が薄く、色白で、女のように整った顔をしていた。鼻の高さと瞳の色の明るさは、彼を見る者に異人を連想させたし、その立居振舞の一種のぎごちなさは、始終同じ部屋の若侍たちに奇異の念を抱かせた。

姿かたちが変っているだけでなく、その言動も他の侍たちと比べれば著しく奇矯《ききょう》だった。といっても、愚鈍とか精神病質といった類《たぐい》のものではなく、むしろ彼の冴《さ》えた知性が、大柄な彼自身の言動を、一種の冷たさを感じさせる機械的なものにまで律したためだったといえるだろう。そのため彼は、同じ部屋の者や同輩と、折りあいが悪かった。仕事の上では事務処理が巧みで、どんなややこしい問題もてきぱきと片づけたが、反面それが論理的に過ぎて、しばしば感情的な反対に遭ったりした。だが問題がこじれた時、客観的には誰が見ても理屈の上では半四郎に分があった。それ故にこそ彼はますます反感を買うことになった。

彼は文学技芸の才はなかったが、数学、論理的判断力、特に記憶力は抜群だった。この点だけは彼を嫌う者でさえ認めぬわけにはいかなかった。また武芸の面でも同輩に優っていた。ただし師範や師範代は彼の剣を邪道として褒《ほ》めなかった。半四郎としては、からだつきが他の者と違う関係上、苦労して自己流の剣を考え出す他なかったのだが。

ある日彼は同輩の岡村喜七郎から、果し状を突きつけられた。四、五日前に半四郎が、岡村の事務手続上の不備を大勢の前で指摘したことがあった。それを恨んでの挑戦であろうと思われた。

使いの者から果し状を自宅で受けとった半四郎は、すぐに岡村の邸《やしき》へ行き、喜七郎に会った。

「今、使いの者から果し状を貰《もら》った」と、彼はいった。

「そうか」喜七郎は頷いた。「受けとれ」

「いや、受けとらぬ」半四郎は果し状を彼の前に置いた。「これは返す」

「どうしてだ」喜七郎は啞然《あぜん》とした。

「果し合いをすれば、どちらかが死ぬか、あるいは怪我《けが》をする。おそらくは拙者の方が勝つだろうが、これはどうかわからん。貴公が勝つかもしれん」

「それがどうした」

「つまらん。馬鹿馬鹿しい。やめようではないか」

「なるほど」喜七郎は背を反らせた。「では貴公は、拙者にあやまりに来たのか」

「何をあやまるのだ」今度は半四郎が唖然とした。「拙者は貴公にあやまることなど、何もしていない。貴公はおそらく、四日前のことを怒っているのだろうが、あれは誰が見ても貴公の手落ちだ」

「お前は満座の中で、おれに恥をかかした」喜七郎はいきり立った。「武士の面目がつぶれた。果たし合いをしろ」

「貴公が悪いのだ。それがまだわからないのか。だいたいあの未決の書類を挟んだ扇を御用箱の中へなど」

「おれはそんなことはいっていない」喜七郎はますます怒り狂った。「おれに恥をかかせたことを、あやまるのか、あやまらんのか」

「あやまらんといったではないか」と、半四郎はいった。「貴公の手落ちを指摘しなければ、あの書類の行方は皆にわからなかった。拙者の手落ちと思われてはつまらんし、第一そうではないのだから、それはまちがいだ」

「きさまはわざと、皆の前で言ったのだ」

「その方が皆の労力を省けるからだ」

「なに」喜七郎は立ちあがった。「同輩に恥をかかせて平気か」

「あれを恥というのなら、貴公は恥をかくべきだった。他人にさえわからなければ、貴公は自分に対して恥をかかないというのか」

「ここここやつ！」怒りで口がきけなくなった喜七郎は、刀を抜いた。

半四郎はあわてて庭へ裸足《はだし》のまま駈《か》けおり、振り返って叫んだ。「おれは抜かんぞ。刀を抜いていない者を斬《き》るつもりか」

「この臆病者め。そんなに命が惜しいか」

「惜しい」半四郎は追ってくる喜七郎の刀を避けて、築山の周囲を逃げまわりながら叫んだ。「おれは自分の命を惜しむ。貴公の命も惜しむ」

喜七郎は半四郎を垣根ぎわに追いつめた。大上段に刀を振りかぶろうとした時、急に半四郎の姿は、かき消すように見えなくなった。

「あ」

喜七郎はおどろいて、周囲を見まわした。それから庭中を探しまわった。だが、半四郎はどこにもいなかった。

それから二日の間、半四郎は完全に消えていた。どこへも姿をあらわさなかった。

喜七郎は同輩たちに、自分の邸での一件を話し、あれは世にもめずらしい卑怯《ひきょう》未練な臆病者だと、口を極めて罵《ののし》り、嘲《あざけ》った。半四郎の腕の立つことを知っている者は喜七郎の言葉に首を傾《かし》げたが、当の本人がどこかへ隠れたまま姿を見せないのでは、喜七郎のいうことを信じないわけにはいかなかった。半四郎はその二日間、もちろん登城もせず、自宅へも戻らず、通いつめていた学問所へもあらわれなかった。

二日めの夜、上役の後藤主殿が仔細《しさい》を訊《たず》ねるために片倉家を訪れた。半四郎は戻っていなかったので、主殿は父の源内に会った。

「貴殿のご子息が行方不明だ」と、主殿は困った表情でいった。「仔細を調べ、上役に報告せねばならんのだが」

「あれにも困ったものだ」源内もそういったが、彼の浅黒い顔にはそれほど困ったような表情は見えなかった。「あれの噂《うわさ》は拙者もいろいろと聞く。育て方が悪かったのかもしれん。しかしすでに二十三歳になってしまっていては、どう仕様もない」

半四郎に対して理解があるのか、それとも投げ出してしまっているのか、主殿にはよくわからなかった。

「家名に傷をつけてもらっては困るが、まあ今のところ、さしさわりもなく勤めている様子だし……」

家中の半四郎に対する侮りや嘲りのことは、まだ源内は知らぬようだった。

「ご子息はどこにいるかわからぬか」と、主殿はたずねた。

源内はかぶりを振った。

「半四郎殿は、貴殿にはあまり似ておられぬようだが……」

さらに主殿はそうたずねた。以前からの疑問だった。

「貴殿だから話そう」源内は話しはじめた。「これは半四郎も知らぬことだから、他言無用に願いたい。実は半四郎は、われわれ夫婦の実の子ではない。捨て子だ」

「なんと」やっぱり——と思わぬでもなかったが、主殿はとりあえず眼を丸くして見せた。

「四十を過ぎ、妻も三十七になり、それでまだ子供ができなかった。養子をしようかと相談しているところへ、あの子があらわれた」

「どんな具合に」

「夏の朝のことだ。庭で赤ん坊の泣き声がするのでおどろいて出て見た。すると築山の上で色の白い赤ん坊が、なんと、すっぱだかのままで泣きわめいていた」

「それが半四郎殿か」

「そうだ。わざわざわしの家の庭に捨てたのだから、わしや妻が子を欲しがっているのを知っている者の仕業だったに違いない。わしはそのまま赤ん坊をひきとり、自分の実の子として育てた。それにしても未だに解《げ》せんのは、あの子の親が赤ん坊を丸裸で捨てたということだ。産着くらいは着せて捨てる、それが捨て子の常識だ」

「左様。夏だからよかった。冬なら凍え死んでしまう」主殿もけげんそうに頷《うなず》いた。

「成長するにつれ、あいつは次第に風変りな人間になった。いや、もともとの風変りなところが、はっきり人眼につき始めたというべきかもしれん」源内は話し続けた。

「他人を小馬鹿にする様子が見えはじめた。たとえばわしが何か叱言《こごと》をいっても、あの茶色い冷たい眼で、じっとわしを見返しおる。あの眼で見られると、わしはいつも自分の言っていることがごく詰らんことに思え始めるのだ。そうなると、もうそれ以上叱る気がしなくなる。特に表だって反抗はしないが、それだけに余計気味が悪い。またわしが、武士の子としての心構えなどを教えてやろうとすると、うわべはおとなしく聞きながらも、唇の端には苦笑を浮かべおる。十二の時に切腹の作法を教えてやったが、教えてもらいながら、うすら笑いをしておった。いやな奴じゃ。聞くところによると、学問所でも似たような態度だったらしい。特に論語などの講和の時は、処置なしといった顔つきで、始終ゆっくりとかぶりを振り続けておったとか。いやはや……」

源内がそこまで喋《しゃべ》った時だった。ふたりの相対しているすぐ傍ら、庭さきを見おろすぬれ縁の上へ、だしぬけに、空間を突き破ったかのように半四郎があらわれた。

「おっ？」

源内と主殿は、おどろいて腰を浮かした。庭への折戸は閉じられたままだったから、半四郎がそこから駈け込んできたのでないことは確かだった。どう考えても、突然縁側にあらわれたとしか思えなかった。

しかし、源内や主殿同様、半四郎も、自分がそんなところへあらわれたことを、ひどくおどろいているようだった。彼は落ちつかぬ様子で、きょろきょろとあたりを見まわした。

「こ、ここは……ここは？」

父と主殿に気がつき、半四郎はあわててその場に腰をおろした。「これは父上。これは後藤氏」

「不作法な。何ごとだ」さすがに源内が声を荒くした。「どこから出てきた。今まで何処《どこ》にいた」

「わたしにもわかりません」普段の落ち着きように似あわず、半四郎はおどおどと答えた。「同輩の岡村喜七郎に斬られそうになり、はっと身を沈めた途端、ここに居りました」

「なにを言う」主殿があきれて叫んだ。「口から出まかせも、いい加減にせい。貴公が果し状を受けとって尻ごみし、喜七郎から逃げまわったのは二日前のことだ」

「二日前……そんな！」半四郎はあんぐりと口を開いた。「そんなことが……」

「どこに隠れておったかは問うまい。どうでもいいことだ」源内がいった。「しかし半四郎、今、城内ではお前のことを何と噂しておると思う。お前は卑怯未練の臆病者と言われているのだぞ。わしはそれ位のことは、ちゃんと知っておるのだ。恥と思わぬか」

「そのことでしたら」半四郎は苦笑して答えた。「喜七郎こそ大変な卑劣漢と申せましょう。自分の過ちを胡麻化《ごまか》すため決闘などとわめき立て、問題をすり変えた男です。一人前の男にあるまじき恥を知らぬ振舞いです」

「たわけ」毎度のことらしく、またかという顔つきで源内は吐き捨てるようにいった。「お前だけのことなら、勝手に弁解するがいい。しかし、お前の言動については親たるわしにも責任がある。父に恥をかかせて平気か」

「いつもながらそれが解せませぬ。拙者はもう二十三歳、自分の行為には自分が責任をとります。父上にまで罪を着せるようなことはしません。するはずがありません」

「ところがちゃんとこの通り、わしは恥をかいておる」

「では父上は間違っておられる。恥をかくのは、およしなさい。そんな恥など、かかなくていいのです。第一拙者が、恥をかいておらぬではありませんか」

「それはお前が、恥知らずだからだ」源内は声を高くした。「子の恥は親の恥、そんなことくらい、わからぬか。今にお前はわしの顔に、もっと泥を塗るぞ。家名に傷をつけるぞ。世間に顔向けできぬようなことも、するにちがいない」

源内が声を大きくすればするほど、半四郎の眼は冷たくなった。ほとほと理解に苦しむといった顔つきで、じっと父の顔を眺め続けた。その眼のあまりの澄み様には、やがて源内の方がはずかしくなってきたらしく、彼の叱言は次第に低くなり、ついには呟《つぶや》きのようになってしまった。

「もうよい。行け。自室で反省しろ」源内はついにそう言った。

「はあ……」半四郎は小首を傾げて自室に去った。

「あの調子なのだ」源内は訴えるように主殿にいった。「どうにもならん。あいつを叱ったあと、わしはいつも、自分が理屈にならん理屈をいい立てたような気になる」

主殿には源内の態度が、やっと呑《の》みこめた。この武骨な父は、理論家肌の息子の、いわば尻に敷かれていたのである。

半四郎は自室に戻って、考えこんだ。

何故自分は二日間という時を越え、しかも別の場所へあらわれたのだろう。夢遊病に似たものか？　いや、そうではあるまい。あの父や主殿のおどろき様から察するに、自分はどうやら、だしぬけにあのぬれ縁に出現したようである。とすると、自分は時空間連続体の何らかの安定を破って移動したのだろうか？　二日後にあらわれたということには、どんな意味があるのだろう？　自分の家に戻ったということは、他の動物と同じ帰巣本能ということで説明がつく。しかし、二日後ということは――？

半四郎はやっと、果し状に書かれていた決闘の日時が今朝であったことを思い出した。自分は無意識的に、それを避けたのだ――彼はそう思った。

ひょっとすると、自分には時間や場所を越えて移動する能力があるのかもしれない――そうも思った。もしそうであってもそれは、半四郎にとって、さほど不思議なことではなかった。彼は前前から、この地上に人間が生きて動きまわっている不思議さに比べたら、どんな奇怪なことといえども物の数ではないという考え方だったのである。

また彼は、自分だけにそんな能力があり、他の者にはなかったとしても、さほど驚くにはあたらぬと思った。自分が他人とは大いに違っていることを、彼自身ほどはっきり知っている者はいなかった。おれはこの世界では異邦人なのだ――そう思っていた。

もともとこの世界に生まれたくせに、半四郎にとっては周囲のすべてが理解に苦しむことばかりだった。この世界では、世間態《せけんてい》を気にすることが美徳であった。不平等こそ秩序の源であった。大袈裟《おおげさ》な外見の権威主義が社会を支配していた。中国産の精神主義が人間の行動を律していた。その精神主義といっても、ヒューマニズムに根ざした大きなものではなく、原始的宗教的なもの、民話伝説故事来歴に由来するもの、権力者のエゴから生まれたものといった、みみっちい日常茶飯の教条に満ちていた。

半四郎は他の人間が、それらの圧迫に平気で耐えていることが不思議でならなかった。といって彼自身、どうすることもできなかった。表立っての反抗は愚の骨頂だし、逃げ出すこともできなかった。できるだけ摩擦を避け、自分の殻の中でだけ自由な気持でいようとしたが、それにしても息が詰まりそうな毎日だった。武士の子として生まれたことが、余計彼には重荷だった。

武士の子であること。侍であること。主君に仕えていること。腰に大小を差しているということ。――それらが何故それほどに重大なのか。くだらんエリート意識ではないか――彼はそう思った。

エリート意識――自分がそんな言葉をどこで覚えたのか、彼は記憶していなかった。しかし彼は、そういった言葉を知っていた。

半四郎は翌朝、普段の通り登城した。

家中の者の冷笑の眼差《まなざ》しにも半四郎は平然としていた。二日の間に喜七郎が自分のことをどのように言い触らしたか、半四郎にはおおよそ想像がついていた。彼は気にせず、いつもの如《ごと》く論理的に、てきぱきと溜《たま》っていた仕事を片づけ始めた。直属上司の主殿はじめ、喜七郎を含めた同輩下役など、同室の者はたちまち半四郎のスピーディな仕事ぶりの影響を否応なしに受けて、調子を狂わせ始めた。

「大した奴だ」主殿はそっと舌を巻いた。「自分が皆からどんな眼でみられているか知らぬわけでもあるまいに、この男はまるで何ごともなかったかのように、平然としている。恥を知らぬのだ――といってしまえばそれまでだが、この男の持っているあらゆる観念は、他の者と大きく違っているらしいから、恥というものに対する価値判断も、だいぶズれているのだろう」そう思う他なかった。

彼の恥じ入る様子を見て笑いものにしようと待ち構えていた、喜七郎はじめ前前から半四郎に反感を抱いていた若侍たちは、本人の図太さを見て次第に苛立《いらだ》ちはじめた。書類の内容のことを相談するために半四郎が自分のところへやってきた時、喜七郎は眼に憎悪の色を浮かべながらも、わざと嘲りの笑いを口もとに作って見せた。だが半四郎は書類の内容のことに真から熱中しているらしく、書式の点で喜七郎の思い違いを訂正してやろうとさえしたのである。

他の者に対しても、同じような態度だった。それから更に何日か経《た》ったが、もちろん半四郎の態度は、以前とちっとも変わらなかった。蔭《かげ》で半四郎を賤民《せんみん》扱いにし、笑い興じるだけでは我慢できなくなった同輩たちは、聞こえよがしに悪口を言ったり、当てつけがましく厭《いや》がらせをしたりし始めた。片倉邸での出来ごとを主殿から聞いた者たちは、彼に『時越《ときごえ》半四郎』というあだ名をつけ、半四郎の行く先ざきで、わざと大声にその名を口にした。

だが半四郎は、それくらいのことではびくともしなかった。親友面で膝に這いあがり、頬をべろべろ舐《な》め兼ねない下品な友情など、彼の方から願い下げだった。彼にとっては、今の状態の方がよかった。孤立に耐えるのがおれにとって正常な状態なのだ。いや、他の人間だって、みんなそうすべきなのだ——そう思った。——しかもそれは、おれにとっては楽しくさえあるのだから——。

その年の夏は暑かった。

半四郎は城への行き帰りに、いつも汗をかいた。

「夏といえども、涼しくできるはずだ」半四郎は流れ落ちる汗に閉口しながら、そう思った。クーラーという単語が、ちらと彼の頭をかすめた。また、それがどのような味のものかわからなかったが、コーラという飲みもののことも、しばしば胸に浮かんだ。とりわけ、彼が甚だしく疲労した折には、いつもコーヒーという飲料のことが味覚と嗅覚を刺激した。飲んだこともないその飲物に切なく彼は焦がれた。

「遺伝記憶だ」彼はそう思った。「先祖の体験が記憶の中に残っているのだ。そうに違いない」

彼はまた、自分に時と場所を越えて移動する能力があるなら、それもまた先祖の持っていた能力が遺伝したものに違いないと思った。そんな能力があるなら、もっと使うべきだ——そうも思った。

ある日、城からの帰り、半四郎は松林の中に入った。あたりに人の気配のないのを確かめてから、彼は例の跳躍を試してみようとした。

行く先は、後藤主殿の邸の庭さきと決めた。彼は以前から主殿の娘弥生《やよい》に好意を持っていたから、今までにもしばしば後藤家の庭を訪れたことがあった。弥生も半四郎には好意を持っているらしく、彼が訪れると、いつも長い時間縁側で彼と話しあってくれた。——もし自分がだしぬけに弥生の前にあらわれたとしても、彼女なら騒ぎ立てることもあるまいし、説明さえすれば信じてくれるに違いない——半四郎はそう考えたのである。

彼は思念を後藤邸の庭さきに集中し、そこへ行きたいと願った。弥生への愛情がその願いを強めてくれるはずだった。

松林の中に立っていた半四郎の姿がぽっと消え、同時に後藤家の庭さき——弥生の部屋の縁側近くに、ぽんとあらわれた。

「まあ」縁側で鳥籠《とりかご》をのぞきこんでいた弥生は、半四郎を見て、ちょっと驚いた。

「どこからお見えになりましたの」

「驚くことはありません。弥生どの、喜んでください。わたしには、時と場所を移動することのできる能力があることがわかりましたぞ」

「まあ、それはおめでとうございます」おっとり育った弥生は、それほど驚きもせず、かといって、さほど喜びもしなかったので、半四郎はちょっと拍子抜けのかたちだった。

「こればかりは、忍者といえども持つことのできぬ能力です」

「さようでございますか」

「ああ。そうなのです」半四郎はしかたなく、話題を変えた。「その鳥籠の中の鳥は、なんですか?」

「何と申す鳥かは存じません」と、弥生は答えた。「今朝がた羽に傷を受けて、庭に落ちているのを見つけました。さっそく介抱してやったのですが……」

半四郎は鳥籠に近寄って覗《のぞ》きこんだ。「ひばりだ。可哀《かわい》そうに」

大空へ高く舞いあがってゆける身体をちゃんと持ちながら、せまい籠の中に閉じ込められているひばりが、半四郎には自分のことのように哀れに思えた。「傷がよくなったら、すぐに放しておやりなさい」

弥生は丸い眼でしばらくじっと半四郎を見つめた。それから頰にえくぼを浮べて笑い、うなずいた。「ええ。そうしますわ、もちろん」

その後も半四郎は、しばしば松林の中から後藤邸に跳躍を試み、短かい弥生とのデートを楽しんだ。特に時間のことが念頭にない限りは跳躍は空間移動にのみとどまった。急いでいる時には、時間を多少逆戻りすることさえできた。

いつかはこの能力が、何かの役に立つことがあるだろう――半四郎はそう思ったが、さてこの世界でこの能力がいったいどんな役に立つのかと考えても、急には何も思いつかなかった。

その日も彼は、城からの帰途、ただひとり例の松林の中に入った。後藤邸へ、弥生に会いに行くつもりだった。

ふと、彼は周囲に人の気配を感じた。立ち停《どま》った。佇《たたず》んだまま身体を固くし、彼はあたりを見まわした。「誰だ」

松の木のうしろから、すい、すい、すいと、喜七郎を含めて五人の若侍があらわれ、半四郎をとり囲んだ。いずれも、頬をこわばらせていた。

「おれに何か用か?」――こいつらは、まだやる気なのか――いささかうんざりして、半四郎は投げやりにそう訊ねた。

「胸に憶《おぼ》えがあろう。この恥さらしめ」喜七郎の罵倒《ばとう》が始まった。「貴様はわれわれの恥さらしだ。この藩の恥だ。ご主君の恥だ」

「何を言ってるのか、ちっともわからん」半四郎は眉をしかめた。「貴公たち、ちっとは借りものでなく、自分の頭でものごとを考えたらどうか。おれがどんな恥をさらした。かりにおれが恥をさらしたとして、それがなぜ貴公らの恥になるのだ。またそれがどうして、ご主君や藩の恥になるのだ。そんなことを言い出したらきりがない。

おれが恥をかいたと思うなら、勝手に物笑いの種にしていればいいではないか。おれは貴公たち同様、やっぱり貴公たちが嫌いなのだ。だから没交渉にしていればいいではないか。おれを抛《ほう》っといてくれればいいではないか」

「なにを、ぬけぬけとこの……うう……」

「その涼しげな、いけしゃあしゃあとした面つきが気にくわん」

「だからおれを殺すのか」半四郎は啞然とした。「おれがはずかしそうな様子をして見せないのが癪《しゃく》にさわるというだけで、おれを殺すというのか」

「そうだ。斬るのだ」

「では、ひとごろしだ」

「泣きごとをいうな。武士らしく抜け」

「いや抜かん」半四郎は悲しげにかぶりを振った。「もう、貴公たちとは問答もしたくない。いくら言っても無駄だ」

「えらそうな口を……」

喜七郎が斬り込んできた。

半四郎は身を沈めた。そして消えた。

その頃後藤の邸では弥生が、縁側に出て半四郎の来るのを待っていた。そろそろ、半四郎のあらわれる時刻だった。

まだ十七歳で世間を知らぬ弥生の眼には、半四郎はごく普通の侍に見えた。父ほど頑固ではなく、時どき家へやってくる父の下役の若侍たちのように武骨でもなく、自然の生きものや草木へのやさしさを持つ実に好ましい青年に見えた。

彼女はふと、鳥籠に眼を落した。その中には、まだ、ひばりがいた。羽の傷はもうすっかり治っているように見えた。弥生は一昨日《おととい》半四郎が、もうすっかり治ったようだな、そろそろ逃がしてやったらどうですかと言っていたことを思い出した。

「お前、出てお行き」弥生はそういって籠の口を開いた。「お前がまだそこに居るのを見たら、半四郎さまは私をお叱りになるかもしれないわ。さあ、飛んでお行き。あの大空へ。お前の故郷の大空へ。そして、思う存分さえずっておいで」

ひばりは、はばたいた。

籠の口を出て、庭先に弧を描いて、地面近くをすいいと飛んだ。

そこへ半四郎があらわれた。

だが、彼のあらわれた空間には、ひばりがいた。

原子融合が起った。

半四郎はばったりと倒れた。彼はすぐ息絶えた。

あとで、駈けつけた者たちが半四郎の屍体《したい》から衣服を脱がせようとした時、彼らは死者の胸——半四郎の左の乳の下あたりから、ひばりの首が生えているのを見た。

それから千年の歳月が流れた。

ここ、地球第三十八区都市の中央産科センターでは、今、大騒ぎになっていた。

「おれの赤ん坊をどうしてくれる。返せ」若い父親らしい男が、産室の責任者らしい年輩の産科医に食ってかかっていた。

「まあ、落ちついてください。こんなことは当センター始まって以来の出来ごとです。今、赤ん坊の行方を探しています。もう少し待ってください」

「いったい、どうしたというのだ」院長室では、院長が不機嫌そうに、担当の医者を呼んで話を聞いていた。

「ぜんぜん、わけがわかりません。設備はすべて完全でした。分娩用《ぶんべんよう》の補助移動装置も異常ありませんでしたし、第一そんなものを使わなくても母親の方は念動力《テレキネシス》、時間跳躍《タイム・リープ》、身体移動《テレポーテーション》などの能力者なのですから、陣痛が始まればすぐに胎児を養育ケースの中へ送り込めたはずなのです。それなのに、いよいよ出産という時に、胎児は母親の子宮からあきらかに消失したにもかかわらず、養育ケースの中にはあらわれなかったのです」

「父親の遺伝形質はどうなのだ?」

「父親は十二代前から遺伝記憶能力者で、母親と同じ時間跳躍《タイム・リープ》能力者です」

「ふうん。すると遺伝学的に考えれば、その赤ん坊は遺伝記憶、時間跳躍、身体移動の三つの能力は確実に持っていたことになるな」

「その通りです」

「ところで母親は出産時、指示通りに養育ケースの方へ思念を向けていたかね？」

「はい。それは確実です」

「ふうん。すると残るのは、赤ん坊そのものに原因があったということだな——。まてまて、母親は赤ん坊を産む前、このセンターに来てから二週間、何かに興味を持っていたかね？」

「それはもちろん、生まれてくる赤ん坊に……」

「いや、それ以外にだ」

「そうですね……あ、そういえば」若い医者はあわててポケットをさぐりながらいった。「産室で読書を禁じているにもかかわらず、こんな本を読んでいたんです。胎児に影響があるといけないと思って、あわててとりあげたのですが……」彼は小さな本を、院長にさし出した。「中味はつまらない時代小説なんですが、やっぱりそれが、事故の原因なんでしょうか？」

血と肉の愛情

ながら、私は祭壇を降りはじめた。皆が下か
ら、羨望の瞳で見あげている。バーノ
の心臓は、思っていた以上に旨
かった。私は決して父を
好きではなかったか
ら、食べてもそれ
ほど美味では
あるまいと
思ってい
た。も
ちろ
ん美
味
し

は
な
いと
いう
のは、
私にとっ
ということ
とだ。バーノは
偉かったから、彼
のような知恵者に
なりたいと思っている
ものにとってもバーノは旨か
ろう。父であり、部落の長であるバ
ーノを私は尊敬はしていたが、肉親らし

彼の心臓を食べねばならなかった。心臓がい
ちばん旨いということになっている
からなのだが、私はむしろ太腿
や脇腹の肉の方が好きだ
ったのだ。でも、勝手
に自分の好きな
部分を食べる
ことは、いく
ら長男だ
からと
いって
も、
族
の

掟
て
許さ
れな
い。長男
は必ず心
臓を食べる
のだ。もちろ
ん、いつでも食欲
はあるのだから、バ
ーノの心臓はむさぼり
食った。それが意外に旨かっ
たのだ。祭壇を降りた右側に、部
落の連中からは少し離れてトーノが立っ

バーノの心臓を食べ終わり、口のふちの血を手の甲で拭いながら、私は祭壇を降りはじめた。皆が下から、羨望《せんぼう》の瞳で見あげている。

バーノの心臓は、思っていた以上に旨《うま》かった。私は決して父を好きではなかったから、食べてもそれほど美味ではあるまいと思っていた。もちろん美味ではないというのは、私にとってということだ。バーノは偉かったから、彼のような知恵者になりたいと思っているものにとってもバーノは旨かろう。

父であり、部落の長であるバーノを私は尊敬はしていたが、肉親らしい愛情はどうしても持てなかった。性格が似過ぎているからかもしれなかった。

私はバーノの長男として、彼の心臓を食べねばならなかった。心臓がいちばん旨いということになっているからなのだが、私はむしろ太腿や脇腹の肉の方が好きだったのだ。でも、勝手に自分の好きな部分を食べることは、いくら長男だからといっても、一族の掟《おきて》で許されない。長男は必ず心臓を食べるのだ。

もちろん、いつでも食欲はあるのだから、バーノの心臓はむさぼり食った。それが意外に旨かったのだ。

祭壇を降りた右側に、部落の連中からは少し離れてトーノが立っていた。彼は両手をだらりと垂らし、丸い眼をして、あきれたように私を見ている。テラ星というところの住人で、昨日部落のまん中の広場へ、乗りものごと不時着した男だ。今は私の家の食客なのだが、この部落の葬《とむら》いの儀式が、彼の眼には奇異なものにうつるらしい。彼の考えていることを読み取ってみると、（父親の心臓を食いやがった）といって私に怒っていた。

「何てことだ！」

彼は私の眼の前で、荒っぽく地面を蹴り、濁った声で叫んだ。私には、何故《なぜ》彼が怒っているのか、初めのうちはわからなかった。彼はなおも、「人喰《ひとく》いめ」とか「鬼」とかいう言葉を心の中で呟《つぶや》き、わざと砂ほこりを立てるような歩きかたで、不愉快そうに、あたりに唾を吐き散らしながら、広場の方へ歩み去った。どうやら彼の郷里では、同族を食べること自体が禁忌《タブー》になっているらしい。

バーノが死んで、今日からは私が部落の長だ。私は、部落の主だった者たちが、私のあとから地位の順に祭壇に登り、バーノの脳、肺臓、脇腹などを食べる儀式をしばらく見てから、小屋の方へ歩き出した。

部落の中を流れるせせらぎの横で、トーノが身体中《からだじゅう》にまとっている布をかなぐり捨てて、肌を洗っていた。彼は肥《ふと》っていて、赤身がかった皮膚をしている。立ちどまった私に、トーノは白い眼をむけ、何かひどい言葉で罵《ののし》ってやろうと考えはじめた。私はいった。

「もういい。われわれには、あなたの考えていることが、よくわかるのだ」

「そうだったな」

「何故、われわれの儀式を、あなたが嫌うのか、その理由をあなた自身は知っているのか？」

私がそういってやると、トーノは顔を皺《しわ》だらけにして驚き、私の顔を見あげた。

「何故だって？　あんた達は同族の肉を喰って何ともないのか？　恥じないのか？」

「何に対して恥じるのだ？」

「何にだと？　神にでもいい、自分にでもいい」

「その神に対して、いったい何を恥じるのだ？」

トーノは心の中で（食人種め！）と罵り、両手を振りあげ、そして振りおろした。無意味な、そして無駄な動作だ。「これじゃ、どうどうめぐりだ」

「それでは、あなた達の郷里では、何故同族を喰うことを恥じるのだ」

「それは……してはならないことだからだ！」

「何故、してはいけないことなのだ？」

トーノは言葉に詰まり、あきれたように首を振って見せ、言っても無駄だとばかり、ごろりと草の上に寝そべった。

トーノの顔は一面玉の汗だ。彼にとって、この国は暑いらしい。何しろ彼の郷里には、太陽がひとつしかなかったというのだから無理はない。

私は彼の横に腰をおろし、話しかけた。「昨夜、あなたの心を読んだ。あなたの郷里のことも、いろいろと知った。あなた達の種族の考えかたが、少しわかった」

彼はむっつりと黙ったまま考えている。（じゃあ、何故われわれが食人をしないのか、その理由だって、わかった筈《はず》だぞ）

「うん、どうにかわかってきたようだ」

彼は横になったまま、少しもじもじした。心を読まれるということは、読心のできない種族にとって、気味のわるいことらしい。

（どう、わかったんだ？）

「あなた達の文明は、欲望を抑えつけることによって発展してきたらしい。そう、今、あなたの考えた、昇華《サブリメイション》という言葉であらわされることがらだ」

（それがどうした？　何の関係がある？）

「人間を食べたいという欲望を、あなた方は抑えつけている。そのため、他の種族があなた方の禁忌《タブー》を犯しているのを見ると、不快なのだ」

「馬鹿な！」トーノはとび起きた。草をむしって地面へ叩きつけるという無意味な行動をしてから、彼は叫んだ。「われわれが、本心では共食いをしたがっているというのか！」

「そうだ。あなた自身それを知っているからこそ、そんなにムキになって怒るのだ。あなたの郷里には、ちゃんと、〈食べてしまいたいほど可愛《かわい》い〉という言葉があるではないか」

「それとこれとは別だ！」

「いや、同じだ。あなた達は抑圧している。絶対にそうだ。なぜなら、昔、あなたの郷里には、公衆の面前で性の行為をしてはならないなどという妙な道徳や、重婚罪などという無意味な法律があったではないか。そのことからも、あなた達の文明の変態的な発達過程が想像できる」

「性《セックス》と食人は別だ！」

「いや、食人は愛の極致だ」

「あ、愛？　愛だと？」

「そうか。あなた達の言葉の〈愛〉は、われわれの〈愛〉とは少し違うな。われわれの愛は、憎しみを含めた愛だ。われわれは憎しみも愛の一種だと考えている。だが、あなた達の世界にだって、〈憎しみの含まれた愛〉や、〈愛の変型された憎しみ〉があるのではないのか？」

「そんな、ややこしいものは、ない！」

「いいや、あなた達は、それほど単純ではない筈だ」

「食人なんてことをするくらいなら、死んだ方がいい」

「固定観念ではないか？　性の禁忌に関してさえ、そんな考え方をした者が、昔はあなたの郷里にも、きっといた筈だ」

「セックスと食人は別だ！」トーノは悲鳴に近い大声を無意味にはりあげた。私の説得を理解しようとしはじめている自分の心を打ち消そうとするような様子が見られた。

私は訊《たず》ねた。「ではいったい、あなた達は、死者に対して、どういうふうな葬いかたをするのだ？」

トーノの頭の中を、何種類かの葬儀のシーンがす早く横切った。火葬、土葬、水葬……。

私は身をふるわせた。「何と残酷な！」

「何が残酷だ！」トーノが怒って怒鳴《どな》り返す。

あまりのことに、私も思わず声を高くした。「死体を火で燃やしたり、地中で腐らせ、虫の食うがままにしたり、水の中の生物たちに突つかせたり、まるっきり憎悪に満ちあふれた破壊行為ではないか！　何ということをするのだ！　死者に対する侮辱だ！　神への反逆だ！」

私はわれを忘れて叫んだ。トーノは眼を充血させて立ちあがった。殴りあいになりそうな気配になった。だが、すぐに二人とも冷静に返った。

「じゃあ、あんたは」トーノが嘲笑的な口調で訊ねる。「死んでから、自分の屍体《したい》を食われたいのかね?」

「愛するものに食べられたいというのは、根源的な願望だ」

「マゾヒストだ」

「誰でも、そうである筈だ。いや、そうなのだ」

「その、断定的な口調が気にくわん」

「でも、そうなのだから、しかたがない。今、私は父の心臓を食べた。父の残意識が、内臓に漂っていた。だから旨かった。食べられているものの意識が、食べているものの周囲に漂っている間は、それはすごく旨いのだ。それは、食べられて喜んでいる意識だからだ」

「やめてくれ!」トーノは絶叫した。「吐きそうだ。気持がわるい。ムカムカする。頭痛がしてきた。気が狂いそうだ」

「大袈裟《おおげさ》にいうな。それほどのことはない筈だ」

「いやな奴らだ!」トーノは顔中を口にして喚《わめ》きはじめた。「貴様たちはいやな種族だ。汚ならしくって、豚みたいで、陰気な、ウジウジした、うぬぼれた種族だ!」

「豚というのは、どうやら不潔な生物らしいな」理解しようとする努力もせず、罵ってばかりいるトーノに私は腹をたて、彼を睨《にら》み据えた。「今日からは私が部落の長だ。私を怒らせてはいけない。……そら、ぼつぼつあなたが食べたくなってきてしまったではないか」

トーノは海の水のような顔色になって、黙りこんだ。

「ときどき、憎しみを周囲に発散させ続けている者を、皆の合意で食べることがある。悪事をはたらいた者や、敵の部落から捕えてきた者、更に、あまりにも周囲の者に憎しみを投げ続けた者などだ。木の根もとにくくりつけられ、怒鳴り続けているその男、あるいは女を、皆でよってたかって食べるのだ。憎しみは食べられた後さえ、あたりに漂い流れている。旨い。生きたままの肉を引きちぎって口に投げ込んだ瞬間の、肉の周囲にまつわりついている荒れ狂った意識が、肉の味をこの上なく旨くさせるのだ」

「神さま……」トーノは泣き出した。「ああ、俺《おれ》はまた、何て星にやってきてしまったんだ！」

その夜、私はトーノの両耳を食べた。

昼間の議論以来、私はますますトーノを食べたくなっていたのだ。口に出せない彼の内心の苦悩が、夜、隣りで寝ている私の意識に流れ込んできて、満ち足りたことのない私の食欲を揺さぶり続けた。

身体を丸めて寝ているトーノの傍《そば》にしのび寄ると、私は彼に気づかれぬよう、彼の両耳をむしり取った。

トーノ自身は寝ていて、自分の肉体の一部が食べられていることを知らないため、その耳は思っていたほど旨くはなかった。しかし、珍味だったことは確かだ。

翌朝、両耳のないのに気づいたトーノは、オイオイ泣き出して私を指した。「食いやがった。俺の耳を食いやがった」

私はうるさいので小屋を出て、海岸の方へ歩き出した。トーノは森の中の小径《こみち》を、なおも私を追って来ながら、泣き続けた。

「あああ、俺の耳を食いやがった」

私を怒らせた罰なのだから、本当は両耳だけでは足りないくらいなのだ。いつまでも泣き続ける彼は、また私に食欲を起こさせはじめた。

「俺の耳を食いやがった。俺の耳を食いやがった」

顔中を涙で光らせながらついてくる彼に、私は振り向いていった。

「そんなに私に食べられたいのか？」

トーノは絶叫し、恐怖の意識をひとかたまりその場に残して逃げ去った。

私は許婚者《いいなずけ》に会うため、広場の傍の彼女の小屋まで歩いて行った。だがリカはいなかった。リカの母親が出てきて、今しがた彼女が私の小屋へ出かけたと告げた。どこかで行き違ったのだ。

私はすぐに自分の小屋へ引き返した。

小屋にはリカがいた。彼女は小屋の床に横たわったトーノの胸を開き、助骨《ろっこつ》の間から引きずり出した彼の心臓を食べていた。私が帰ってきたので、彼女ははっとして立ちあがり、おびえた眼で私を見た。今まで無我夢中で食べていたのだが、私の姿を見てはじめて我に返ったような様子だった。

彼女の心を読むと、この小屋へ来てトーノの苦しみを眺め、その様子があまりにも彼女の食欲をそそったので、ついふらふらと食べてしまったものらしい。彼女は私の怒りを予想して、おどおどしていた。

私は怒った。トーノは私が食べたかったのだ。まだ、心臓だけしか食べられてはいないが、その心臓を私はいちばん食べたかったのだ。それも、殺してすぐに……。私でさえ食べるのを遠慮したのに彼女は……。しかも彼を旨くしたのはこの私なのだ！

私は怒った。リカは愛する私の怒りさえ一瞬忘れるほど、トーノに関心を抱いたのだ。そして食べた。これは明らかに不貞であった。私を愛していない証拠であった。

私の心を読み、激しい怒りを知ると、リカは泣き出した。今まで献身的に捧《ささ》げてきた私への愛情など何の役にも立たないほど私の怒りが大きいことを知り、彼女は死ぬほど後悔していた。

リカは泣きくずれ、床の上でもだえながら、「死にたい！　死にたい！」と叫んだ。

（悪いことをしたわ、わたし、悪いことをしたわ！　ねえ、許して！）

激しく複雑なリカの意識に、私は驚いた。そこには罪悪感と、女性的なコンプレックスと、つぐないのコンパルジョンズがあった。次には私に殺されたいという、性的な苦痛の願望もあらわれた。

（許さない！）

（悔んでるわ！　あなたを愛してるのよ！）

（もう、無駄だ）

リカはさらに泣き叫び、小屋の壁に頭を、何度も何度も、力まかせに叩きつけた。

ひとしきり泣き続けてから、彼女は決心したように涙に濡れた顔をあげ、私の前に立った。

（ねえ、私を食べて。この男のかわりに私を食べて！）

彼女は自分の肉体で償いをしようと思っているのだ。私は顔をそむけて見せた。

（いらない）

（お願い。私を食べて。私の方がきっと、この男よりおいしいわ。だって私、あなた

を愛しているんだもの）

　それはもちろん、彼女を食べれば美味であるにきまっていた。私は彼女を愛しているのだし、殊《こと》に今は、彼女に対して怒っている。こういう感情の昂揚《こうよう》がある際の食事は、最高の美味なのだ。また彼女の方でも、彼女がいちばん愛されたいと願っているのはこの私なのだから、その残意識のすばらしさも予想できた。

　私はすでに、トーノのことなど忘れてしまうくらい、リカを食べたくなっていた。しかし私はふてくされて、わざと食べたくないふりをし、首を振った。

（いらない）

　こんな女など、食べたくない——私はそう思いこもうと努めた。しかし、白い泡になって口の端から流れ落ちるよだれを、私はどうすることもできなかった。だが、それをリカに見られるのはいやだった。

　私は小屋を出て、また海岸の方へ歩き出した。リカは泣きながら追ってきた。

（食べてよ。食べてよ）

　リカの献身的な愛情が胸が高く鳴るほど嬉しくもあり、その一方、胸が痛くなるほど彼女が哀れでもあった。しかし私は、頑固に黙り続けたまま、歩いた。彼女が私に食べられたいと望むのは、私を自分と同一化した摂取作用の結果の、口愛的カンニバリズムだった。

（わたし、あなたに捨てられるくらいなら、死んだ方がいいの）

海岸は四つの太陽に照らされ、白く輝いていた。私は熱い砂の上に腰をおろし、海を眺めた。リカは私の前にきてうずくまり、私の眼をじっと覗きこんだ。

彼女の臭腺から分泌された多量の発情液の匂いは、私を興奮させた。リカの魅惑的な姿態を見ては、もう、いかに反発しようと、私は欲望を抑えることができなくなってしまった。

私は本心をリカに読まれてしまったことを知ったので、しかたなく、心の中で彼女にいった。

（腕くらいなら、食べてやってもいい）

リカは安心したように微笑すると、肉づきのいい右腕を、左手で惜しげもなく肩胛骨の下からねじ切り、はずかしそうに差し出した。

旨かった。彼女の愛情がそのまま肉の周囲に漂っていた。だが私は癪《しゃく》だったのでわざと不味《まず》そうな顔をして食べた。

リカは砂の上に坐って、右腕の付け根の傷口をさすりながら、食べ続けている私を嬉しそうに、また、照れ臭そうにも見える表情で眺めていた。その黒い瞳が、悩ましげだった。

（お前はわたしの妻だ）

心の中で、私は彼女にいった。
（この女になら、食べられてもいい）
そうも思った。

るさそうに答えた。「そう」この部屋、暗
すぎまへんか?」彼はじろりとお玉
を睨んでいった。「このカメラ
は、解像力がいいんでね。
さあ、そこのバックの
前へ行って」「は
い」お玉は素
直にバックの
前に立っ
た。「ち
ょっと、
テス
ト
し

ま
す。
なに
が演っ
てくだ
さい」「何
をやりまん
の?」「何でも
よろしい」お玉は
歌った。いちばん得
意な歌謡曲を、お玉は
けんめいに歌った。表情たっ
ぷりに、ジェスチャーたっぷりに、心
をこめて――。彼女の歌声は、がらんとし

お玉熱演

中断させていった。「だめだなあ、動きが少
い。歌わなくていいから、少し動いて
ください」「動くて、どない動き
ますねん?」局員は軽く舌
打ちして、いった。「ど
うでもいいから
動いてくださ
い。歩きま
わったり、
とんだ
りは
ねた
り

玉
は
しか
たわ
く、バッ
クの前を
歩きまわ
たり、とんだ
りはねたり
た。五分板らしい床
から、もうもうと埃が
まいあがった。お玉の足指の
間の水虫が、また痒くなってきた
ハイヒールをはいて来たので、お玉は一

「うちかて、綺麗にお化粧したら、このぐらいにはなるねんさかい……」

お玉は口惜《くや》しげにつぶやいた。

テレビの画面には、あまり美人でないハイティーンの女性歌手の顔がクローズ・アップされていた。

「なんやろ、この下手糞《へたくそ》な歌！」

お玉は、吐き捨てるようにいった。口の中に入れていたピーナッツが、唾液といっしょにテレビの画面にとび散ってくっついた。お玉はそれを手の平でぐいと拭った。

お玉は十九歳。去年上京し、今はパチンコ屋の店員をしている。この下宿の三畳の彼女の部屋にあるものは、隅に丸めたふとんと、茶碗《ちゃわん》や皿を並べっぱなしの卓袱台《ちゃぶだい》と、ガタガタの小さな姫鏡台と、中古品の十四インチテレビだけである。

お玉の夢は歌手になることだ。いや、歌手と決めたのは、お玉が自分で、自分は歌がいちばんうまいのだと勝手に決めこんでしまったからなのであって、実は彼女は、テレビ・タレントになれさえすればいいのである。テレビに出られさえすればいいのだ。テレビに出られさえすれば、そこで彼女が演じるものは、歌であろうとドラマであろうと、司会であろうとまた下着のコマーシャルであろうと、何でもいいのだ。だが下着のコマーシャルに出るには、彼女は自分の肌が腫瘍の痕《あと》だらけであることを自覚しすぎている。司会をやるには、彼女は自分が関西弁まるだしであることを苦にしすぎている。ドラマを演じるには、彼女は自分の顔がニキビだらけで、その上鼻筋が通っていないことを認識しすぎている。といって、三枚目役は厭《いや》である。となると、彼女が広いスタジオで他のタレントたちと伍して堂堂と演じて然《しか》るべきものは、歌しかないのだ。

彼女は自分の歌に自信を持っていた。持ちすぎていたともいえる。自分の容貌や姿態からくる劣等感が、逆に歌に対する自信をふくれあがらせたのかもしれない。

「顔がちょっとくらい不細工でも、歌さえうまかったらええねん。港はるみ見てみ、なんやあのけったいな顔——そらまあ、うちよりはましやけどな。そやけどうち、歌やったら港はるみに負けへんねんで」

これがお玉の持論だった。

お玉は、あらゆる機会をとらえてコンテストに出たが、どういう加減かいつも落第してばかりだった。

「あら実力と違うねんで。運やねんで」審査員が悪い、ディレクターの偏見だ——落選するたびにお玉はそう思った。「早《はよ》う有名になりたい。そやないと、歳《とし》とってしまう」

テレビに出たい気持は、日毎に切実になった。いつかは有名になれると思っているから、仕事も投げやりで、いつも店主から叱言《こごと》をくらっていた。

「いつかは見返したるで、あんな爺《じじ》い」

昨夜叱られたことを思い出し、お玉はまたピーナッツをひと握り口の中へ投げ込み、腹立ちまぎれにバリバリと嚙《か》み砕いた。

「ごめん下さい」

階下の玄関で声がした。おかしな方言の混った、若い男の声だ。階下には今、誰もいないことを知っているので、お玉は立ちあがった。

「植田さんやったら、今みんな居てはれしまへんで」階段の上に立ち、お玉はそういった。

「あのう、こちらに馬場玉さんという方はおられませんか？　私、テレビ局の者ですが……」

「うちだす」

あわてて階段を踏みはずしそうになりながら、お玉は口の中のピーナッツをぐいと吞《の》みこんで階下に降り、玄関へまろび出た。つまずいて、ひっくり返りそうになったついでに、ぺたんと畳の上に坐《すわ》ってお辞儀した。「それ、うちだす」

「ああ、あなたですか。私、第7チャンネルＤＢＳの岸といいます。船山歌謡曲学院で紹介していただいたのですが、あなたにテレビ出演をお願いしたいのです」

船山歌謡曲学院は、お玉が休みごとに歌を習いに行く学校だ。

お玉は、グレイのスーツを着た上品そうな局員を見あげて訊《き》いた。「そらまあ、時間やとか、ギャラとか、いっしょにどんなタレントさんが出はるかによりますけど、それ、どんな番組ですねん？」

色白で端正な顔をした局員は、お玉の顔を無表情に眺めながら、いった。「これは、私の個人的な意見かもしれませんが、どんな番組かは、見る人によって違うのではないかと思います。ある人にとっては、社会教養番組であり、ある人にとってはスリルとサスペンスに満ちたミステリー、またある人にとっては、スラップスティック・コメディでもありましょう」

「歌は歌わいでよろしの？」

「私はディレクターじゃないので、よくわかりませんが、あなたの歌があなたのキャラクターを強調しそうなら、歌わせてくれるでしょう」

「なんや、ようわかりまへんけど……」お玉はもじもじして、足指の間の水虫を掻《か》いた。「いつ行ったら、ええんですか？」

局員は時計を見た。「オーディションがありますので、もしお暇なら今すぐ……」

お玉はあわてた。「それやったら、うちがテレビに出ること、誰に喋《しゃべ》ってる暇もあらしまへんな」

局員は、はっとしたように、お玉の顔をじっと見た。「それは、必要なことなのですか」

「いいえ」お玉は一瞬どぎまぎしてから、泣きそうな表情で、あわててかぶりを振った。「そしたら、うち、あの、すぐ着換えてきますさかい……」

彼女は立ちあがった。階段の方へ行きかけたお玉を、局員は呼びとめた。

「ああ、ちょっと。着換えるって、どんな服とですか？」

お玉は、また泣きそうになりながら、局員を振り返って答えた。「木綿のスーツしか、おまへんねんけど」

「木綿ねえ……」

局員は首をかしげ、お玉の着ている赤と黄のチェックの、木綿のワンピースをしげしげと眺めていった。「むしろ、その方がいいでしょう。では、行きましょうか」

「そやけど、この服、皺《しわ》くちゃでっせ」

「いや、いいんです、いいんです」

その方が生活感情がとか何とかいいながら、局員はお玉をせき立てた。お玉はよけいうろたえ、靴をはく時にまたつまずいて、局員の胸にぶつかった。舶来生地らしい彼の背広にはお玉の洟《はな》がしみを作ったが、彼は気にしない様子だった。

「さ、行きましょう」

戸外は暑かった。ドブ板をまたいで路地へ出ると、そこには中古の国産中型車が駐車されていた。ドブに照りつける午後の太陽の熱気が、あたりに臭気を漂わせていた。

車に乗る時、お玉は路地を見まわした。自分を見ている者がひとりもないと知り、お玉は軽く舌打ちした。物見高いくせに、肝心の時には誰ひとり出てこないのが、お玉は癪《しゃく》だった。

車は局員が運転し、お玉は後部席にひとり坐った。表通りへ出てからお玉は、家の戸締りを忘れてきたのに気がついた。しかし、そんなことはもう、今の彼女にはどうでもいいことだった。それよりも悔まれてならないのは、自分が化粧もせずに出てきたことであった。

「しもた。せめて口紅でもつけんことには、今うちの顔お化けやで。うち、ハンドバッグ忘れてきたがな。お金一銭もあらへん。し、しもた、しもた、あの木彫りのイヤリングがあったのに！　まがいもんやけど、真珠のネックレスもあったんや。うわ、これ何や、うちまた、何ちゅう靴はいて来たんやろ。こないだ買《こ》うた赤い靴があったのに！　あの方がまだしも、この服に似合うのに……」

「何をぶつぶついってるんですか？」

局員はうるさそうに訊《たず》ねた。車は下町の都電の交叉点《こうさてん》で停《とま》った。

「そうそう。契約書にサインして下さい」

局員はポケットから薄い書類とボールペンを出し、前部シートの凭《もた》れごしにお玉に渡した。車が動き出さないうちにと、お玉はあわててサインして返した。

車は繁華街の裏通りに入った。

ピーナッツの喰《た》べすぎで、お玉の下腹が突っぱってきた。腹がすごい音を立てた。その音を消そうとして、お玉はしきりに咳ばらいをした。

ついたところは、裏通りに面した古い建物だった。壁面がのっぺらぼうで、何となく倉庫のような感じがした。

「スタジオに着きました。さあ、入って」

大きな木製のドアが閉じたままだった。その隅のくぐり戸から、二人は建物の中に入った。入ったところが、すでにスタジオらしかった。建坪いっぱいのガランとした部屋で、上はどうやら、建物の天井まで吹き抜けになっているらしい。最近買ったばかりの古い倉庫で、これからスタジオ用に改造するのだろう——と、お玉は思った。誰もいなかった。

入口とは逆の壁面に、吊《つ》りもののバックが三、四枚おりていた。そのバックに向かって、部屋の二つの隅にスポット・ライトがそれぞれひとつずつ立っていた。部屋にあるものといっては、ただ、それだけである。お玉は首をかしげた。

「テレビのカメラは、どこにありますのん？」

「このバックは、色が悪いな」

局員はお玉の問いには答えず、ひとりごとを言いながら、バックの横の何条もの吊りもの操作ロープを引いた。いちばん前におりていたグレイのバックが吊りあがると、その次には、やや明るいブルー・グレイのバックがあった。だが、この色も局員の気に入らなかったらしい。彼は次つぎとロープを引いて、バックを順に吊りあげた。

いちばん最後のバックが吊りあげられた時、お玉はびっくりして眼を丸くした。その部分の建物の壁面は大きく壊れていて、裏通りがまる見えになった。昼間のバー街をゴミ車が走っていた。

局員はあわてて、二番めのブルー・グレイのバックを吊りおろした。しかしこのバックも汚点だらけだった。

部屋の中は、五〇〇ワットのスポット二個だけで、薄暗かった。お玉は、部屋の隅に置いてあったボストン・バッグから三脚をとり出している局員に訊ねた。

「あの、グリーン・ルームはどこにありますのん？」

「グリーン・ルーム？」

「お化粧室ですけど……」

「ああ、便所か。便所ならこの建物の横にくっついてるよ」

お玉は化粧をあきらめた。ただの便所では、化粧品なんて置いてあるわけがない。

局員はバックに向けて三脚を立て、その上にハーフ・サイズのカメラのようなものをセットした。ケーブルはなかった。

「それ、テレビ・カメラですか」

局員はお玉の質問に、うるさそうに答えた。「そう」

「この部屋、暗すぎまへんか？」

彼はじろりとお玉を睨《にら》んでいった。「このカメラは、解像力がいいんでね。さあ、そこのバックの前へ行って」

「はい」お玉は素直にバックの前に立った。

「ちょっと、テストします。なにか演《や》ってください」

「何をやりまんの？」

「何でもよろしい」

お玉は歌った。いちばん得意な歌謡曲を、お玉はけんめいに歌った。表情たっぷりに、ジェスチャーたっぷりに、心をこめて——。

彼女の歌声は、がらんとした建物にうつろにこだまし、うおん、うおんと響いた。泣き声のようでもあった。

局員はすぐに、お玉の歌を中断させていった。「だめだなあ、動きが少ない。歌わなくていいから、少し動いてください」

「動くて、どない動きますねん？」

局員は軽く舌打ちして、いった。「どうでもいいから、動いてください。歩きまわったり、とんだりはねたり」

お玉はしかたなく、バックの前を歩きまわったり、とんだりはねたりした。五分板らしい床から、もうもうと埃《ほこり》がまいあがった。お玉の足指の間の水虫が、また痒《かゆ》くなってきた。ハイヒールをはいて来たので、お玉は一足跳びをするたびにひっくり返りそうになり、ぶざまによろめいては、また身体《からだ》をたて直し、ふたたび跳んだ。局員がよしというまで、お玉はけんめいに、それを続けた。彼女が今ほど自分の行為に熱中したことは、かつてなかった。

「はい。それじゃ、演技のテストに移りましょう」

お玉はほっとして佇《たたず》んだ。汗がワンピースの背に、にじみ出していた。汗の匂いがぷんぷんしたが、お玉自身はそれに気がついていなかった。額の汗を拭こうにも、ハンカチはなかった。お玉は手の甲で、ずるりと顔を撫《な》でた。

「まず、第一のシーン、右手からぶらぶらとやってくる。散歩してる感じで……ちがう！　そっちは左じゃないか！　右だよ右！　こっちこっち。そう。はい歩いて……

駄目！　もっと浮き浮きと！　やり直し。はい歩いて……。そうそう。前から何かがやってきた。立ちどまる。怪物だ！　驚く。駄目！　もっと大きく。大きく大きく、違う！　そうじゃない！　やり直し、最初から。はい歩いて！　駄目だ、そんな屁《へ》っぴり腰じゃ！　最初は浮き浮きと……そこで立ち止まって……驚く！　驚くんだ驚くんだ！　泣くんじゃないんだ！　眼を見ひらいて……口を大きく……。口に手をあてる手をあてる！　深呼吸じゃないんだよあんた！　駄目やり直し、最初から！」

お玉は無我夢中で演じた。眼に入る汗を、埃に汚れた手で何度も拭ったため、たちまち顔には黒いまだらができた。

局員はお構いなしにテストを続けた。

「はい次は第六のシーン。相手の男性に手をさし出す。違うちがう、そうじゃない！　手の甲にキスさせるんだ。ええい、ちがうったら！」

局員はお玉の前までやってきて、彼女に向かってひざまずき、手をとった。お玉は、その手の甲に、膿《う》んでつぶれかけているできものがあることを思い出した。

あっ、そこにできものが——と叫ぼうとした時、局員はそのできものに、まともに接吻《せっぷん》して、じゅうと膿《うみ》を吸いこんでしまった。

「わかったね。こういう風にするわけだから、あんたは、はずかしそうに手をさし出すんだよ。やわらかあくね」局員は平気な顔で立ちあがり、またカメラに戻った。

「はい、手を出して！　もっと、照れ臭そうに……微笑して微笑して微笑して……ちがう！　それじゃ、うすら笑いだ！」

さらにテストは続いた。

何時間経《た》ったのか、お玉には見当もつかなかったが、もうとっくに日が暮れている筈《はず》であった。さすがにお玉は、へとへとになった。腹も減ってきて、胃がぐうぐう鳴った。トイレへ行きたかった。腹が減りすぎて、下腹だけが突っぱってきていた。だが局員はお玉に、便所へ行かせてくれと言い出す暇さえあたえず、次つぎとテストを続けた。

「……はい、やっと恋人を見つけた。そう、そう、立ちどまって……笑う、笑うんだ笑うんだ！　泣くんじゃない！　泣くんじゃないったら！」

だが、お玉が本当に泣いていると知って、局員は怒鳴《どな》るのをやめた。

彼は、なぜお玉が泣いているのかわからないといった様子で、無表情に彼女をじっと眺めた。

「どうか、しましたか？」彼は不思議そうに訊ねた。

「家へ……もう、家へ、帰らせてください」

「そりゃ困るなあ！」

局員は丸めたテキストを手の平に叩きつけて、ぽんぽん鳴らした。

「あと、まだ十二ばかりシーンがあるんだ。だってあんた、契約書にサインしたじゃないの！　契約違反だよ。あんた、テレビに出たくないんですか？」

テレビには出たい――しかし、これはちがう。私の考えていたのは、こんなスタジオじゃなかった――私の抱いていた、私のデビューのイメージは、こんなデビューじゃない――お玉は、そう言いたかった。だが、言えなかった。

お玉は、ぐいと涙を手でこすりあげ、まだ、しゃくりあげながら、恨めしそうに局員を見た。

局員はうなずいた。「さあ、続けましょう。ね！」

お玉はうなずいて、いった。「そんならお便所だけ行かして頂戴」

局員はしかたがないというように、戸口を顎で指した。

くぐり戸を抜け、お玉が外へ出ると、裏町の夜は賑《にぎ》やかだった。バーや飲み屋から嬌声《きょうせい》が聞こえ、流しのギターとアコーデオンが、さっきお玉の歌った曲を奏でていた。黒い夜空に原色のネオンが明滅していた。

スタジオの横はどぶ川になっていて、便所はその川の上にあるのだった。鋭く悪臭が鼻をつく大便所に入ると、便器の下には黒い水がゆっくりと流れ、ネオンの三原色が水面にゆらいでいた。

お玉は、また泣いた。

彼女の大粒の涙が二滴、三滴、水面へ落ちて行った。

しゃくりあげながら、お玉がパンティをずりおろし、スカートをまくった時、ワンピースのポケットにまぎれこんでいた一個のパチンコ玉が、軽い音を立ててどぶ川に落ちて沈んだ。

「よし、シーン6、合成完了！」

第一副調整室で、D・Dが叫んだ。A・Dはスタジオの出演者と、次のシーンの打ちあわせを始めた。D・Dはイヤホーンのヘルメットを脱ぎ、一服した。

「調子はどうかね？」副調整室へ営業担当重役が入ってきた。

「好調です。今、撮った奴をお見せしましょう」D・Dはそういって、第二副調整室のT・Dにマイクで命じた。「シーン6！　今の合成した奴を流せ」

「O・K」

モニタースクリーンを眺めた重役は、ちょっと顔をこわばらせた。「あっ。この不細工な人間は、明らかに一九六〇年代の人間じゃないか。過去の人間を現代へつれて来てはいかん。時間法違反だぞ」

「ご心配なく。こちらから向うへひとり行かせたんです。奴《やつこ》さんはあちらでいろいろ準備をし、できるだけ六〇年代人らしい女と契約して演技をさせ、映像をこっちへ送ってくるのです。こちらではそれを、このスタジオで撮ったものと合成するわけです。万事合法的です」

「なるほど。それならよろしい。しかしどうもわからん。どうしてこの時代の人間が、こんな不細工な昔の女を見たがるんだろうな？」

「さあね。ちょうど昔の人間が、猿まわしを面白がったのと、同じ理屈じゃないですか？」

に、とぼけた調子でいった。「なんでも、予備
校の連中を煽動して、大学へあばれ
こませてやるとか何とか」「ま
さか」苦笑しながらも、伊
豆夫の眼はまた、きら
りと光った。「だっ
て、やりかねま
せんよ」と、
おれはい
った。「浪
人と
いう
の
は

だ
い
たい、
古今
東西を
通じて血
に餓えてい
るんです。こ
とに最近は浪人
がすごい勢いで増え
ています。予備校はどん
どん膨張しているし、群小の
予備校は合併されるし、地方じゃ
只今予備校が増加している、有名予備

配そうな表情でいった。「予備校生二十五
人が文部省へデモをしかけたな。
備校の大学昇格を叫んで」「
うです」おれは、ここぞ
ばかりうなずいて
せた。「あの時は
動みたいにな
て、数百人
死傷者
出ま
た。
備
の

夫は冗談めかしてそう言い、太い腕を
っちも、ライフルで戦うかな」伊
ですからね」「そうなれば
大学生はいわば敵な
ん。奴らにとっては
むかもしれま
学へあばれ
ほんとに
んです
てい
立
気
は

おれの家の隣りに、大きな予備校ができた。『慶安予備校』という予備校で、鉄筋コンクリート八階建、建築面積千五百八十平方メートルという馬鹿でかい予備校だ。

どうも、いやな感じである。なぜかというとおれは来年大学受験を控えていて、日夜受験勉強にイソしんでいる身だからだ。道の前方を黒猫が横切っただけでも不吉感を覚えるほど神経質になっている今日このごろである。まして家の隣に、さあこっちへいらっしゃいと手招きせんばかりにでかい予備校ができて、朝、昼、夕方、夜と、四部制の授業のために一日中生徒がぞろりぞろり、家の前をひっきりなしに行ったりきたりするのでは、おれでなくとも頭にくるだろう。話によれば、この予備校の生徒数は十万人だそうである。静かな美しい高級住宅地だった町は、不作法な浪人どものためにすっかり殺風景になってしまった。

だが、おれがそれをいうと、おれの姉は怒る。おれの姉は由井雪子といって、今年大学の受験に落ち、今、隣りの予備校へ通っているのだ。

「あんただって、どうせ来年はお隣りのご厄介になるんじゃないの。えらそうに文句いえた義理ですか」

そんなむちゃくちゃを言うのだ。自分が落第したものだから、おれも落第するとはじめから決めてかかっている。

「だいいち便利でいいじゃないの。電車に乗らなくてもすむし、お弁当を持っていかなくてもすむし」

そういえばたしかにそうだが、いくら便利でも、とにかくおれは予備校なんかへ行く気は毛頭ないのだからしかたがない。おれは姉と違って頭がいいのだから、大学へは一度で合格するに決っている。いや、必ず合格する、して見せる。おれの頭のよさは親父に似たのだ。おれの親父というのは一級建築士で、しかも工学博士で、おまけに大学の講師である。姉が低能なのは、きっと死んだ母親に似たのだろう。

もっとも、姉にだっていいところはある。美人なのだ。弟のおれの目から見てさえ、超一流の美人である。ところが悪いことには、美人というのはだいたいにおいて頭が悪い。自分が馬鹿なのだということにも気がつかないほどの馬鹿が多い。姉もその例に洩《も》れず、自分が落第したのは運が悪かったからだと思っている。女なのだから、無理して大学なんかへ行こうと思わず、ファッションモデルにでもなっておけば家計の足しになったのにと思うのだが、そこは女の浅墓さプラスこけの一念、大学入学以外のことには頭がまわらないらしいのだ。

母親がいなくて、ひとつ違いの姉と弟、そして姉は美人で——となると、最近の人間は気が早いからすぐに近親相姦とか、そういった類いのよからぬ現象を連想するが、おれはそんなこと考えたこともない。もっとも、おれが姉に挑みかかったところで、すぐ投げとばされて庭石か何かで頭の鉢を割ってしまうにきまっている。姉は気が強い上に、護身術などという余計なものを心得ているのだ。

まあ、そんなことはどうでもいい、とにかくおれは、女が大学へ行ったって、どうってことはないのにと思うのだ。男が行くのは就職のためだから、これはしかたがない。いい大学を出れば、いい会社に就職できるのだから。

だが、親父《おやじ》はそう思っていないようである。

「大学へは、就職のために行くんじゃないぞ。勉強しに行くのだ」

そう言うのである。だが、これはまちがっていると思う。昔の大学ならともかく、今の大学というところは、とてもじゃないが落ちついて勉強できるようなところじゃない。すごいマスプロなのだ。

今の大学生は、いい就職をするために、政治力があってマスコミに顔の売れた教授の下に集まる。ゼミなどは満員だ。だが、その反面、象牙の塔的学究肌の教授の下には、学生がひとりも集まらない。教室にはクモの巣がはっている。売れっ子教授の方は、やれテレビだ、やれ新聞だ、やれ週刊誌の対談だ、やれ月刊誌の座談会だと大いそがしで、こっちの方は研究室にクモの巣がはっていて、学生はほったらかしだ。現にこの間も、某有名教授が、テレビの対談番組でこんな放言をした。

「無能な教授の下には学生が集まらないのですから、私どもの教室がマスプロになるのは当然です」

この時は喧々囂々《けんけんごうごう》の大さわぎになった。

では学生はどうやって勉強するかというと、これは有名教授によってプログラミングされたティーチング・マシンで勉強する。教室に据えられた機械によって講義を受けるのだ。有名でない教授は、機械が故障した時だけ代講をやる。その間売れっ子教授の方は、テレビでティーチング・マシンのコマーシャルをやり、ひどい時にはコマーシャル・ソングなどを歌ったりしているのだ。

そんな大学など、行ってもつまらないだろうとは思うのだが、さっきも言ったように、やはり就職のためとあらば、しかたがないではないか。

おれはちょいちょい、おれの第一志望の徳川大学へ遊びに行く。ただ漫然と行くのではない。先輩の、松平伊豆夫というおかしな名前の男がこの大学にいて、おれは彼に会いに行く。そしていろいろ参考になること——つまり、入学試験の準備だとか、心構えだとか、まあそういったようなことを聞いて帰ってくるのだ。入学試験ならおれの姉だって彼といっしょに受けたわけだが、落第生から経験を聞いたところでしかたがない。やっぱり合格した人間から教えてもらった方が、聞く方も身がはいる。

その日もおれは、徳川大学に出かけた。

彼は射撃部にいるので、大学の裏にある広い射撃場へ行って見た。的に向かってぱんぱんとライフルをぶっぱなしていた彼は、おれが声をかけると振り向いて、やあと手をあげた。その手にはライフルが握られている。自慢なのだろう。浅黒い皮膚、白い歯、明るいひとみ、美男子である。

おれたちは大学の喫茶室で、いろいろと話しあった。

「授業なんて、ぜんぜん面白くないよ」と松平伊豆夫はおれにいった。「君も入学したら、きっと失望する」

「二カ月前に全学連が、マスプロ廃止のプラカードをかかげてデモをやりましたね。あの効果は、ぜんぜんなかったんですか」と、おれはたずねた。

「なかった」伊豆夫はかぶりを振った。「警察機動隊が出動して、三名の死者を出して、テレビや新聞が大さわぎして、さわぎが静まると、またもと通りのマスプロだ」

彼は嘆息した。

「ところで、あのう、受験のことですが」おれは身をのり出した。「英語は、どの程度やっとけばいいんでしょう」

「あまり、やらなくてもいいいな」伊豆夫は投げやりにそう言った。「睡眠教育テープができてから、語学などの暗記ものの授業内容は、だいぶ変ってきているからね。おまけに最近じゃ、自動翻訳機とか、自動通訳機が改良されて、人間はいらないそうだ。今年——つまり昭和五十二年度の文学部卒業生の就職率なんか、一パーセントを割ってるんだぜ、この大学でも今、外国語教授を大量にクビにするかどうかで大さわぎだ。まあ、そんなことはどうでもいい」こんどは伊豆夫が、おれの方へ身をのり出してきた。「ところで、最近姉さんはどうしてる。元気かい」

「ええ。まあね」おれはことばを濁した。

この松平伊豆夫と、姉の由井雪子のことでは、ちょっとしたいきさつがあるのだ。伊豆夫はおれの姉と、同じ高校の同級生だった。伊豆夫はそれ以前からずっと、姉が好きだったらしい。ところがここに、やはり同級生で丸橋忠夫という男がいて、この男も姉が好きで——まあ、手っとり早くいえば三角関係である。

男ふたりはどちらも、将来姉と結婚するつもりでいたというのだから、高校生というのに気の早い話だ。ある日、松平伊豆夫と丸橋忠夫は姉に、おれたちのどっちを選ぶつもりか早く決めろ、こっちにも都合があるといって詰め寄ったそうだ。姉は言いのがれに困って、よせばいいのに、それじゃあ大学に合格した方にすると言ったらしい。

さていよいよ試験の日になり、伊豆夫と忠夫と姉の雪子は、三人そろって徳川大学を受けた。ところがパスしたのは伊豆夫だけで、姉と忠夫は落第してしまった。こうなると姉は負けず嫌いだから、どうしても伊豆夫に対してあまりいい感情は抱かない。それに予備校では毎日、忠夫と顔をあわすものだから、しぜんにそっちの方へ接近して仲よくなる。

それじゃ約束がちがうといって伊豆夫は怒ったが、すでに姉の心が忠夫に傾いているのに、昔の口約束を持ち出してみたってどうにもならない。女の心は理屈ぐらいでは動くものではなかった。その時は口惜《くや》し涙をのんで引きさがったが、今でもまだ姉のことを思いきれない様子である。他に可愛《かわい》い女の子がいくらでもいるというのに、妙なところで義理固い男だ。

喫茶室で伊豆夫と話しているうちに、おれはふと、いたずらっ気を起した。退屈のなせる業であって、その時はまさか、あとでそんなとてつもない大騒ぎになるなどとは夢にも思わなかった。ただ、もうちょっとだけ、ごたごたを大きくしてやれと思っただけなのである。

「姉きは近ごろ、ますます丸橋さんと仲がいいようですよ」と、おれは心配そうな表情を作って言ってやった。

「ほう」伊豆夫の眼は、ぎらりと光った。

「いつも予備校の帰りに、ふたりで家へ来て、何かこそこそ、仲良さそうに話しています。姉きの部屋へ入って、くすくす笑ったりなんかしています。あれは困るなあ。

気になって勉強ができない」

「そうかい」何気ない口調だが、彼の指はこまかく動いている。つまりふるえている。嫉妬《しっと》である。

おれは以前から、こういうことをするのが大好きである。今さっき、君の好きなあの人が他に誰もいない音楽教室の隅っこで、誰それ君と仲良さそうに話していたよと告げ口をしてやるのである。たいていの奴《やつ》はそれを聞くと、激しい嫉妬と裏切られた衝撃で頬をこわばらせる。だがそれを言葉に出そうとはしない。ああ、あんな奴のことは何とも思っちゃいないとか何とかいって、笑って胡麻化《ごまか》そうとする。だがその時彼のはらわたは、実は煮えくり返っているのである。その証拠に、それからはどんな話をもちかけてやっても上の空だ。それを横眼で見ているのはまことに面白い。そんなことをしたりされたりした経験は、きっと誰にでもあると思うのだが。

「そうそう。おかしな話をしていたなあ」おれはさらに、とぼけた調子でいった。

「なんでも、予備校の連中を煽動《せんどう》して、大学へあばれこませてやるとか何とか」

「まさか」苦笑しながらも、伊豆夫の眼はまた、きらりと光った。

「だって、やりかねませんよ」と、おれはいった。「浪人というのはだいたい、古今東西を通じて血に餓《う》えているんです。ことに最近は浪人がすごい勢いで増えています。予備校はどんどん膨張しているし、群小の予備校は合併されるし、地方じゃ駅弁予備校が増加しているし、有名予備校などは大学なみの入学難です。幼稚園の予備校まであります」

「そういえばこの間も」伊豆夫は少し心配そうな表情でいった。「予備校生二十五万人が文部省へデモをしかけたな。予備校の大学昇格を叫んで」

「そうです」おれは、ここぞとばかりうなずいて見せた。「あの時は暴動みたいになって、数百人の死傷者が出ました。予備校の連中は気が立っているんです。ほんとに大学へあばれこむかもしれません。奴らにとっては、大学生はいわば敵なんですからね」

「そうなればこっちも、ライフルで戦うかな」伊豆夫は冗談めかしてそう言い、太い腕をなでた。汗の匂いが、ぷんとした。

帰り道で、おれはふと考えた。

――予備校生と大学生の両方をたきつけて喧嘩《けんか》させてやったら面白いだろうなあ。怪我人《けがにん》や死者がわんさと出て、警察へ連れて行かれる奴も続出するだろう。そうなると、おれとしては受験の際の敵が減るばかりでなく、大学にも入りやすくなるという寸法だ。学生数が減れば大学だって、募集学生数を増やすだろうから――。

今朝勉強した日本史の一節――『慶安の変』の部分を、おれは思い出し、頭で暗誦してみた。

「一六五一年（慶安四年）三代将軍家光《いえみつ》が死に、家綱《いえつな》が幼少で将軍になったのを機とし、由井正雪《ゆいしょうせつ》は丸橋忠弥《まるばしちゅうや》とはかり、紀伊藩主徳川頼宣《とくがわよりのぶ》の名をかたって浪人を集め、幕府を倒そうとした。しかしこれが発覚し、七月二十三日忠弥が江戸で捕えられ、二十六日正雪も駿府《すんぷ》で幕府に襲われて自殺した。この事件は、社会の秩序が整い、身分が固定して、浪人が立身出世する余地のなくなってきたことへの、不満のあらわれと考えられている」

——よし、この手で行こう——おれはそう思った。日本史の知識も、たまには役に立つことがある。

家に帰ってくると、丸橋忠夫が来ていた。親父は地方の工事現場へ一週間の予定で出張中だから、彼は大っぴらに応接室のソファで姉といやらしく身体《からだ》をくっつけ、何かこそこそと話しあっていた。姉のミニスカートは、ヘソ下二十センチにまでまくれあがっている。

おれはさっそく、ふたりをけしかけてみることにした。

「今、徳川大学へ行って、松平さんに会ってきたよ」

丸橋忠夫が、やせて蒼白《あおじろ》い顔をあげ、縁なし眼鏡《めがね》の奥の細い目をきらりと光らせた。

「ほう。彼、何か言っていなかったかい」

「あんたを殺してやると言ってたよ」

「嘘《うそ》つきなさい」姉がびっくりして、おれを眺めた。恰好のよい唇に塗った口紅が、まだらになっていた。

「本当なんだ」おれはふたりの前の肘掛椅子に腰をおろした。「ライフルの練習をしているのは、実は復讐《ふくしゅう》のためらしいんだ」

「まあ」姉の顔はさっと蒼ざめ、きりきりと眉があがり、かりかりと頬がこわばった。

「そればかりじゃない」おれはいい気になって身をのり出し、喋《しゃべ》り続けた。「大学の連中が予備校の生徒に持っている悪意は、すごいよ。あんな頭の悪い連中に大学へ入ってこられては、学生の質が低下する。だから、いつか射撃部や柔道部や、弓道部や空手部などで大挙して予備校へあばれこもうかといって、相談していたよ。予備校の方でも、対策をねっておいた方がいいんじゃないでしょうか」

「まさか、そんなことはするまいが」

だが、そういった丸橋忠夫の指さきは、怒りでぶるぶる顫《ふる》えていた。

「大学生はみんな、予備校生を賤民《せんみん》だと言ってます」

姉と忠夫は、顔色を変えて立ちあがった。

「ぼくが言ったんじゃないよ」おれはあわてて自分の部屋へ入りながらいった。「大学生が言ったんだ」

ふたりは、それからしばらくして家を出て行った。あれは仲間たちと相談するために、予備校へ行ったんだ。そうに違いない——おれはそう思った。

次の日の朝刊には、さっそくこんな記事が出た。


『大学生、予備校生に乱暴。

口論からケンカ、五人重傷』

内容を簡単にいうと、こうである。

昨夜十時ごろ町の賑《にぎ》やかな『堀端通り』で、徳大生五人と慶安予備校生四人がすれちがった。徳大生というのは空手部の連中で、だいぶ酒を飲んでいたらしい。ささいな口論からとうとうなぐりあいが始まった。予備校生は横のバーの裏口においてあったビール瓶で応戦、頭蓋骨《ずがいこつ》を凹ませたり手足の骨を砕いたりして、大学生ふたりと予備校生三人が大怪我、残りの者もみんな警察へつれていかれたというのである。

これははたして、おれの作戦の成果なのだろうか——おれは首をひねった。姉は昨夜、九時ごろ帰宅している。しかし、だからといって、この事件に関係がないと断定するわけにもいくまい。

姉はまだ寝ていたので、おれはそのまま登校した。

夕方家に戻り、夕刊をひろげると、さらに大きく、こんな記事が出ていた。

『予備校生50人、大学へ乱入、あばれる。

重軽傷82名。昨夜の仕返しか』

きょうの昼過ぎ、慶安予備校生約五十人が手に手にピッケル、チェーン、ナタ、革ベルト、ジャックナイフ、肥後守《ひごのかみ》、T型定木などを振りかざして徳川大学の構内に乱入、空手部の部室を襲撃した。こんなこともあろうかと準備していた空手部では、剣道部、弓道部、相撲部、柔道部、射撃部、ラクビー部、ボクシング部、レスリング部などの部員に応援をもとめ、ライフル十数挺《ちょう》や弓などの飛び道具で応戦、双方に多数の怪我人を出した。警官隊がやってきた時は、予備校生は重傷者を残して、みんな現場から引きあげたあとだったという。

もう間違いない――と、おれは思った――おれの作戦が図に当り、双方が動き出したのだ。それにしても、こんなに早くおれの思いどおりになるとは思っていなかったので、あきれながら新聞を読んでいると、姉が、負傷した予備校生六人をつれて家に帰ってきた。

「かくまってあげるのよ。警察に追われてるの」

六人のうち、かすり傷のふたりは姉を手伝い、重傷の四人を応接室へ寝かせて手当てを始めた。見ると足の骨を折った奴がふたり、ライフルの弾丸で耳をなくした奴ひとり、最後のひとりなどは、尻に深く矢を突き立てたままである。

おれはびっくりした。「医者を呼ばなくていいのか」

「いいのよ。あとで丸橋さんが来てくれるから」

丸橋忠夫の家は外科医院だが、忠夫に手術なんかできるわけがない。だがおれは黙っていることにした。

夜になり、雨が降ってきた。

八時ごろ、レインコートをばっさり頭から羽織った丸橋忠夫が、人眼しのんでやってきたのをきっかけに、続続と同志たちが集まってきた。

「きっと奴らは、仕返しにやってくる」さっそく応接室で作戦会議が始まり、丸橋忠夫はそういった。「こっちにだって武器はある。父親が警官で、拳銃を盗んで来れる奴が五人、家にライフルのある奴六人、空気銃なら十八人もいる。免許証を持った奴が今、銃砲店へ弾丸を大量に仕入れに行っている」

「パパのアメリカ土産のワルサーP38があるわ」姉が浮きうきした調子でそういった。

「隠してあるところ、わたし知ってるのよ」

「その他にも、手製の手榴弾《しゅりゅうだん》が作れる」忠夫は喋り続けた。「高校の化学実験室からピクリン酸と強綿火薬を持ってくる。土木工事の現場からＴＮＴを盗んでくる奴もいる。それを使い古しのカミソリの刃や古釘《ふるくぎ》といっしょに、ボウリングのピンの中へぎっしり詰めこめばいい。同じものをボウリングのボールの中へ詰めてから発射すれば大砲にもなる」

おれはたまげた。これでは戦争だ。

松平伊豆夫の方は、どんなぐあいだろう——おれは気になったので、そっと家から抜け出し、雨の中を二町ほど離れた伊豆夫の家へ偵察に出かけた。

アメリカのダシェル・ハメットという作家が書いた『血の収穫』というハードボイルド小説を、おれは思い出した。

こんな話だ。

ポイズンビルというおかしな名前の町があった。ギャングの巣喰《すく》う腐敗しきった町である。ギャングは二派に分れていて、毎日のように争っていた。市長も警察署長も、その他の町の実力者はみんな、どちらかのギャングとぐるになっていて、町全体が二派に分れていがみあっていた。

そこへコンチネンタル・オプという男がやってきて、いがみあいをさらに煽《あお》りたてる。派手な撃ちあいをやらせ、ついには自らの手を加えずに、ひとり残らず悪人どもを全滅させてしまうのである。

——この手で行こう——そう思った。推理小説から得た知識も、たまには役に立つことがある。

だが、事態はすでにおれが手を加えることを必要とせず、どえらい勢いで坂道をころがり始めていた。

松平伊豆夫の家には、大学運動各部のキャプテンが集まって攻撃案を練っていた。おれはさっそく彼らに、予備校軍の様子をできるだけ大袈裟《おおげさ》に教えてやった。彼らはびっくりした。

「ではこっちは、機関銃を作ろう」と、伊豆夫はみんなに言った。「ライフルを改造してドラムをつけよう。洗濯機の搾《しぼ》りハンドルをつけて、手まわし機関銃にすればいい。それからベトコン式に、水道管でバズーカ砲を作ろう。自動車部の奴にやらせて、車を装甲車に改造しよう。航空部の奴には、空から爆撃させよう」

いよいよすごいことになってきたので、おれは恐怖のあまり充血した眼球をとび出させ、口をあけてぜいぜいあえぎながら家に帰ってきた。予備校の連中は、まだ話しあっていた。

「どこへ行ってたの」と、姉が鋭い声で訊ねた。

「松平さんの家へ、偵察に行ってきたよ」

丸橋忠夫がきっとなって顔をあげた。「どんな様子だった。あっちの武器はなんだ」

「飛行機がやってきます」おれはふるえながらそういった。「爆弾投下をやるそうです。戦車も出ます」

　皆がいっせいに胴ぶるいをした。怖がっているのではなく、どうやら武者ぶるいらしい。

　蒼い顔でうつむいていた丸橋忠夫が、腕組みをといて顔をあげた。

「水爆を作ろう」眼つきが変っていた。「高校の生物教室にウランの鉱石がある。あれを持ってこい」

「水爆は無理だよ」と、ひとりが言った。「原子炉がない」

「では細菌爆弾だ」丸橋忠夫の眼は、赤く充血していた。「ウィルス、リケッチャー。病院にはつつがむし病の病原体がある」

「やめてください」おれは瘧《おこ》りのように痙攣《けいれん》した。「近所迷惑です」

「そうよ。あれはジュネーブ会議で禁止されてるわ」

「毒ガスにしよう」と、忠夫はいった。「クロルピクリンだ。いや、窒素イペリットを作ろう」

　おれは部屋に戻って寝ることにした。これ以上彼らの話を聞いていては、心臓に悪い。

　次の日は日曜日だった。

　昨夜なかなか眠れず、疲れきっていたおれは、昼過ぎになり、家のまわりがやけにやかましいので、やっと眼を醒《さ》ました。

軍馬の嘶《いなな》きと蹄《ひづめ》の音、拳銃をぶっぱなすぽんぽんという音が聞こえ、それにまじって悲鳴や怒《ど》鳴《な》り声、ついには機関銃の断続音や、大砲をぶっぱなす音まで聞こえてきたので、おれはあわててとび起きた。

窓をあけて外を見ると、おれの家の前の車道を、馬にまたがって竹槍《たけやり》を小脇にかかえた馬術部の学生が数人、予備校の方へ駈《か》けて行った。あたりは野次馬と警官でごった返している。警官は七、八人しかいず、この事態を収拾しようとして、汗だくで走りまわっていた。彼らはわめきちらしていた。

「やめろ。やめんか。すぐやめなさい。やめないと逮捕する。お前も逮捕する。お前も逮捕する。今する。こっちへ来てはいけません。こっちへ来てはいけない。こら。ポリコとはなんだポリコとは」

不恰好な装甲車がやってきて、警官を追いかけ始めた。警官はたまげて逃げまわった。

窓から身をのり出して隣りの予備校の方を見ると、予備校のビルの六、七、八階の窓と屋上から、予備校生が手製の大砲を車道に向けてどかん、どかんと、のべつまくなしに撃ちまくっているのが見えた。

予備校の向かい側の歩道では、徳川大学の学生たちが、ある者はライフル、ある者は機関銃をかかえ、菓子屋の陳列ケースや洋品店のマネキンや、喫茶店の立て行灯《あんどん》を盾《たて》にして、ビルに向かって応戦していた。弓に矢をつがえて射ているのは弓道部の連中だ。ビルの屋上にいた予備校生のひとりがノドを矢に射抜かれ、ぎゃっと叫んでのけぞると、そのまま歩道めがけてまっすぐ落下した。舗道上に脳漿《のうしょう》がとび散り、片方の眼球がおれの見ている窓の下まで転がってきて、恨めしげにこっちを見あげた。

想像した以上の大騒ぎになってしまっているので、おれは驚いた。

あわてて服を着換え、応接室へ出ると、昨夜運び込まれてきた重傷者たちが銃声を聞き、けんめいになって立ちあがろうと焦りながらおれに訊ねた。「予備校は燃えているか」

おれはヴェランダから庭へ出て、大谷石の塀を乗り越え、予備校ビルの一階の裏窓から中に入った。エレベーターが停《と》まってしまっているので、階段を八階まで登った。

予備校生たちは皆、窓ぎわに机や椅子を積みあげて戦っていた。銃声砲声怒鳴る声、かけ声泣き声いきむ声、遠吠《とおぼ》え呻吟《しんぎん》よいとまけ、そして断末魔の絶叫があたりに満ちていた。女生徒たちは負傷者の手あてをしたり、銃に弾丸をこめたりしている。あたりには死体がごろごろしていた。ほったらかしである。よく見ているといううことは、もお座なりだ。おれ同様、予備校生たちにとっても、仲間がひとり減るということは、競争相手がひとり減ることになるのである。冷淡なのも当然かもしれない。

姉の由井雪子と丸橋忠夫は、部屋の隅に作った作戦本部に陣どり、各階の戦闘員へ次つぎと命令を下していた。連絡係が階段をあがったりおりたりしていた。

おれは窓ぎわに寄り、積みあげた机の間から下を見おろした。向かい側の歩道に面した商店やビルの中には、徳大生が思い思いの恰好で武装してこちらを見あげていた。松平伊豆夫の姿もちらちらと見えた。あっちの指揮はどうやら彼がとっているらしい。

喫茶店のビーチテントの下から、陸上競技の選手らしい大学生ふたりが車道に走り出てきた。どちらもランニングパンツをはいていて、ひとりは痩《や》せてのっぽで手に投槍を、もうひとりはちびでデブで手に砲丸をもっていた。彼らは車道のまん中で槍と砲丸を、こちらに向かって投げつけた。砲丸はとどかなかったが、槍の方は六階の窓へとびこんだ。

手製の手榴弾——つまりボウリングのピンがのっぽに命中した。不発だったらしく、ピンはのっぽの片眼にくい込んだ。のっぽはぎゃっと叫んでのけぞった。ちびの頭には大砲から発射されたボウリングのボールが当って爆砕した。彼は頭一面に古釘を突き立て、顔中をカミソリの刃でずたずたにし、声も出さずにぶっ倒れた。のっぽは飛び出た白眼のように片眼に白いピンを突き立てたまま、あわててちびを抱き起こし、喫茶店の庇《ひさし》の下に引きずりこんだ。

歩道で機関銃がわめいた。おれが盾にしている机にぷすぷすと穴があき、その横で空気銃を撃っていた生徒がたちまち穴だらけになった。彼は全身から撒水器のように血を吹き出しながら倒れた。もちろん即死である。

爆音が聞こえ、大学航空部の練習機がやってきた。屋上に爆弾を投下しはじめたらしく、建物が揺れ、悲鳴が聞こえた。屋上にいた予備校生たちのちぎれた手足、首、胃袋などが、窓の向こうを下へ落ちていった。

やがて歩道には、警察機動隊のトラックやパトカーが到着した。救急車も二台やってきた。武装警官たちはまず、歩道にいる徳大生を逮捕しはじめた。大学生たちは攻撃目標を警官隊に変えて応戦しようとしたが、催涙弾攻撃を受けて腰くだけになり、数十分ののちには、みんな逮捕されたり逃亡したりして、ひとりもいなくなってしまった。松平伊豆夫も、どうやらうまく逃げ出したようだ。

武装警官隊は、予備校ビルを包囲し、立てこもっている予備校生にマイクで呼びかけた。

「さあ、出てこい。お前たちの喧嘩相手の大学生たちは、すべて逮捕された。もう、ビルの中にいる必要はないのだぞ。出てこい」

「どうしよう」

生き残りの予備校生たちは、丸橋忠夫と姉をとり巻いて相談しはじめた。

「われわれの相手は大学生たちだった。だから警察に反抗するのは、ちょっとおかしいんじゃないだろうか」

「でも、出て行ったら逮捕されちまうわ」と、姉がいった。

「よし。おれが話す」丸橋忠夫は立ちあがり、マイク・メガホン片手に八階の窓から地上へ叫んだ。「この慶安予備校を、大学に昇格させるという文部大臣の誓約書を持ってこい。そしたら出て行ってやる」

「無茶をいうな」下からマイクの声がはね返ってきた。「そんなことはできん」

「では立ち去れ。命令する。解散せよ」

「おとなしく出てこないと、催涙弾を発射するぞ」

「むだな抵抗はやめろ」

「それはこっちのせりふだ」マイクの警官があきれてそう叫んだ。「いうことをきかないと、攻撃にうつるぞ」

「かまわん。やれやれ勝手にやれ。おれたちにはもう、なんの望みもないのだ。浪人のひしめくこの世の中、仕官の道も絶え、もはやゆめもちぼうもなにもない。死んでやるのだ。そうとも。おれたちは死ぬ。すぐ死ぬ今死ぬ」

「かってにしろ」

そして、警察機動隊による猛烈な催涙弾攻撃が始まった。催涙弾はビルの窓からとびこんできて爆発し、おれたちは白っぽい煙の立ちこめる中で咳きこみ、涙を流してむせ返った。

　やぶれかぶれの丸橋忠夫が叫んだ。「ようし、こうなればありったけの弾丸を撃ちまくれ。手榴弾をぜんぶ投げろ。撃てうて大砲をうて」

　やけくそほど強いものはない。催涙弾をやられたら、たいていの者は戦意を失うのだが、大学へ行けず万年予備校生で終るくらいなら死んだ方がましだと思っている連中ばかりだから、そのしぶとさはその辺のちゃちな犯罪者の比ではない。

　ふたたび、すさまじい戦闘が始まった。

　催涙弾だけでは効果なしと見てとったか、警察機動隊の方も銃弾を撃ちはじめた。しかし、こうなってくるとこっちの方がビルの上にいるだけぐっと有利である。

　警官は次つぎと倒れていった。

　やじ馬までが巻きぞえを食い、手榴弾ではらわたをえぐり取られたり、砲弾の爆発で、全身を古釘で総毛立たせたりして、ばたばた倒れた。

　この手の話では、たいていこの辺で自衛隊が出動してくることになっていて、案にたがわず、やっぱりここへも自衛隊が出動してきた。戦車、装甲車をくり出す騒ぎである。

　彼らは、ホークの砲口をこちらに向けた。

　ずびっ！　ずびっ！

ひゅるるるるるるるるるるる、ずばあん。

ひゅるるるるるるるるる、ずばあん。

もう、どうしようもない。相手は局地戦のつもりで攻撃してくるのだ。たちまち予備校生たちは、五体ばらばらになって内臓を虚空へまき散らしはじめた。

丸橋忠夫は腹のまん中に砲弾を受けた。彼はからだ全体を完全に裏がえしにして、うしろの壁にぺしゃりと貼《は》りついた。姉はその壁にすがりつき、腸に頬を押しあてて泣き叫びはじめた。

丸橋忠夫が死ねば、副指揮官である姉が指揮をとらなければならないのに、泣きわめいていてはしかたがない。

「姉さん。逃げよう！」泣き続ける姉の手をひっぱり、おれはビルの裏側へ逃げ出した。

さっきまで、まだ二、三人いた予備校生の生き残りも、いち早く逃げ出したらしく、姿が消えていた。ましてやおれはやじ馬である。これ以上のタイトロープは無意味だ。それにおれの目的は、すでに十二分に達したわけだ。

ビルの裏側の外壁にくっついている鉄パイプの非常階段から、おれと姉は手をとりあって駈けおりた。こんな時、家が近くにあるということは具合がいい。おれたちは大谷石の塀を乗り越えて、裏庭からヴェランダへ駈けこんだ。

「あんたたち、早くお帰り」応接室にいる重傷者たちに、姉はそういった。「まだ動けません」負傷者たちはびっくりして姉に懇願した。「もうしばらく、ここで養生させてください」

「いやあよ」姉はかぶりを振った。「あんたたちがここにいたら、わたしまで捕まっちゃうわ」

こうなると女なんて薄情なものである。我が身可愛さに、負傷者をぜんぶ家の外へ叩き出してしまった。

おれたちは家の戸をぜんぶ閉めきり、部屋にとじこもってふるえていた。騒ぎはまだ続いているらしく、敗残の予備校生を追い立てる警官たちの声や呼び子が、かすかに聞こえていた。

その夜は何ごともなく終ったが、次の日の朝、家へ刑事がやってきた。

結局姉も、警察の追及を逃れることはできなかったらしい。泣きわめきながら刑事に引っ立てられ、パトカーに乗せられ、警察へつれて行かれてしまった。あの追い出された負傷者のひとりが、口惜しまぎれに姉の名を吐いたのだ。

昼過ぎ、親父が出張から帰ってきて、おれからいきさつを聞くと蒼くなって警察へすっとんで行った。馬鹿な子ほど可愛いという、ありがたい親心である。

警察では姉が女なので、大した役割は演じなかったのだろうと判断したらしく、わりと簡単に彼女を釈放した。父親に身柄を引き取られて家へ戻ってきた姉は、その夜父親からさんざん油を絞られて、しゅんとなった。

「女は事件の陰に隠れているものと、昔から相場が決っています」父はおかしな叱りかたをした。「女だてらに戦争ごっことは、もっての他だ」

そして姉は、予備校をやめさせられてしまった。六カ月ののち、なかば強制的に見合いをさせられ、なかば強制的に、平凡なサラリーマンと結婚させられてしまった。今では男の児《こ》を生んで、ぶくぶくと肥《ふと》りはじめている。

おれはと言えば、案に相違してみごとに試験に落第し、徳川大学へは入学できなかった。今は名古屋にできた東海道メガロポリス綜合《そうごう》予備校へ、毎日新幹線で通学している。

ただ、あの事件ののち、文部省でも、予備校の大学昇格を真剣になって検討しはじめたそうだ。もしそうなれば、この予備校などは一番に大学になるはずである。その日を待ちこがれながら、おれはわりと精を出して勉学に励んでいる。いい会社へ就職し、いいサラリーマンになり、平凡ながらもしあわせな一生を送るために。

公共伏魔殿

機の製造と修理サービスをやっている会社
てすな」「いつ調べました」おれはぎ
くりとして上背をのけぞらせ
た。「そ、そ、それがどう
しました」「受信契約
者名簿を見れば、
なんでもわか
ります。役
所の住民
名簿よ
り正
確か
も
し

れ
な
い
よ」お
れは落
ちつこう
として、よ
せばいいのに
タバコを出した。
ライターを持つ手が
瘧のように痙攣した。あ
わてていたため、フィルター
の方に火をつけた。消そうとする
と、こんどは火がとんで座布団に移った。

面白い」徴収係はおれのうろたえぶりを冷
く見おろしながらいった。「ところで
あなたの会社は放送センタ
とも取り引きがあるは
です」「それがどう
たというのですか
「いいてしょ
また来ます
彼はく
りと
き
変
出

し
「お待
なさ
いや、待っ
ください」お
はあわてて彼
ひきとめた。「受信
はいらないのですか。
う、あきらめたのですか」「
たしは疲れた」彼は老人くさい声
ゆっくりそう言いながら、ふり返っておれ

視聴覚文化は軽薄だ。おれは本を読む。みんながそうすればいいと思う。映画五本見るなら、小説三冊読んで映画二本にした方がいい。小説読むならSFだ。純文学は肩がこるがSFは読んだあとすかっとする。だから健康にもいい。だいいち、ぐっすり眠れる。うそだと思ったらSFを読んだあと寝てみたらいい。その夜ひと晩ぐっすり眠れる。その夜ひと晩ぐっすり寝て、その次の日もいちにちぐっすり寝て、三日経《た》ったらつめたくなっている。

それはともかく、そういうわけだからおれはテレビもあまり見ない。ところがある日、会社から帰ってくると妻がおれにいった。

「今日、受信料取りにきたから払っちゃったわ」

「馬鹿馬鹿。なぜ払った。あれほど払うなといっといたじゃないか」おれはフォークとナイフを投げ出して妻を罵《ののし》った。

「だって、こうやってテレビを見てるんだから、払わなきゃ悪いわ」と、妻は不服そうにいった。

「馬鹿だな。見てるからこそ金《かね》を払う値打がないってことがわかるんじゃないか。どうしておれのいうことをきかないんだ」

「だって、断われないわ」妻は泣き顔でいった。「そんなことというんなら、あなたが断わってくだされぱいいのに」

「昼間集金にくるんだから、おれはだめだよ」おれは平凡なサラリーマンである。だから昼間は会社だ。「あれほど念を入れて、断わりかたを教えといたじゃないか」

「その通りいったわ。でも言い負かされちゃった」

「いったい、どういって断わったんだ」

「民放しか見ていませんっていったの」

「ふん。そしたらどういった」

「そしたら気の毒そうな顔をしたわ。あんなに面白いわたしたちのテレビを見ておられないとは実にお気の毒です。わたしたちの放送は楽しい、ためになる番組ですからぜひ見てください。気に食わないと思ったらどんどん投書してください。いくらでも改めます。だって公共放送は国民であるみなさんのための放送なのですからねって、そういうの」

「うまいこといいやがる」おれはちょっと感心した。「それでお前はどういった」

「じゃあ一度見てみます。もし面白ければこの次から払いますっていったの」

「ふん。そしたら」

「そしたら心外そうな顔をして、これは公共放送なんですよ、放送法第三十三条をご存じありませんか。とにかくテレビがあるのなら受信契約をしないと放送法違反になるのです、いいんですかっていうから、こわくなって払っちゃった」

「そんなことだろうと思った。だからお前は馬鹿なんだ」おれは大声を出した。「いいか。料金を払わなくても法には絶対ふれないんだ。放送法というのは法律にはちがいないが、ただ放送の自由に関する基本的原則を確認するためのもので……」

「そんなむずかしいこと、わたしなんかにわかりっこないじゃないの」妻はややヒステリックになっていった。「どうしてそんなにわたしをいじめるのよ。あなたいつも、わたしを馬鹿馬鹿っていうじゃないの。その馬鹿にそんなにややこしいことがわかるもんですか。ええそうよ。どうせわたしは馬鹿よ。あなたは利口だわよ」泣き出した。

「ぜんぜん話がちがう」おれはびっくりして、なだめにかかった。「そんな話をしてるんじゃない」

「わたしが馬鹿だってこと、遠まわしにおっしゃりたいんでしょ。そうでしょ。そうにきまってるわ」

「お前に怒ってるんじゃない」と、おれはいった。「公共放送制度に対して怒ってるんだ」

「でも、わたしに怒ってるわ」妻は泣き続けた。「両方から責められて、わたしどうしたらいいのよ。ええもう。ひぃ」

「わかった」おれはあきらめた。「もう何もいわない。だから泣くのはやめろ」

その次に受信料徴収係が家にやってきた時、ぐあいのいいことにおれがいた。休日出勤の代休をとり、家で小説を読んでいたのだ。

「ごめんください。テレビの受信料をいただきにまいりました」

その声でとびあがり、妻をおしのけておれは玄関にとび出した。

「きたな」

顔色がかわっていたらしい。徴収係は少したじたじとしたようだった。見るとまだ若い男だが、色白で高慢そうな鼻をしている。もっとも、その時のおれには特にそう見えたのかもしれないが。

「以前きたのもこの人か」妻にそう確かめてから、おれは彼に向き直った。

彼は少し態勢をたてなおし、にやりと笑っていった。「さてはあなたが奥さんに受信料を払うなとおっしゃいましたね。読めた読めた」

「何が読めた読めたです。馬鹿にしてはいけない。この前は妻から強奪同様にして金をとって行きましたね。あれは返しなさい」

「強奪はひどい」彼は苦笑した。

「法律に暗い女をおどかして金をまきあげたのです。強奪です」

「奥さんは納得の上、支払ってくださったのです」

「ちっとも納得していません。あの女はあなたにだまされた口惜《くや》しさに毎日泣き暮しています」

「大袈裟《おおげさ》な。もしわたしが奥さんをだましたのだとすれば、公共放送は全国の受信者から金をだまし取っていることになるじゃありませんか」

「そうは言いません。納得して支払っている人もいるでしょう。公共放送はたしかに公共放送としての価値があると思う人はどんどん払えばよろしい。ところがわたしは、そうは思わないんだから」

「われわれの放送の、どこがお気に召しませんか」

やっと議論の本筋にさしかかったようである。おれは妻を呼んで座布団を持ってこさせた。上《あが》り框《がまち》に敷いて、おれはその上に腰を据えた。もちろん徴収係には座布団はやらない。彼は少し困って頭のうしろを掻《か》いた。

「気に食わないことだらけだ」おれは喋《しゃべ》り出した。「まず第一に政治座談会やテレビ討論会が気に食わない。内容が偏向していて……」

徴収係があわてて口をはさんできた。「政府与党の主張を多くとりあげすぎているという点じゃないですか」

「その通りだ。なんだ手前でわかってるんじゃないか」

「だって、公共放送としては時の政府の政策を国民にくわしく報道するのは当然じゃないですか。しかもそれだって、何も一方的に押しつけているわけじゃありません。反対意見だって必ずいっしょにとりあげています」

どうやらこの徴収係は相当長期にわたる研修を受けてきたらしく、答えに澱《よど》みがない。

「うそをつきなさい」と、おれはいった。「反対意見なんか、お座なりもはなはだしい。出席者の顔ぶれを見ればわかります。政界からの出席者は与党の連中ばかりじゃないか。学界や文化人や、その他の民間人だって、はっきり右翼とわかる人ばかりだ。この間みたいに、第一回日本火星探検隊の騒ぎがあった次の日の討論会なんか、なおさらそうだった。出席者の中に、野党や左翼はひとりもいない」

第一回日本火星探検隊の騒ぎというのは、科学技術庁長官が、宇宙船搭乗員の顔ぶれを一方的に決定したことから起こった騒ぎである。政府の方針として、三人の搭乗員すべてに自衛隊の将校を選んだのだ。

「わかりました」徴収係はにこやかな表情を消した。警戒するような冷たい眼つきをして見せた。「あなたは左翼なんですね」

「誰がそんなことをいった」おれはむかっ腹を立てて怒鳴《どな》りつけた。「おれはただ、放送の公正を期待してるだけなんだ」

「見解の相違ですな。わたしは公正だと思います。実に公正です」彼は居直った。

「もちろん、左翼の人はそうは思わないでしょうがね。しかしわれわれの放送は、全国の一般大衆のすべての方が対象なのです」

「はっきりいっとこう。おれは左翼じゃない。しかし、もし左翼だったとしたって、左翼の人間にも納得できる放送をしないといかん。それが公共放送の使命じゃないのか。このあいだやったノンフィクション・ドラマの『政治走査線』なんかは、その意味でよかった。あれなら誰にだって納得できる。ところが番組の後半にさしかかったところで、だしぬけに唖《おし》になった。オーディオが消えて、登場人物がみんな金魚みたいに口をぱくぱくさせ始めた。次の番組が始まるなり音が入った。あれはどういうわけだ。あれは番組審議会の差し金だろう」

「とんでもありません。あれは機械の故障だったのです」

「うそをつきなさい。それならなぜ第二回目から放送中止になったんだ」

「あれは最初からシリーズものではなく、一回しか放送しない番組だったのです」

「いいかげんなことをいってはいけない。おれはちゃんとタイトルを見てるんだ。うそをいっちゃいかん。あれじゃ放送センターが政府から圧力を加えられてるって人にいわれたってしかたがない」

「政府からの圧力ですって」徴収係は、おれの無知を嘲笑するかのように、じろりと横眼でおれを見た。薄く笑った。「政府と放送センターとは、ずっと以前から仲が悪いんですよ。二十年前に時の会長が、受信料値あげの問題で郵政大臣に嚙《か》みついた。あれ以来政府とは仲が悪い。圧力なんてとんでもありません」彼はだしぬけに興奮しはじめた。「放送センターが政府から圧力を加えられるような、そんな弱小な組織だと思ったら大まちがいだ。政府なんかなんだ。ちっともこわくないぞ。あんなものたたきつぶせ」宙に向けて腕をふりまわしてから、彼は薄い眉を激しく上下させ、眼をぎらぎらさせ、足をふらつかせ、あえぎながらおれにいった。「水をいっぱいください」

「はい」おれはあわてて水をくんできた。近頃は二十歳代の高血圧が増えている。玄関さきで死なれては事だ。

「つい逆上して、失礼しました」水をいっ気に飲み終ってから、徴収係はやや落ちついた様子で一礼した。それから、座布団にべったり尻を据えているおれを、上から睨《にら》みつけるようにして重おもしく言った。「もし、どうしてもお支払いくださらない時は民事訴訟を起こさなければなりませんな」

もちろんおれは、そんなことがこけおどかしであることぐらいは知っている。支払いを拒否した人間に対して局が訴訟を起こしたという話は、まだ一度も聞いたことがない。しかしおれは、少なからず彼の尊大さに圧倒されていた。

「やりますか」声が顫《ふる》えていた。「一度ぐらいやって見たらどうです。そうだ。一度ぐらい本気で訴訟を起こしてみたらいい。わたしもまだ裁判というものに関係したことがない。おやりなさいおやりなさい。わたしにもいい経験になる」

しかしそれも、今や彼の耳には負け犬の遠吠《とおぼ》えぐらいにしか響かなかったらしい。

「なあに。訴訟なんか起こさなくったって、もっといい方法がある」

「何ですかなんですか」おれの声はうわずった。「脅迫ですか」

「あなたの会社は東京圧搾機器工業。たしか圧搾昇降機の製造と修理サービスをやっている会社ですな」

「いつ調べました」おれはぎくりとして上背をのけぞらせた。「そ、そ、それがどうしました」

「受信契約者名簿を見れば、なんでもわかります。役所の住民名簿より正確かもしれないよ」

おれは落ちつこうとして、よせばいいのにタバコを出した。ライターを持つ手が瘧《おこり》のように痙攣《けいれん》した。あわてていたため、フィルターの方に火をつけた。消そうとすると、こんどは火がとんで座布団に移った。立ちあがって火を踏み消そうとすると座布団が床をすべり、おれは土間へころげ落ちた。

「結構。たいへん面白い」徴収係はおれのうろたえぶりを冷たく見おろしながらいった。「ところで、あなたの会社は放送センターとも取り引きがあるはずです」

「それがどうしたというのですか」

「いいでしょう。また来ます」彼はくるりと向きを変え、出て行こうとした。

「お待ちなさい。いや、待ってください」おれはあわてて彼をひきとめた。「受信料はいらないのですか。もう、あきらめたのですか」

「わたしは疲れた」彼は老人くさい声でゆっくりそう言いながら、ふり返っておれを見た。その眼はうつろだった。おれを見ているようでもあり、見ていないようでもあった。「人間関係なんて、むなしいものですなあなた」彼の声はひび割れていた。

「教育というものに人間関係が必要でなくなって以来、ますます人間関係というものはむなしくなってしまった。よく考えてみれば、わたしとあなたがここで議論する必要はちっともなかったのです」

「それはどういう意味です。わたしに何らかの形で、圧力を加えるというのですか」

「そんなことはしませんよ。かえってわずらわしいだけだ」彼は気乗り薄に笑った。

「わたしは、よく考えてみたいだけです。帰ります。この近所に情婦《おんな》の家がある。今日はこれからそこへ行こう。しかし、まったくむなしいことです」

むなしいむなしいといいながら、彼は帰って行った。

おれはそれから、また小説を読もうとした。しかし読めなかった。彼の言葉が胸にひっかかっていて、小説の中の世界に入って行くことができない。おれは本を投げ出し、彼のいった言葉をよく考えてみた。

教育に人間関係が必要でないというのは、もちろんマスコミが大衆を教育するという意味だろう。おれと議論する必要がないというのは、やがておれもマスコミによって教育されてしまうにきまっているということだろうか。考えてみたいとは、いったい何を考えるつもりなのか。

そう言えば「なになにする前にもう一度よく、ゆっくり考えてみようではありませんか」というのは、公共放送独自のいいまわしだった。現にこのあいだ、第一回日本火星探検隊の騒ぎの時にも、ニュース解説者はこういった。

「自衛隊員を火星へ行かせることに、ただ感情的に反対するだけでなく、自衛隊員以外に宇宙船に搭乗できる人材が、現在の日本にいるかどうか、もういちどよく考えてみようではありませんか」

おれはやっと気がついた。あのいいまわしは結局一種の思考停止ではないか。考えて見ようといわれて、ムキになって本気で考える大衆はまず少ないだろうし、考えたとしてもすぐ次の番組に気をとられてしまう、たいていの人間は、アナウンサーがあいうのだから、おそらく放送局じゃ自分たちのかわりに誰かえらい人が考えていてくれるのだろうと思って、考えるのをやめてしまう。つまるところは、大衆よお前たちはだまっていろということになるのである。あの徴収係が考えてみたいといったのは、受信料その他のことは自分が考えてやるからお前は考えるのをやめろということを、暗に匂わせたのだろうか。放送センターというのは新しいタイプのお役所なのか。放送センターの人間は、いわばマスコミ役人なのか。そういえばあの徴収係までがマスコミ小役人的だったではないか。

放送センターの意図していることが、おれにはやっとおぼろげながらのみこめてきた。と同時に、徴収係までが情婦を持っているセンターというものの薄気味悪さにぞっとした。情婦といったって、昔の言葉でいえば要するに妾《めかけ》だ。

翌日会社で、おれは係長のところへ受註報告書を持って行ったついでに、彼に訊《たず》ねてみた。「放送センターは、わが社のいい得意先なのですか」

「ああ。いいお得意だ。となりの係が担当している。ところが今日は風邪ひきで、みんな休んだらしい。誰かに代理で行かせてくれと課長から頼まれた。君、行ってきてくれ」

「行きましょう」と、おれは即座にいった。

「君のことだからそついはないだろうが、気をつけてくれたまえ」と、係長は意味ありげにいった。

何に気をつけたらいいのですかと、おれが訊ねるのを予測しているような様子だったので、失望させては悪いからおれは訊ねた。「何に気をつけたらいいのですか」

「どういえばいいかなあ」係長はしばらく考えこんで見せた。やがて顔をあげた。

「そう。政府のお役人に対するような態度で接したら無難だということだろうかね。それから、先方の調子にあわせなきゃいかんよ。笑い声をたてたり、まして馬鹿笑いなどしちゃいかん。ご機嫌とりのために民放の悪口を言ったりしてもよくない。反抗的な態度はいちばんいけない」

「わかりました」

午後、おれは山の手にある放送センターへ出かけた。

二十年前に建てられたセンター・ビルを中心に、周囲には大小の附随的な建物が立ち並び、その一部は明治神宮の外苑の中にまで喰《く》いこんでいた。ビルに入り、宮殿のように豪華なロビーの中央に立つと、現会長の馬鹿でかい立体カラー写真が行灯《あんどん》に加工されて正面の壁に埋め込まれている。受付のカウンターにいるのは、今放送中のテレビ・ワイド・ドラマ『東郷平八郎』に出演している新人女優、巻原小枝そっくりに作られた精巧なインフォメーション・ロボットである。

「営繕局の溝上係長はおられますか。わたしは東京圧搾機器工業の者です」と、おれは彼女にいった。

「しばらくお待ちくださいませ」ロボットは巻原小枝の声でそういい、しばらく腹の中で継電器をかちかち鳴らしてから答えた。「おそれいりますが、四階中央ロビーまでおいでくださいとのことでございます」彼女はそういって、にっこり笑った。

「ありがとう」おれはつい彼女にそういってしまい、胸の中で舌打ちしながら圧搾昇降機で四階に昇った。

中央ロビーの入口で、こんどは東郷元帥のロボットに誰何《すいか》された。答えている途中で元帥の眼がぴかりと光り、その光線はおれの身体《からだ》に向けてまともに照射された。ピストルでも持っていないかとレントゲンで調べたにちがいない。元帥が重おもしく入室を許可したので、おれはロビーへ入ってソファに腰をおろした。

このロビーも豪華である。約百メートル四方もあり、天井高は六メートル近い。壁にはセンターに貢献したタレントたちの立体カラー写真がずらりと並んでいた。もっともその大半は、芸能史にも残らぬような大根タレントの写真ばかりである。センターがタレントを計る物差しは実力でも人気でもなく、センターへの貢献度なのだ。このロビーへは、よほどあやしげな者以外は誰でも入れるらしく、タレントらしい男女がこちらにひと組、あちらにひと組とうろついていた。重要な来客のためには、もっと立派な応接室が別にあるに違いない。

「やあ。待たせましたね」気さくな調子で声をかけてきたのは、おれと同じ年ごろの眼の細い男だった。着ているものは地味な色の背広だが、その生地や仕立ては最高である。彼はおれの自己紹介に軽くうなずいてから、向かいのソファに腰をおろした。

「こんど新築するセンターの設計図は、あなたの社にも届いているはずですね」

おれはうなずいた。「出がけに拝見して参りました。立派なものです」

彼は首をかしげた。「ほう、そう思いますか」

自分が、あんなもの大したことはないと思っていることを、おれにわからせたい様子だ。彼のそぶりの中には、昨日の受信料徴収係と共通するものがあって、いんぎん無礼なほどの丁寧《ていねい》な言葉づかいの中に、あきらかに一種の強烈なエリート意識がある。典型的なマスコミ役人だ。

「でも係長」と、おれはいった。「あれほどの設備を持った放送センターは、世界にもちょっと類がないのじゃないですか」少しお世辞をいいすぎたかなと思ったが、考えてみればその通りだからしかたがない。

「たしかにそうですね、だが上層部ではまだまだ不満らしいのです」彼はそういいながら、握りこぶしで自分の肩を軽くとんとんと叩きはじめた。

少し離れたソファでこちらを見ていたボーイ・タレントが、立ちあがってすいっと近寄ってきた。「係長さん。お肩を叩きましょうか」

「いや。いいよいいよ。今、お客様だからね」

「じゃあ、お客様の方はボクが叩きましょう」いつのまに来ていたのか、おれのうしろに立っていたボーイ・タレントが、おれの肩を叩きはじめた。

「すまんね。じゃあ、やってくれる」係長はそういって、おれに苦笑して見せた。

タレントたちに肩を叩かせるために、自分の肩を叩いて見せたのだ――と、おれはそう判断した――そしてそれは、おれに自分の威信を見せつけてびっくりさせるためだ、そうにちがいない――。

タレントたちはけんめいになって、係長とおれの肩を叩き、揉《も》みほぐしはじめた。始終やっているのかなかなか堂に入ったもので、本職の按摩《あんま》そこのけの腕前である。

「君たち、ぼくの肩を揉んだってなんにもならないんだよ」と、係長がタレントたちにいった。「ぼくは営繕局の人間だからね。君たちをドラマに出してやることなどできない。もしぼくがチーフ・プロデューサーだったとしたって、番組制作は二十年前からほとんどＥＤＰＳ（電子計算機構）にまかせてある。番組技術システムって奴だ。だからタレントの選定だって、ＩＢＭ９８７００がやるんだ。知らないはずはないだろう」

「とんでもありません。ボクたちはそんな下心があってやってるんじゃありませんよ。あ、靴を磨きましょうか」

「いや、以前磨いてもらったら、靴に傷がついた」

「いちどボクたちにやらせてください。うまいんです」

「じゃあ、やってくれるか」

タレントたちは、係長とおれの靴を磨きはじめた。ちゃんと道具を用意していた。靴を舐《な》めるほどの気の入れようである。

「台本や演出も、電子計算機がやるんですか」と、おれは係長に訊ねた。

「台本はやりますが演出はやりません。われわれの放送するドラマその他は、ご覧になっておわかりのように、ほとんど演出が不要なのです。固定した明るい照明、また正面からの構図、これらは何年も前から型ができていて、完成されたものになっています。タレントたちもみんな、自然に公共放送的演技を身につけますから、へたに演出するよりあぶなげがありません」

そのまま聞き続けていたとしたら、おれは必ず何か係長の気に入らぬことをいい出したにちがいない。あわてて話を仕事に戻した。

「上層部のかたたちは、あの設計図のどこがお気に召さないんでしょう」

「もっと機械化したいらしいですね。あなたにも考えてほしいんですが、スタジオ全体を圧搾昇降機にするというのは可能でしょうか。スタジオに人間が集まるのではなく、人間のいる所へスタジオがやってくるという理屈ですね。たとえば地下でセットを組み、一階で小道具を据え、二階でタレントを乗せ、さらに調整室のある階までスタジオが昇ってくるという具合にすれば、局の人間の手間がだいぶ省けるのですが」

げ兼ねます」

「理論的には可能でしょうが、技術的にはもっと研究いたしませんと、何とも申しあ

「研究してほしいのです。それから今日来てもらったのは、センター・ビル西4号の昇降機の調子がおかしいので、ぜひ点検してほしいのですが。悪い場所がわかれば、すぐ修理工を寄越《よこ》してください」

「わかりました。では早速」おれは立ちあがった。これ以上靴を磨き続けられては、革がすり減ってしまう。

「これは点検許可証です」係長は一枚のカードをおれに渡した。「警備係員から提示を求められた時に出してください」

おれは係長に礼をいってから、その徘徊《はいかい》許可証を受け取り、ロビーを出た。

建物の西側へ行こうとして長い廊下を歩いていると、ドアのひとつが開いて、だしぬけに昨日の徴収係が出てきたので、おれはとびあがるほどびっくりした。その部屋はどうやら徴収係の研修室らしく、彼のあとからも徴収係らしい男たちがぞろぞろ出てきていた。いちばん先頭をこちらへやってくる昨日の徴収係は、指導員らしい男と歩きながら何か話しあっていた。

おれは反対側にあるドアをあけて、そのうす暗い部屋へとびこみ、ドアを細く開いて彼らの話に聞き耳を立てた。

「テレビで訴えかければ、われわれが徴収に出向くことも不要だと思うのですが」と、昨日の徴収係が不服そうに言っていた。「直接訴えかけるのが具合悪ければ、サブリミナル・パーセプションでも何でもやって……」

「君。集金に行くのもセンターのサービス事業のひとつなんだよ」と、指導員らしい男がいった。「ほんとはやらなくったって、たいていの家庭は銀行から受信料を自動的に払い込んでくれるから、それだけでセンターの費用は充分過ぎるほど賄《まかな》える。集金に出かけるのは、センターのいわばポーズであって……」

彼らが去ったので、おれは部屋を出ようとした。出がけに部屋の中をふり返ると、そこは部屋ではなく、大きなスタジオをはるか下に見おろす、サスペンション・ライトやボーダー・ライト操作用の細い廊下《キャットト・ウオーク》だった。おれはパイプの手すり越しに下を見た。眼がくらんだ。スタジオまで充分二十メートルの高さがある。スタジオではドラマをやっていた。

傍らの暗闇で、何かがごそっ、と動いた。振り向いて眼をこらすと、壁にぴったりくっついて床に尻を据え、ひとりの男が紙包みを抱くようにして何か頬ばっていた。さらに近寄ってよく見ると、人気上昇中の新人タレント若草五郎だ。

「こんなところで何をしてるんですか」おれはびっくりして訊ねた。

「食事です」と彼は答えた。

彼ががつがつむさぼり食っているのは、子供でさえそっぽを向きそうな、とうもろこしで作った安もののふかしパンだ。

「食堂で食べりゃいいのに」

おれがそういうと、彼はかぶりを振った。

「食堂のものは高価《たか》くてとても買えません。下町でこれを買ってきてスタジオの隅で食べようとしたら、先生《ディレクター》が、芸能記者に見つかるからここで食べてこいとおっしゃったんです」

「あなたの収入は、そんなに少ないんですか」

彼は答えなかった。

「ここのギャラが安いことは知っていますが」と、おれはさらにいった。「あなたなら、よその局や何かでアルバイトすれば、いくらでも収入は増えるでしょうに」

「とんでもない」と、彼はいった。「絶対にそんなことはできません」

「禁じられているのですか」

「禁じられている以前に、まず他局では使ってくれません」

「なるほど、協定があるんですね。というより、センターの圧力といった方がいいかな」

「あなたはまさか」彼はぎょっとしたように、おれを眺めていった。「民放のスパイじゃないんでしょうね」

「いいや。そうじゃないよ」

彼はふたたび、鼻息荒くふかしパンにかじりつき、とうもろこしの粉をあたりにまき散らしながらむさぼり食いはじめた。しかし食べながらも、彼の眼は野心と名声欲で、ぎらぎらと獣《けもの》のように輝いていた。

おれはドアからふたたび廊下に出た。

西4号エレベーターに乗ってみると、たしかに調子が悪かった。圧搾速度が遅いので昇降がのろい。一階分の昇降に十秒も二十秒もかかる。圧搾メーターの針と腕時計を見くらべながら、地下六階から最上階の二十八階まで、二、三回往復した。昇降機の上部と下部の圧力の差が三気圧すれすれである。ターボを修理しなくては駄目だ。

降下している途中、ゴンドラが十四階で停《とま》った。誰かが停めたのかなと思っているとドアが開き、重役らしい男が乗ってこようとしたので、おれは彼にいった。

「この昇降機はちょっと具合が悪くて、のろのろとしか運行しません。他のに乗ってもらえませんか」

「かまわん。早くドアをしめてくれ。うしろから追ってくる奴がうるさいんだ」彼はおかまいなしにゴンドラに乗りこんできた。

「まあ、待ってくださいよ局長」ペコペコしながら局長を追って乗りこんできたのは、なんと内閣官房長官だったので、おれはびっくりした。「ここでそんなに、にべもなく断わられると、わたしの立つ瀬がありません」

局長は苦い顔をしたまま官房長官には答えず、わたしを顎でうながした。「かまわんから、三階へやってくれ」

わたしはドアを閉め、三階へのボタンを押した。ゴンドラはゆっくりと下降しはじめた。

「たのみますよ、局長」官房長官はおろおろ声だった。「こんどの選挙は苦戦なんです」

「所信表明演説はお断わりです」局長はぶすっとした声でそう答えた。「郵政省がこちらの承諾もなしに勝手に作った資料では、ちゃんと、公共放送の社会的機能として、教養機関的機能、教育機関的機能、報道機関的機能、娯楽機関的機能の四つがあげられている。しかし演説――選挙演説というものはあきらかに言論機関的機能に属するもので、四つのうちのどれにもあてはまらない。商業放送（民放のこと）の場合はこの他に広告媒体的機能というのがあるがね」

「金は出します」と、官房長官はいった。「五億円でどうですか」

局長は苦笑した。「センターへは、黙っていても一日に十八億の金が入ってくる」

「しかし、金はあり過ぎて困るというものでもないでしょうが」

局長は苦笑を続けたままでいった。「金をもらう。よろしい。テレビで所信表明演説をやる。まあよろしい。しかし、それだけで済みますかな」真顔に戻り、彼は官房長官を睨みつけた。「駄目です。お断わりします。もう何をいわれても無駄です」

三階に着いたので、おれはドアを開いた。

「どうかこのまま、お帰りください」局長は官房長官にそう言い、おれに向き直っていった。「長官を一階までお連れしてくれ」彼は廊下へ出た。

「明日また、郵政大臣をつれて参上します」官房長官があわててそう言った。

「総理が来たって駄目だね」局長はふり向きもせずに去った。

おれがドアを閉めると、官房長官は地だんだをふんでわめき散らした。「何てことだ。今の会長を任命してやったのはこのわしだぞ。くそ。その恩を忘れおって。ええい。飼い犬に手を嚙まれた」一階に着くと、彼は罵声《ばせい》をあげ続けながら降りていった。

「人道地に堕《お》ちたり。犬めイヌめ疥癬《かいせん》犬め。犬あっち行け」

おれはもういちどドアを閉め、さらに下降した。最下層でターボの具合を見ようとしたのだ。地下六階へ来て廊下へ出、さらにターボ室へ降りる階段を探し、あたりをうろうろした。

やっと階段を見つけ、両側が壁になった幅五十センチくらいの細い階段を約一階分降りると、おどろいたことにはその階にも大きな廊下が長く伸びていて、両側にドアが並んでいた。地下七階があるなんてことは、案内板には書いてなかったので、最初は機械室かと思ったが、どうもそのようには思えない。廊下にはいちめん絨緞《じゆうたん》が敷きつめてあるのだ。

おれは恐るおそる、手近のドアを開いた。

すごく広い部屋だった。部屋の中にも毛のながいふかふかした絨緞が敷かれていて、ストーブが燃えていた。でかいソファと、ダブルベッドとグランドピアノがあり、ソファの上にひとり、ダブルベッドの上にふたり、ピアノの上にひとりそれぞれ裸の女が寝そべっていた。さらにもうひとりの裸の女は、グランドピアノの足にくくりつけられていて、浅黒い肌をした全裸の男が濡れタオルで彼女を力まかせにひっぱたいていた。裸の女五人のうち三人はおれにも見おぼえがあった。ちょいちょいショーに端役ででる踊り子だ。

おれがあきれて立ちすくんでいると、男がふり返っていった。「何か用か」

おれはあわてて徘徊許可証を出し、彼に示した。「営繕局の下請けの者です。こんど新センター・ビルを作るので、その参考にあちこち点検して歩いているのです」

「なるほど」彼はソファに腰をおろした。「こんどのビルにも、ここのような演技指導室は作ってくれるんだろうな」

彼はそういってタバコを出した。ソファにいた女がライターで火をつけてやり、ピアノの上にいた女がおりてきて、タオルで彼の胸の汗を拭いはじめた。

「この部屋の名称は、演技指導室というのですか」と、おれは訊ねた。

「表向きはな」と、彼は答えた。「おれはディレクターだ。だけど実際問題として、タレントに演技指導などしてやる必要は少しもない。しかし見ればわかるだろうが、演技指導室というのはこの通り必要なのだ」

「わかりました」おれは部屋を出ようとした。

ディレクターがうしろから声をかけた。「どうだ。ひとり抱いて行かんか。局員クーポンが一枚余っているんだ」

ダブルベッドの上のふたりの女が、おれにウィンクした。

「いや、少し先を急ぎますから」おれはわざと平気な顔をして部屋を出た。出てからしばらくは歩きにくかった。

やっとターボ室を見つけ、おれは西4号昇降機のま下にあたる小部屋の中に入って機械を点検した。工具を持っていないので機械の中を覗《のぞ》くことはできなかったが、どうやら羽根車が壊れているらしく音が悪い。

それ以上そこにいてもしかたがなかったので、おれは部屋を出ようとした。

ドアの手前で靴さきに鉄板が触れ、かちりと鳴った。眼をこらすと鉄の上げ蓋らしい。何だろうと思って鐶《かん》に指をかけてはねあげると、鉄梯子《てつばしご》が下へおりている。

おれのいいところは好奇心の強いところだが、悪いところも好奇心の強いところだ。

「あっ。梯子だハシゴだ」

おれはパイプの梯子をつたって、さらに地下へ降りた。地下八階というわけである。この分では秘密の地下室があと何階あるかわかったものではない。その階にもやはり広い廊下があって四方へ通じていたが、ここはB7ほど豪勢ではなかった。床はコンクリートで、天井にはむき出しの蛍光灯が点いている。両側にはやはり、小さなドアが並んでいた。

おれはいちばん端のドアをそっと開き、中をのぞきこんだ。すごい悪臭が鼻をついた。二坪ほどの部屋の中央に、男とも女とも判断しようのない人間が、敷かれた蓆《むしろ》の上にぺったりと尻を据え、隅に置かれた旧式の十四吋《インチ》テレビの画面を喰い入るように見つめている。髪は腰のあたりまで伸び、垢《あか》だらけの顔には一面暗い紫色の腫瘍の痕《あと》が噴火口のように咲き誇っていた。着ている寝巻らしいものはぼろぼろで、雑巾よりひどい。帯は荒縄だ。食器のようなものが二、三投げ出されていたが、そのひとつには腐りかかったトマトと大便とがいっしょに入っていた。部屋にはパイプ製の小さなベッドもあったが、その上の毛布にも糞尿《ふんにょう》がこびりつき、しみこんでごわごわしている。部屋の別の隅にはうず高く大便が積りかさなり、何層にもわかれて白くひからびていた。

あまりの匂いのひどさのため、眼がしくしくと痛みだしてきたが、我慢してなおもよく見ると、その男とも女とも見わけのつかない人間の見ているテレビの番組は、もう十年ほど前に放送された、程度の低いドラマだった。こんなものが再放送されるわけがない。もういちどその人間の顔をよく観察しておれは息を呑《の》んだ。十年前、テレビ・ドラマで主役を演じた珠その子ではないか。彼女が夢中になって見ているのは、十年前に彼女自身が演じた連続テレビ・ドラマ『お加奈はん』で、どうやらこの部屋だけに放送しているらしい。連続テレビ・ドラマが終ったあと珠その子は、ぜんぜんテレビのスクリーンに顔を見せなくなったので、どうしたのかと思っていたのだが、まさかこんなことになっているとは思わなかった。彼女のあまりの変りようの凄《すさ》まじさに、おれは眼を見はった。

　ぽっと出のタレントが何かのはずみで大役につくと、人気が出るのも早いかわりに消えるのも早い。他の役で出ようとしても、前の役のイメージが強すぎてぴんと来ないのである。視聴者に違和感をあたえるのだ。喜劇に出たタレントなどなおさらそうで、シリアスなドラマになどとても出られない。使い捨てである。

　その上たいていのディレクターは、他のディレクターやタレント・スカウト部が発掘してきたタレントを嫌うのだ。だがセンターとしては、タレントを苦労して発掘した手前、お払い箱にして民放に使われるのも癪《しゃく》だし、クビにして乾《ほ》したりすると芸能誌がうるさい。だからこんなところで飼い殺しにするのだろう。

おれは他のドアも開いて見た。

『乃木大将』を演じた赤坂良彦が糞尿にまみれて中風《よいよい》になっていた。

『希望の丘』に出た岡崎靖子が自分のドラマを見てヒステリックに笑いころげ、着物の裾を腹の上までまくりあげてのたうちまわっていた。気が違いかけているらしい。

『恋する一家』の市川みきは、やはり若い頃の自分が出ているテレビを見つめながら、全身の皮下にできた疔《ちょう》らしい腫《は》れものを、爪ののびた指さきで、のべつまくなしにぼりぼり掻きむしっていた。かさぶたが白い粉になり、部屋中を舞いおどっていた。顔の皮膚もいちめん薄墨色だ。

どの部屋のテレビも、それぞれそこにいるタレントが昔主役をしたり出演したりした番組を放送していた。つまり部屋ごとに違うわけだ。見ているタレントの方では、現に今、自分の見ている番組が同時に全国へ放送されていると思って喜んでいるらしい。だからこそ、こんなところに閉じこめられていても納得しているのだ。

センターは新人タレントを発掘してつぶす――これはもう二十年前からいわれてきたことだが、こんな地下室まで作ってタレントたちを飼い殺しにしていたとは知らなかった。いったいどういう方法で、外部に洩《も》れないようにタレントたちを納得させ、こんな大がかりな姥捨《うばす》て山を作って閉じこめることができたのか――センターのやり方の巧妙さと、その非人間的なやり口に、感心したり憤りを感じたりする以前に、おれはすっかりあきれてしまった。

あきれながら廊下をうろうろしていると、二十メートルほど前方の角を曲がって、兵隊のような服装をした男がふたりこっちへやってきた。警備員らしい。何となくぎょっとして、おれは立ちどまった。立ちどまったついでに、くるりと方向転換して歩き出した。

「おい、君。待て」うしろからかん高い男の声がとんできて、高い天井にくわあんとこだました。

おれは駈《か》け出した。徘徊許可証を見せただけで許してもらえるかどうかわからなかったし、おそらく許してはくれまいと思ったからである。

「こらっ。待たんか」

「待たんと撃つぞ」

彼らはそういうなり拳銃を発射してきた。銃弾がおれの肩をかすめてびゅんと飛び去った。こんなところで射殺されてはたまらない。おれはしかたなく立ちどまり、両手をあげてふり返った。ふたりの警備員は拳銃を構えたまま、そろりそろりとこちらへ近づいてくる。彼らとおれとの間の距離はまだ二十メートル以上あり、両側にはずっと小部屋のドアが並んでいる。

おれは割れんばかりの声をはりあげて叫んだ。「タレントの皆さあん。ただ今よりカメ・リハを行ないます。大いそぎで集まってくださあい。早い者勝ちです」

たちまち、わっとばかりに両側のドアが開き、おどろおどろしい恰好のタレントたちが、寝巻の裾を蹴ちらしてとび出してきた。中風《よいよい》の赤坂良彦までが出てきた。しめたとばかりおれは向きを変え、パイプの梯子がある方へ走りながら、わたしについてきてください、先着順ですとわめきちらした。彼らは物の怪《け》のような喊声《かんせい》をあげ、おれを追ってきた。警備員たちはタレントにあたるといけないから拳銃を撃たないはずだ。撃ったとしてもおれにはあたらない。タレントにあたる。

タレントというよりは、怪物といった方がいい——やっとたどりついた鉄梯子をよじ登りながら彼らの姿をふり返って見て、おれはあらためてそう思い、ぞっとしてふるえあがった。あんな連中に追いつかれては事だ。

がくがくと顫える膝をパイプにからませながら、おれはようやく機械室に出た。部屋を走り出て、階段を駈けのぼった。地下六階からは昇降機に乗ろうかとも思ったが、もしも昇降機が上から降りてくるのをのんびり待っていて、あの糞尿にまみれた皮膚病の怪物の大群に追いつめられ、昇降機のドアの前で押しつぶされたりしたらたいへんだ。そう考えただけで顔から血の気《け》がひいた。おれはあまりの恐ろしさに、突然催し始めた尿意をせいいっぱいこらえ、ひいひい悲鳴をあげながら、地上一階までの階段を駈け続けた。うしろから、地獄の亡者そこのけの姿で追い続けてくるタレントたちの先頭は、おれからほんの十段と離れていないのである。

　ともすれば抜けそうになる腰をたて直し、おれはやっと一階へたどりついた。階段室を出たところは、さっきおれが上から見おろしたあの大きなスタジオだった。おれは躊躇《ちゅうちょ》せずスタジオに駈けこんだ。フロアーには例の微温湯的《ぬるまゆてき》ホーム・ドラマの明るいセットができていて、アシスタント・ディレクターやカメラマンや、若草五郎その他十数人のタレントたちが、本番五秒前の凝固をしていた。おれがカメラマンの前を駈け抜けると、カメラマンたちが怒ってこらと叫んだ。しかしおれに続いてフロアーへなだれこんできた化けものの群れを見て、たちまち彼らは悲鳴をあげた。

　一瞬にしてスタジオは大騒ぎになった。珠その子はばさばさに振り乱した頭髪から毛虱《けじらみ》をあたりへまき散らし、セットに駈けあがって失神寸前の新人女優を蹴落した。市川みきはすっかり主役気どりで若草五郎に抱きつき、彼の額といわず頬といわず唇といわず、接吻《せっぷん》の雨を降らせ始めた。彼女の顔いちめんの腫れものがぐしゃぐしゃと潰れ、蒼白《あおじろ》いねばねばの膿《うみ》は若草五郎の顔にたっぷりと粘りついた。若草五郎は口から泡を吹き、痙攣しながらぶっ倒れた。少し遅れてやってきた中風《よいよい》の赤坂良彦はカメラの前に棒立ちになり、ろれつのまわらぬ舌で乃木大将の歌をうたいはじめた。他のタレントたちも、あるいはアシスタント・ディレクターにしなだれかかり、あるいは歌い、あるいは踊ったりひっくり返ったりし始めた。

いつまでもこんなところで、うろうろしてはいられない――おれはやっと別のドアを見つけ、そこからロビーへ駈け出した。新人女優ふたりがおれといっしょにスタジオから逃げ出してついてきた。おれをディレクターだと思いこんでいる例の化けものたちが数人、さらにおれたちを追ってロビーに走り出てきた。ここでもたちまち悲鳴の渦がまき起こった。悲鳴をあげ続けながらおれと並んで逃げていた女優は、恐ろしさのあまり走っている途中でだんだん気がちがってきて、最後にはけたけた笑いながら駆け続けた。

おれは正面玄関から屋外へ走り出た。続いて怪物たちも、その醜怪な姿を陽光の下にさらけ出し、この世のものとも思えぬ叫び声をあげながらなおもおれに追いすがってきた。どこまで追ってくる気なのか、彼らの執念のあまりのものすごさには、おれでさえ発狂寸前だった。

アベックの多い附近《ふきん》の通行人たちは、仰天して逃げまわった。怪物の中には、どう思ったのかおれを追うのをやめて逃げて行く通行人を面白がって追い出した奴もいた。可哀想《かわいそう》なのは、だしぬけに今まで見たこともないようなバイキンの塊りの化けものに追いすがられた何も知らない通行人で、彼らは生きた心地がしなかったに相違ない、気絶する者が続出した。

また、怪物の中には色情狂に近い奴もいて、恰好のよい異性を見かけては追いかけ、背後からすがりついたりしたものだから、ますます大さわぎになった。おれはやっと渋谷駅近くまで逃げのび、流しのタクシーにとび乗って難をのがれた。しかし神田にある会社へ帰ってくるまで、おれの身体からは顫えがとまらなかった。

次の日の朝刊には、さっそく大きな記事が載った。

代々木で白昼のルンペン騒ぎ
——じつはテレビ映画のロケ——

十九日午後四時ごろ、いきなり代々木の放送センターからあらわれた男女のルンペン約十人が、附近の通行人に抱きつくなど乱暴をはじめたので大さわぎになった。じつはテレビ映画のロケだったのだが、ルンペンに扮したタレントたちが相手役をまちがえたのと、その扮装やメークアップがあまりにも真にせまりすぎていたため、すわ不良ルンペン組合の革命かと、一時は警官隊まで出動するさわぎになった……。

どうやら真相をうまく揉み消してしまったらしい。さすがセンターだけあって、すごい政治力である。

あの化けものたちがその後どうなったか、おれは知らない。また、知りたくもない。

二カ月ほどして、また代休をとったおれが家にいると、以前と同じ徴収係がやってきた。

「テレビの受信料をいただきにまいりました」彼はそういいながら、おれの顔を見てにやりと笑った。

それで充分だった。

おれは受信料を支払った。

姿なのか」コンは大八車を押し続けなが
、自分の手の甲と腕に密生した栗
の粗い体毛をつくづくと見、
た、そう考えた。そう
えるのもすでに何十
めかである。他の
人の仲間の主
が、コンか
何かを
想し、
れ
三

が
沌と
たヘニ
デ状の意
野から抽出
れ、中央コンピ
ータの入力結線
ヘパターン化されて入
たのである。それは数字の
列に置換され、薄膜の固体回路
を駈けめぐる。調整された方程式が帰

ているコンの大脳に刺戟をあたえ、コン自身
に、自分をそのものとして認識させ
るのである。コンの場合、コンピ
ユーターとの共感覚によっ
て認識できたものは、
サルだった。「おれ
のどこがサル
に似ている
というん
だ。腹が
立つ」
吐き
捨
て

た
た
しか
に、自
分自身
の肉体を
持っている
頃のコンの顔
は、多少サルに
似ていたかもしれ
ない。しかし人間の顔と
いうものは、誰しもある程度
サルに似ているものだ。だからコ
ンだけがサルになったということには

「やはり、このおれの不細工な姿が、奴《やつ》らから見たおれの姿なのか」

コンは大八車を押し続けながら、自分の手の甲と腕に密生した栗色の粗《あら》い体毛をつくづくと見、また、そう考えた。そう考えるのもすでに何十度めかである。

他の三人の仲間の主観が、コンから何かを連想し、それら三つの思考感情が混沌《こんとん》としたヘニーデ状の意識野から抽出され、中央コンピューターの入力結線網へパターン化されて入ったのである。それは数字の羅列に置換され、薄膜の固体回路中を駈《か》けめぐる。調整された方程式が帰還結線網に入ると、それに相当する認識パターンが答えとなって出力結線網に入り、それは培養液に浸っているコンの大脳に刺戟《しげき》をあたえ、コン自身に、自分をそのものとして認識させるのである。コンの場合、コンピューターとの共感覚によって認識できたものは、サルだった。

「おれのどこがサルに似ているというんだ。腹が立つ」吐き捨てた。

たしかに、自分自身の肉体を持っている頃のコンの顔は、多少サルに似ていたかもしれない。しかし人間の顔というものは、誰しもある程度サルに似ているものだ。だからコンだけがサルになったということには、他の三人に、それなりの理由があるはずだった。

　しかし本人には、そんな理由は絶対にわからないのかもしれなかった。たとえばリーナ――彼女は今イヌの姿になり、大八車を前でひっぱっていた。彼女は雌犬《めすいぬ》だ――それが男たち三人の、彼女に対する評価であったらしい。しかし、コンの目にも、イヌになった自分の姿に彼女がショックを受けている様子がはっきりとわかった。――わたしはどうしてこんな姿にならなければならないんだろう。たったふたりの男と、同時に浮気をしたという、ただそれだけなのに……。

　人間というものが、他人の罪に対してはいかに寛容でないか――コンはまた、苦苦しくそのことを思った。こんなことをして、いったいどうなるというんだ――コンは舌打ちした。われわれ四人の仲を、ますます悪くするだけではないか――コンには、時間管制庁法務官たちの気持がわからなかった。むしろ彼らの常識を疑いたくさえあった。それはもちろん、死刑になるよりはましだった。だが、他にもっと、いい方法がありそうなものだと思えた。納得のいくまで四人を喧嘩《けんか》させることにより、お互いを理解させる――そんなことが可能だろうか、人間の心理なんて、そんなに簡単に操作することができるのか、そんな大まかなやり方で、人間同士の憎悪が理解にまで深まるだろうか、いや、むしろ相手の精神構造を理解すればするほど憎みあうのではないか――コンはそんなことを考えていた。

大八車は弦上村に入る小川の橋にさしかかった。

「村が近づいたぞ。もうひと息だ。頑張れ」

自分は何もせず、大八車の横をぶらぶら歩きながらピーチ・サムがいった。彼はよれよれの単物《ひとえもの》を着て、腰には荒縄を巻いていた。認識パターンが人間だったのは、この男だけだった。髭《ひげ》がのび、髪は乱暴に束ねていて、いかにも薄ぼんやり然としてはいたが、眼だけはサディスティックな形に吊《つ》りあがっていた。唇の縁には唾液の泡が溜《たま》っていた。

この男だけは、皆が恐れている——と、コンは思った。怒りに狂うと、このピーチ・サムという男は兇暴《きょうぼう》になる、だから彼に対してだけは、三人とも、連想を控えめにしたらしい、意識的に悪口雑言を浴びせることはできても、いざとなれば、無意識の中に抑圧されていた恐怖が思考感情の飛躍をさえ妨《さまた》げるのだ——と、そう思った。

大八車は重かった。

コンは汗を流し続けた。車の上には判金や丁銀のぎっしり詰った銭箱、刀剣甲冑《かっちゅう》、絹織物その他の高級繊維製品などが積みあげられていた。盗賊どもの留守をよいことにその本拠を襲い、掠奪《りゃくだつ》してきたのである。

村へ戻ってきた一行を見て、野良帰りの若い農夫が眼を丸くし、ひと足さきに部落へ駈け出しながら大声で呼ばわった。「おうい、大変じゃ皆の衆、桃太郎がどえれえお宝を持って帰ってきおったぞ」

弦上村郷士の倅《せがれ》桃太郎三十五歳——生まれついての暴れ者である。この年飢饉《ききん》があり、農民は餓《う》えに苦しみ、あちこちで一揆《いっき》があり、野盗が跳梁《ちょうりょう》した。弦上村もたびたび野盗の群れに襲われ、食料を強奪されたが、それでも他の村に比べれば被害は少ない方だった。もっともこれらのことは、コンたちが中央コンピューターの仮宿体エフェクト機構の刺戟を受ける前に起こっていたことである。

四人が時間管制官だった時、ピーチ・サムは隊長だった。だから桃太郎になったピーチ・サムが掠奪に行くため全員に召集をかけた時、それぞれイヌ、サル、キジの姿になっていた昔の部下三人は、直《ただ》ちに彼のもとへ駈けつけなければならなかったのである。もちろんこれも、法務官たちが中央コンピューターにプログラミングさせたプロットだった。もっともそのプロットは、四人の自我の和と中央コンピューターが有機的に作用しあえるよう、可変性を持たされていたのだが。

盗賊たちの本拠は馬背川下流の大きな三角洲にあり、それは三角洲というよりは島に近かった。盗賊たちは出稼ぎに行って留守、いたのは盗賊の情婦たち——盗賊どもがあちこちの村から攫《さら》ってきた娘たちだけだった。ピーチ・サムは彼女たちを片端から餓えたように犯し、狂ったように虐殺した。ロレンゾまでが、まだ生きている女どもの眼に鋭い嘴《くちばし》を突き立て、その眼球をほじり出したりした。あのふたりは嗜虐症《しぎゃくしょう》だ

――コンはそう思った。コンとリーナは虐殺には手を貸さず、ただ、目ぼしいものを掠奪して大八車に積みあげただけだった。あの虐殺も、コンピューターから受けた刺戟によるものだろうか――いやいや、きっとそうではあるまい、と、コンは思った――あれがきっと、ピーチ・サムとロレンゾの本性なのだ、あんな奴の部下になって、今までよく生きていられたものだ――コンは身を顫《ふる》わせた。

紺野正治。

蒸発時の年齢、二十九歳。蒸発時の職業、会社員――詳しくは東洋電化機器販売株式会社総務部経理課長

略歴。西暦一九三七年五月生。埼玉県浦和の小、中、高校を経《へ》て明教大学経済学部入学。在学中、東洋電化機器販売株式会社社長岡倉三十夫の長女真紗子と知り合う。卒業後、同女と結婚。同社に入社。一九六三年長男誕生。一九六四年課長に昇進。一九六五年長女誕生。一九六六年、蒸発。

「こんにちは。どなたもいらっしゃいませんか」

行商人のような感じのするその男が、経理課の部屋へ入ってきたとき、課員はみな昼食に出かけていて、室内には課長の紺野しかいなかった。

「誰もいないことはないさ」紺野はむっとしてそういった。「ちゃんとここに、おれがいるじゃないか」

紺野は不機嫌だった。最近特に、何でもないことにわざとひねくれた言いかたをしなければ気のすまない自分に厭気《いやけ》がさしていたので、そういってしまってから、ますます不機嫌になった。以前は、他人の言ういや味のために不機嫌になったものだった。いや味をいう人間を馬鹿だと思い軽蔑した。顔つきはあくまでにこやかに、しかもへらへら笑いながらいや味をいう人間には、殺気さえ感じたものだった。だが、彼らにいや味を言い返せば、自分を彼ら同様のところにまで貶《おとし》めることになると思い、面と向かっていや味を言われても黙っていた。だが、最近、それでも駄目なのだということに気がついた。驚くべきだが、いや味をいうような人間は、喋《しゃべ》りながらも、自分ではそれがいや味だと気がついていないのである。だからこそ、相手を傷つけても平気なのだ。自分もいや味を言おう――紺野はそう決心した。やっと得た地位を維持しようとすれば、世間とはつきあっていかなければならなかった。世間とのつきあい――紺野にとって、それはいや味の応酬を意味した。

「何か用があるのか」と、紺野は男に訊《たず》ねた。

「紺野正治さんですね」

紺野はあわてて読んでいた週刊誌を机に伏せ、じろじろと男を眺め、警戒するような口調で答えた。「そうですが、何か。あなたはどなたです」

「わたしは蒸発屋です」と、男はいった。

蒸発屋――実は時間管制第三十二局長――それは、のちの紺野たちの局長だった。あの局長は、まったく何を考えているのかわからない男だ――コンはいつもそう思う。眼は青味がかった黒眼で、常に何か眼の前にある物体を睨《にら》みつけているように見える強い視線の持ち主だった。法務官により、死刑を言いわたされたコンたちの弁護をしてくれて、流刑というアイディアを法廷へ提出したのもこの男だったのである。

「流刑といっても、時間的空間的意味での流刑ではありません」局長は法務官にそう説明した。「いわば心理劇《サイコ・ドラマ》による精神的流刑です。われわれにとっては今後の役にも立つアクション・リサーチといえましょう」

被告席――テレプロセッシング・システムの装置の前の、照明体を内蔵した丸いネサ・ガラスの台の上に立っている四人の被告を指さし、局長はさらに言った。「彼らの精神機構は、ほんの少しの刺戟で心因性反応を示すほど融通性がなく、しかも感情転嫁が激しいのです。四人とも二十世紀人ですから、快感原則のすべてを現実原則に向けて内部改造をおこなう方法を知りません。だからこちらで動機《モチベーション》づけしてやり、コンピューターと彼らの大脳を共感覚機構《コンコミタント・センセーション・システム》で接続してやり、あとは彼らの自由連想にまかせ、時折り経過を見てはその因子分析をし、さらにまたこちらの思う通りの刺戟をあたえてやればよいのです」

被告席をはるか十メートルほど下に見おろす、デトリオ効果を使った法務局ドームの内壁の法務官席で、法務長官は唸るような声で局長に訊ねた。「その間、彼らの肉体はどうするのです」

「大脳をとり出した彼らの肉体は、もちろん、『眠りの星』の南半球で冷凍にして保存しておきます」

当然、その刑には刑期というものがなかった。刑という言葉からはあまりにもかけ離れたものだった。永久に近い時間というもの、絶対に卒業証書など貰《もら》えそうにない、一種の教育だったのである。


一同が盗賊たちの本拠から宝を奪い、桃太郎の邸《やしき》へ戻ってきてから五日経《た》った。衣類や武具を売り払うでもなく、大判小判で豪遊するでもなく、ピーチ・サムたちは荒れはてた大きな邸の中でごろごろと寝て暮した。

奴、ただ虐殺するだけが目的だったのだ——日が経つにつれ、コンはそう確信せざるを得なくなった。

コンたちはけものの姿なのだから、金《かね》を使って遊び歩くことはできない。だからピーチ・サムが掠奪品をどう処分しようと、コンたちには関係のないことだった。リーナもロレンゾも、宝の山には見向きもしなかった。衣料品さえ家の中へ運び込もうとせず、ピーチ・サムは、盗品を満載した大八車を庭さきに抛《ほう》っておき、雨が降ってもそ知らぬ顔だった。

四人は互いに話さなかった。互いの考えは自分たちの姿さえ見れば、いやというほどよくわかるのだし、この上諍《いさか》いをくり返したところでどうなるものでもないということも、よく知っていたからである。コンは特に、イヌの姿のリーナと視線をあわせることを避けた。愛撫《あいぶ》しあった肉体の持ち主が、痩《や》せこけた雌犬の姿に変っているのを見ることは、その責任が自分にもあるのだと知っているだけに辛《つら》かった。また、リーナも同じように感じているはずだと、コンには思えた。

広崎梨那子。

東京生れの東京育ち。大学在学中に数人の男子学生と関係を持ち、男たちの恋のさやあてを見るのに厭気がさして、第一回目の蒸発——東京を逃げ出し、京都のアルサロに働く。数人の客と関係を持ち、その中のふたりから結婚を迫られている最中に、第二回目の蒸発——。

「これが君の同僚だよ」彼女の蒸発を助けた蒸発屋——実は時間管制第三十二局長は、彼女を三人の男に紹介した。「ピーチ・サム。これが隊長だ。それにコンとロレンゾ。君も今から、当世風にリーナと名乗りなさい」

たとえ試行錯誤をくり返しながらでも、自我の方向づけを自分で制御できるようになった三十二世紀の人類は、ついに深層心理の自己検閲にさえ成功した。しかし主観的長時間の時間旅行――特に違法時間旅行者を取締ったり、旅行者に指示をあたえ初心者を誘導してやったりする時間管制の仕事をするには、あまりにも彼らの肉体は虚弱になってしまっていたし、その精神動態の均衡は不安定で、力の場の構造も繊細に過ぎた。時間旅行の際の空間濃度の変動は、肉体的に虚弱な旅行者の場合は、彼の、伝達を司る脳髄器官を、たとえばストルヒニン蛙《がえる》の脊髄《せきずい》中枢のように特別な化学的状態におく結果になり、また阻止作用を持つ高次の中枢の影響からも解離させ、いわば彼を一種のヒステリー状態にさせてしまうのだ。

そこで彼らは、一種の肉体礼讃と精神主義が歴史上最後に復活したと思われる二十世紀へ出向し、管制官希望者を募ったのである。

四人ひと組の二十世紀人時間管制隊は、コンたちの小隊の他にも百六十九の小隊が編成されていた。彼らはそれぞれの小隊附属の重力波生成室から、時空伸縮効果の加減操作によって異なった空間の膜質の中に入り、その定常時間紐をたどって過去の各時代へ遡行《そこう》し、巡察を行っていた。ただ、隊員の不足のため、未来世界のパトロールをやるほどの余裕まではなかったのだが。

数カ月の実習ののち、コンたち四人はこの仕事を、約三年間続けた。

しかし……。

縁の下の日蔭《ひかげ》にうずくまっていたコンは、ふと、農民たちの騒ぎ、逃げまどう声に頭を起こした。耳を立て、後肢《あとあし》で立ちあがった。

「来たぞお」

「盗賊どもが、仕返しに来おったぞお」

十騎以上はいると思える馬蹄《ばてい》の音が街道に高鳴り、それは桃太郎の邸の方へ近づいて来つつあった。縁側に寝そべっていたピーチ・サムが眼をどす黒く光らせ、縁板を軋《きし》ませて立ちあがった。庭へおり、大八車から赤柄の槍《やり》を一本とり、二度しごいた。

「仮宿体を実在のものと思え」コンは、脳の切開抽出手術を受ける前の、局長の注意を思い起こした。「それぞれの仮宿体のイメージに肉付けを施し、お前たちの知覚に徹底した認識をさせるにはながい時間がかかるのだ。永久ともいえる時間だ。その世界は、ある意味で実在の世界だ。現実だ。お前たちがそこで死ぬ時、お前たちの前には、本当に死んだ人間同様の、永劫《えいごう》の暗闇が待っていると思え。いいな」

死後の闇と静寂――それはコンにとって、さほど恐ろしいものではなかった。むしろ死ぬ直前の苦痛――それが短くてすむか長びくものかはまだわからなかったものの、とにかくその方が怖かった。

「死にたくない」

コンは立ちあがり、生籬《いけがき》の破れめの方へ駈け出そうとした。

「ここにいろ」逃げ腰になった部下たちに、ピーチ・サムがわめいた。「奴らと戦うのだ」

三匹のけものは、しかたなしに踏みとどまった。仮宿体を生きのびさせることよりも、隊長の命令に従うことの方が、今の隊員たちには重大だった。なぜなら、彼らが刑の宣告を受けることになったのも、もともと不服従が原因だったから――。

ここでまた命令を無視したら、次はどんな罰を受けることになるかわかったものではない――三人の隊員がそう考えたのも当然だった。ピーチ・サムにしても、隊員の統率に不充分なところがあったからこそ現在刑に服しているのだから、もしここで隊員が逃げ出すようなら、盗賊よりも先にその三匹のけものを槍で突き殺す気でいることは、隊員たちにもわかっていた。

おう、もう、どうせ死ぬのなら――そう思い、コンは引き返し、大八車にとび乗った。

ロレンゾが羽音高く街道に面した塀の高さに舞いあがり、ひと声高く啼《な》いてすぐ舞いおりてきた。

ほとんど同時に、門を蹴破って裸馬に乗った盗賊たちが、喚声《かんせい》をあげて乱入してきた。いずれもざんばら髪ひげ面の大男で、大刀を振りかざし、血走った眼を剝《む》いて――。

「だあっ」

ピーチ・サムが先頭の盗賊に槍を突き出した。穂さきは盗賊の胸さきをわずかにそれた。

「たあ」

盗賊の振りおろした刀に肩をざっくり開かれ、ピーチ・サムは絶叫して横倒しになり、地面を転がった。盗賊たちの眼球を狙ってとびかかっていったロレンゾも、たちまち白刃に羽根を切り裂かれ、地上に落ちたその上から蹄鉄で押し潰《つぶ》されてしまった。リーナも馬蹄の犠牲になり、ぎゃんと薄汚なく啼いて息絶えた。コンは大八車に積みあげた掠奪品の間に身を隠そうとしたところを盗賊のひとりに見つけられ、たちまちひきずり出されて刀の切先で胸を乱暴にえぐられた。

一瞬、コンの意識は数万数億の細片——記憶の断片切れっぱしの願望その他もろもろのものに砕かれて八方に飛び散っていった。もはやもとに戻ることはあるまいと思えるほどの勢いでそれらの飛沫《ひまつ》は果てしなく暗黒の彼方《かなた》へ、どこまでも離散していった。

やがて、コンたち四人の知覚に静寂が訪れた。それは虚無だった。

それがはたして、ながい沈黙だったのか、それともごく短い眠りにすぎなかったのか、何も感じることのできない四人にわかるはずはなかったが、それでもやがて彼らは等しく混沌の中に徐徐に知覚の触手を拡げていった。

突然、あふれんばかりの記憶が逆流し、中央コンピューターが再生する四人の記憶がごっちゃになり、同じ内容、等しい分量の情報が彼らの大脳に伝達され、それぞれが自分の意識内容と同時に、他の三人の顕現《けんげん》意識も認識しなければならなくなった。恐ろしい精神の混乱が四人を襲い、培養液に浸された四個の大脳の襞《ひだ》が激しい刺戟にひくひくと痙攣《けいれん》した。

四つの反応が脳波となり、それは中央コンピューターの電気活動を司る入力結線網へなだれ込み、コンピューターは餓えたようにそれを摂取した。そしてそれぞれの反応の因子を分解し、分析し、分配し、またも情報の中へ組み込み、新しい刺戟として送り返した。と同時に、培養液成分量のテレメーターが発する警報により、次つぎと不足したアセチルコリン、セロトニン、ノルアドレナリン等を培養器に補給した。四つの脳の知覚領がはげしく養分を欲していたからである。

四つの心の漂いがどちらに向かい、四つの意識の流れが何処《どこ》へたどりつくのか、それは四人にもわからなかったし、今のところは中央コンピューターにさえわからなかった。

「どうです。蒸発する気はありませんか」

「する気はあるが……」

「現在の状態から脱《ぬ》け出したい。だが、逃げ出すところがない。国外に出るほどの金もない。また、死にたくもない。そうじゃありませんか」

「ま、そんなところだ」

「その上あなたは仲間を殺した。シンジケートからは追われている」

「なぜ知っている」

ピーチ・サムの驚きとうろたえが三人に伝わってきた。

「あなたは大ものです」局長は微笑した。「あなたの指導者としての統率力を生かせる道が、他にあるとすればどうします」

「おれは大物だ」……大物だ。

大ものだ。大ものだ。大ものだ……。

言葉からの連想で、ピーチ・サムの回想がロレンゾのそれに重なった。

「そうとも。びくびくすることはない。おれは大ものなのだ」

ロレンゾが、自分にそう言い聞かせていた。彼はライフルの銃把《じゅうは》に頬を押しあて、ビルの窓から下の大通りを睨みつけていた。パレードはもうすぐやってくるはずだったし、中央のオープン・カーには大統領が乗っているはずだった。撃しようとしている男が、自分以外にもうひとりいるということも、彼は知っていた。

「だが、そいつは小物だ」と、ロレンゾは独《ひと》りごちた。「捕まるのもそいつの方だ。おれは大物だから捕まらないのだ……」

喚声。パレードが近づいてくる……。沿道の人波……。

人殺しめ、殺し屋め。

呪詛《じゅそ》に満ちた言葉が、たちまちロレンゾの心にはね返ってきた。

人非人。あなたは人非人よ。冷血動物よ。

そうだ。お前は冷血漢だ。両棲類《りょうせいるい》だ。

四人の視覚中枢がロレンゾの冷たい顔を再生する。表情のない眼。半ば開いた口……。

カエル……お前はカエルだ。

コンだな――。とたんに、自尊心に満ちた心が固い殻を被《かぶ》った。冷たいロレンゾの怒りが、ひたひたと他の三人に浸潤してくる。

だまれ。黄色い猿《イエローモンキー》め。

猿だと。まだ言うのか……。

ロレンゾの反撃にとまどいうろたえるコンの意識を、ピーチ・サムがさらに攪乱《かくらん》しようとする。

そうとも。何度でもお前は猿の姿になれ。お前は猿だ。猿なのだ。おれの恋仇《こいがたき》としてはぜんぜん相応《ふさわ》しくない、そうだ、お前は猿だ。

なぜだ――コンの悲鳴があがる。傷つけられ、救いを求め、コンはリーナの意識を求めてさまよった。君もか……君もか……君もそう思うか――。

「なぜ、わたしが雌犬なの」

リーナがシーツの上で寝返りをうち、コンの裸の胸に頬をすり寄せてきて、恨みをこめてそう訊ね返した。その切れあがった眼尻。

コンは彼女の柔らかな白い肩さきの丸みを握り、彼女の乳房を自分の腹に押しあてた。愛撫――そして、あの感触が甦《よみがえ》ってきた。

ホテルの窓の外はアカプルコの海岸――。

ふん――ピーチ・サムの冷笑は轟音《ごうおん》に近かった。――そうとも。その感触だ。おれだって知っているんだぜ。なあに、ベスと比べりゃ、たいしたことはない……。

「いや」リーナが寝返りをうち、コンの反対側に寝ているピーチ・サムにいった。

「やめて。やめて」

「ベスはいい女だったぜ。お前なんかより、ずっとな」ピーチ・サムは金色に輝く胸毛を汗で光らせ、リーナを見ずに呟《つぶや》く。いい女だ……いい女だった……しかし……。

「やっぱり貴様か」とピーチ・サムが叫ぶ。

ドアを蹴破ってピーチ・サムが押し入ったその部屋のベッドの上に、ベスとハドソンがあわてて起きあがった。

「このチンピラめ」

「いや」ベスが顔を覆った。「やめて。やめて」

悲鳴をあげ、ハドソンがシーツの間からまろび出た。

「撃つな。助けてくれ。兄貴。撃たないでくれ……おい。ピーチ・サム。な、何をする。何をする」

自分の胸に向いているピーチ・サムの拳銃が、コンの足をすくませた。

轟音。

よろめくコンに、リーナが駈け寄って……。「コン。死なないで」死なないで……。

「あなた。死なないで。死なないで」

病床の紺野の耳に、妻の叫ぶ声が甲高《かんだか》く響いた。彼女はベッドの上にぐったりと横たわった紺野に抱きつき、胸にしがみつき、ヒステリックに泣き続けた。

紺野は声にならない悲鳴をあげた。やめてくれ……そ、そこは傷口だ……痛い……その手をどけてくれ――。だが、紺野は口がきけなかった。顔を包帯でぐるぐる巻きにされていた。この女には、おれへの愛情などひとかけらもないのだ――紺野は呻《うめ》きながらそう思った――ただ、おれが死んで未亡人になり、世間から若後家と言われることを恐れているだけなのだ……。

「あの運転手……訴えてやるわ」妻は眼を吊りあげ、立ちあがった。「賠償金をとり立ててやるわ。勘弁してやらないわ。こ、殺してやるわ」殺してやるわ……。

「殺してやるわ」妻は眼を吊りあげ、紺野に迫った。「よくも……よくも浮気なんか出来たものね」

「ちがう。ちがう。そのハンカチは何でもない。会社の女の子に借りただけなんだ」

紺野は廊下を階段の方へ逃げようとした。だが、妻は彼に追いすがった。

「嘘《うそ》をつきなさい。じゃあ、このマッチは何よ。この口紅はどうしたのよ」言いながらも、妻は口惜《くや》しさに唇をふるわせ続け、ついに夫を怒鳴《どな》りつけた。「やっと怪我《けが》が治ったと思ったらもう早……。出て行ってちょうだい。汚ならしい。そんな不潔な人、この家にいてほしくありません。この家はわたしの家よ。あなたが課長になれたのも、誰のおかげだと思ってるの。パパに言いつけてやるわ。このことを全部パパに……」

パパ。パパ。パパ。パパ。

茶の間で、去年生まれたばかりの長女がぎゃあぎゃあと泣き出した。

娘か……。社長の娘などを妻にしたのは一生の……。

「出てってちょうだい」出て行け……。

「出て行け」と、父親が叫び、ロレンゾは、小さな餓えた妹たちがぎゃあぎゃあ泣き続ける窖《あなぐら》のような家をとび出し、貧民窟の裏通りへさまよい出た。

あんな父親の家に、誰がいてやるものか……。あんな……。

どんどん道を歩き続け、あわてて前をよけようとした気の弱そうなちんぴらにからんでゆき、脅して金をまきあげ、また、どんどん歩き続け……。

「おれに命令しようなんて気を起こす奴は、誰ひとりとして容赦《ようしゃ》はしないんだ」

ほう。えらい勢いだな。本当か……。

歩き続ける彼の前に、ずい、と立ち塞《ふさ》がったピーチ・サムが、威圧するようにそう言った。

「あたりまえだ」ロレンゾは命令書を破り捨てた。「こんな戦場のど真中《まんなか》へ出て行けば、たちまち弾丸に当ってくたばっちまわあ。あんたが自分で出て行きゃいいんだ」

そこは重力波生成室――。

室外は大東亜戦争末期のガダルカナル――。

ピーチ・サムは、さらに言った。「これは命令だぞ。戦場にとびこんでしまった旅行者がいるんだ。助けてこい」

「おれに命令しようなんて気を起こす奴は……」

ピーチ・サムの巨大な平手が、ロレンゾの左頬にとんだ。ロレンゾは壁ぎわの、超伝導マグネットで生成されている強力な静磁場の漏斗式《じょうごしき》フィルターに肩を打ち当てた。

「わっ」

室内の四人の足が、偏動電磁石の作動で床から離れた。

わっ。わっ。わっ。わっ。

渦に呑《の》まれて、四人は暗黒のヒルベルト無限次元空間の陥穽《かんせい》に落ち込んでいった。わっ。わっ。わっ。わっ。

「わっ」ハドソンがシーツの間からまろび出た。「撃つな。助けてくれ。兄貴。撃たないでくれ」

ピーチ・サムのコルトが弾丸をはじき出し、銃口がはねあがった。ハドソンの額に黒い穴があった。

「許して。ピーチ・サム」ベスが哀願した。

だが、コルトの銃口は、はねあがり続けた。はじけとぶベスの、血と肉……。

「坊主になれ」と、コンがたまりかねて、リーナの身体《からだ》越しにピーチ・サムに言った。「そうだ。出家して、お前が殺した大勢の人間の冥福を祈れ」

ピーチ・サムは冷たいシーツの上に仰《あお》向《む》きに横たわったまま、冷笑を浮かべた。しかし、その金髪は急激に脱け落ち、彼はたちまち坊主頭に変っていった。

「あなたは殺生をするから嫌いよ」リーナの裸身が寝返りをうち、コンに抱きついてきた。「コン。あなたを愛してるわ……」

ホテルの窓の外はアカプルコの海岸――。

「ねえ愛して。愛して。もっと愛して」

コンは彼女の柔らかな白い肩さきの丸みを握り、彼女の乳房を自分の腹に……。愛撫——そして、あの感触が……。

「リーナ。君はすばらしいよ」君はすばらしいよ……。

「君はすばらしいよ。梨那子……」

男臭い四畳半の下宿部屋——。シーツは汗とサロメチールの匂いがする。窓の外は東京の下町。夕映えのガラス窓。

「やっぱりここにいたのか。梨那子」襖《ふすま》ががらりと開いて、もうひとりの学生が、傷ついた野獣の兇暴さで入ってくる。「裏切ったな。梨那子」

「なんだ貴様。ひとの部屋へ勝手に入って来やがって」梨那子からあわてて身体を離した学生が、半裸で立ちあがる。「出て行け」

「いや。出ていかない。梨那子、君に話がある」

「ここへ入ってくる権利は、貴様にはない」と、コンは叫ぶ。

「ある。リーナはおれの女だ」ピーチ・サムはベッドにずいと近寄る。

「ああ……また……」リーナは呻《うめ》く。

ホテルの玄関を出たふたりの前へ、サラリーマン風の男がずいと暗闇から出てきて言う。

「梨那子。おれを裏切ったな。おれと結婚するといっておきながら……」

梨那子は、連れの男の広い肩のうしろにかくれる。「うそよ。わたし、そんな約束しなかったわ」

「貴様は何だ」

「貴様こそひとの女を……」

男同士の睨みあい。

「あなた、ここでわたしたちが出てくるのを待ってたのね。いやな人ね。いやな人ね」いやな人ね……。

「うるさい。お前はおれの女だ」ピーチ・サムはベッドにずいと近寄る。

「ああ……また……」リーナは呻く。

また……また……また同じことのくり返し……。

窓の外はアカプルコの海岸――。

「おれは隊長だぞ。命令だ。貴様はこの部屋を出て行け。リーナ。君に話がある」

「今日は休暇なんだぞ」と、コンは怒鳴る。「だから今日は、隊長でも隊員でもないんだ。なぜこんなところまで、追ってこなきゃいけないんだ」

ピーチ・サムが拳銃を出す。

「いや」と、リーナが叫ぶ。「やめて。やめて」

悲鳴をあげ、ハドソンがシーツの間からまろび出た。「撃つな。助けてくれ。兄貴。撃たないでくれ……おい。ピーチ・サム。な、何をする。何をする」

轟音。

「やったな」ロレンゾはほくそ笑む。だが彼の指さきは、まだライフルの引き金をひいていない。

大統領は首を押さえ、前へよろめく。しかし、まだ致命傷ではない。

「ノー。ノー。ノー」テキサス州知事が悲鳴をあげる。

次はおれの番だ――ロレンゾはイタリア製ライフルの引き金をひく。

大統領の頭蓋《ずがい》の骨片がとんだ。

「いや」と、大統領夫人が叫ぶ。「やめて。やめて」やめて。いや。やめて。やめて。

「いや」と、リーナが叫ぶ。「やめて。やめて」

「おい。ピーチ・サム。な、何をする。何をする」

自分の胸に向いているピーチ・サムの拳銃が、コンの足をすくませた。

轟音。

よろめくコンに、リーナが駈け寄って……「コン。死なないで」死なないで……。

「あなた。死なないで。死なないで」

病床の紺野の耳に、妻の叫ぶ声が甲高く響いた。

「あの運転手……訴えてやるわ」妻は眼を吊りあげ、立ちあがった。「賠償金をとり立ててやるわ。勘弁してやらないわ。こ、殺してやるわ」殺してやるわ……。

「殺してやるわ」妻は眼を吊りあげ、紺野に迫った。「よくも……よくも浮気なんか出来たものね。出てってちょうだい」出て行け……。

「出て行け」

「いや。出て行かない。梨那子、君に話がある」

「ここへ入ってくる権利は、貴様にはない」と、コンは叫ぶ。

「ある。リーナはおれの女だ」ピーチ・サムはベッドにずいと近寄る。

「今日は休暇なんだぞ」と、コンは怒鳴る。「だから今日は、隊長でも隊員でもないんだ。なぜこんなところまで、追ってこなきゃいけないんだ」

ピーチ・サムが拳銃を出す。引き金をひく。

轟音。

「やったな」ロレンゾはほくそ笑む。

次はおれの番だ——ロレンゾはイタリア製ライフルの引き金をひく。

大統領の頭蓋の骨片がとんだ。

「いや」と、大統領夫人が叫ぶ。「やめて。やめて」

人非人め。カエルめ……。

ロレンゾの自我防衛機構が、三人の罵言《ばげん》を敏感に感じとり、たちまち固い殻をかぶる——。防衛装置——精神的無表情の甲羅の中に隠れたロレンゾの自尊心に、さらに三人の悪罵がしつこくまといつく。

カエル……カエル……。

いや。こいつはカエルじゃない。カメだ。甲羅に鎧《よろ》われたカメだ。すぐに首をすくめるカメだ……。

カエル……カメ……カエル。

視覚化されたロレンゾの姿が、たちまち変貌していく。カエルの顔……カメの甲羅……そして水掻《みずか》き……。

「カッパだ」コンが驚いて叫ぶ。「そうだ。こいつはカッパだ」

「ねえ。わたしはあなたが好きよ」全裸のリーナがふるえながらコンにむしゃぶりつく。「あなたが好きだわ。だから……だから……わたしだけは、あんな恐ろしい姿にしないで……」

「ふん」残酷な微笑を唇の端に浮かべ、ピーチ・サムがふたりの方へ寝返りをうって脅しはじめる。「リーナ。お前は……お前のほんとうの姿は……」

「いや」リーナは叫び、ピーチ・サムに抱きつく。「やめて。やめて。また何か、いやなことをいうのね。また、わたしをイヌだっていうのね」

「いいや。イヌなんかじゃない。もっと薄ぎたないけものだ」ピーチ・サムの眼が嗜虐的に吊りあがる。低く呟く。

「言ってやろうか」

「いや。やめて。やめて」リーナはコンに抱きつく。「コン。助けて。助けて……」

「お前はブタだ」と、ピーチ・サムが断言する。「白い、ぶくぶく肥ったブタだ」

「やめろ」と、コンが叫ぶ。

同時に、ロレンゾが心の殻を脱ぎ捨て、躍りあがって叫ぶ。「そうだ。その通りだ。

この女はブタだ。ブタだ」彼は狂喜して叫び続ける。

リーナは呻き、しゃくりあげる。

彼女の顔には次第に白い毛が生え、鼻が拡がり、手足にはひづめが……。

「いや。わたしはブタじゃない。ブタじゃない……」

女の呪詛が空間を満たし、女の傷ついたナルシシズムが時間の中をのたうちまわる。

定着したイメージ……四人の視覚が捕えたものとその残像がコンピューターになだれこむ。あらわにされた外傷への回想と、その幻覚的再生は終った。コンピューターが新しいプロットを求めて活躍を始める。データが駈けめぐり、数万数億の継電器がかさこそと音を立て、仮宿体エフェクト機構がプロットの完成をめざしてすべての固体回路を情報で埋める。四人の意識内容と、それに相応しい古今東西のあらゆる資料が集束されたその大量の情報は、今や巨大な電磁気エネルギーに変っていた。

「『眠りの星』から報告がありました。これが現在の経過です」と、局長が法務長官にグラフを見せた。「そしてこれが、外傷の因子分析表です」

「コンピューターは、仮宿体に動機《モチベーション》づけるプロットを決定しましたか」

「決定しました。早速コンピューターに、そのプロットに最も近い新しいデータを挿入します」

「そのデータとは」

「これです」局長は法務長官に、古文書から収録した一個のマイクロ・リーダーを見せた。

投写機にかけたマイクロ・リーダーを流し読みしながら、法務長官は訊ねた。「この法師というのは誰ですか」

局長は答えた。「隊長の、ピーチ・サムです」

「彼だけはいつも、仮宿体が人間の形をとるのはどうしてですかな」

局長はにやりと笑った。「なあに。回を重ねるにつれ、彼はもっともおぞましい姿かたちの生きものになっていきますよ。今からもう、眼に見えるようです」

情報は、その巨大な星の中心部にあるコンピューターからその星の北半球全部を占めている脳培養部の四つの脳に送り込まれた。四つの培養器は棚に隣接して置かれていた。その棚には、同様の培養器が数万並べられていた。さらにその棚は、数万段あった。そしてその棚の列は、前後に数万列あった。その巨大な人工の星の北半球は、培養器だけで埋まっていた。

南半球には、北半球に対応するそれぞれの棚に、もとはそれぞれの大脳の持ち主であった冷凍にされた肉体が安置されていた。冷凍希望者、失業者、社会的不適応者、精神病者、服役中の罪人などの肉体だった。コンピューターから送られてくる夢を見てまどろみ続けているのは北半球にある脳であり、彼らではなかった。彼らは肉体だけの存在――死者に等しい存在だった。

その星は八世紀前から『眠りの星』と呼ばれていた。


「やっぱりこれが、彼らから見たおれの姿なのか」

なさけなく思いながらも、ふたたびサルの姿になったコンは、陽の照りつける砂漠を、昼のない森の中を、そして夜の岩山を駈け続けていた。

駈け続けなければならなかった。

召集がかかっていたのである。

集合地点は大陸の東の端にある山の上だった。コンが山頂にたどりついた時、他の三人はすでに集結していた。

「全員揃《そろ》ったか」と、馬上のピーチ・サムが訊ねた。

「全員、集合しました」

僧形のピーチ・サムは、けものの姿の三人の部下を見おろして頷《うなず》いた。「よし。では行くぞ」彼ははるか西方、朝靄《あさもや》にかすむ草原の彼方を指して叫んだ。「出発だ」

そして四人の、天竺《てんじく》へのながい旅が始まった。

り、日本国中カンカンガクガクの大さわぎ
なった。いわく「若い奴らには根性
ない。将来性皆無である。薬
社会的に重要な地位に
いている中年以上
者にあたえよ」
わく「近ごろ
若いのに
くな奴
いいな
。モ
シ
、
あ

政
用は
これら
の反論を
殺した。
して昨日、
おれの家に通知
きた。おれが百二
人の中に選ばれたと
うのである。最初は夢だと
思った。なかなか信じられなかった。

一万二千粒の錠剤

はえらいことになったという実感がわいてき
た。錠剤百粒といっしょに、拳銃まで
配布されたのにはびっくりし
た。身を守れ——と、いう
より、世界的に貴重な
この薬を、身をも
って守れとい
うのである。
保管不充
分で盗
まれ
たり
す
る

と
懲役
二十
年、他の
者に譲渡
売買したら
懲役三十年が
と言い渡された
親兄弟にやってもい
けないのだ。これは大変
だ！おれはふるえあがった
錠剤服用者の氏名は、今朝の新聞
に載ってしまっている。どえらい騒ぎにな

1

偉いことになってしまった——おれは内ポケットを押さえ、国電の駅の方へ歩きながら、そう思った。胸がどきどきした。

まさかおれが、この、やくざなグラフィック・デザイナーに過ぎないおれが、こともあろうに、錠剤服用者に指定されるとは思わなかった。たしかにおれは、デザイン・コンクールで数回賞をとり、二十四歳にしてマスコミに顔と名が売れてしまっている。しかし、ただそれだけのことで、デザイン以外には何の才能もない人間だ。それが『二十歳から二十五歳までの百二十人の代表的日本青年』の中に含められ、貴重な薬の入った、小瓶を預る身になってしまったのである。

小瓶の中に入った百錠の薬——それは見たところ、何の変わりばえもしない、単なる錠剤だ。ところがこの薬、とんでもない効果を持っている。つまり、一錠につき約一年、老衰を防ぐ効果を持っているのだ。だからこの百錠を服用した人間は、重い伝染病にかかるとか事故に遭うとかのない限り、普通の人間よりも百年間長生きできるのである。

この薬がK大の富田という教授によって研究されていたことは、おれも新聞を読んで、一年ほど前から知ってはいた。そしてその頃から、この薬のことは人びとの間でやかましく噂《うわさ》されていた。

「市販されるのだろうか？」

「どれくらいの値段になるのだろう？」

「誰でも買えるのか？　貧乏人でも？」

「効きめは、たしかなんだろうか？」

薬が完成したのは二カ月前だった。だが、市販はされなかった。実験段階であるということと、原料が入手不可能のため、一万二千錠しか作れなかったことが、その理由だった。

では、誰が実験台になるのか？

その薬を服《の》む人間は誰か？

ふたたび日本国中、その噂でもちきりになった。デマもとんだ。

K大の研究所員が薬を横流しした。薬は内閣の閣僚が独占した。外国からスパイが多勢やってきた……。等等である。

そして数週間前、政府は次のような発表をした。

薬は二十五歳以下の――つまり発育途上にある人間が服用した場合に、最も効果がある。そこで、二十歳から二十五歳までの、数百万人の青年の中から、学業成績のいい者約十万人をチェックする。その中から知能指数百四十以上の者を一万人選び抜く。さらに今度はそれらの青年の中から、実社会へ出ている者は、そこでどのような特殊能力を発揮しているか、また、就学中の者は、いかなる潜在特殊能力を秘めているかを、家系、精神分析、健康状態などの調査によって検討し、最後に百二十人を選び、錠剤百粒ずつをあたえ、一週間に一錠連続百週間服用させる実験を行うというのである。

この政府の発表に対して、たちまち反論の火の手があがり、日本国中カンカンガクガクの大さわぎになった。

いわく「若い奴《やつ》らには根性がない。将来性皆無である。薬は社会的に重要な地位についている中年以上の者にあたえよ」

いわく「近ごろの若いのにろくな奴はいない。モヤシである。薬なんかやるな」

いわく「死にたくない。死にたくない」

しかし政府はこれらの反論を黙殺した。

そして昨日、おれの家に通知がきた。おれが百二十人の中に選ばれたというのである。

最初は夢だと思った。なかなか信じられなかった。今日、都内某所へ出頭せよというので出かけ、他の百十九人の青年といっしょに文部大臣の訓示を受け、薬の入った小瓶をもらい、はじめて、こいつはえらいことになったという実感がわいてきた。

錠剤百粒といっしょに、拳銃まで配布されたのにはびっくりした。身を守れ――と、いうより、世界的に貴重なこの薬を、身をもって守れというのである。保管不充分で盗まれたりすると懲役二十年、他の者に譲渡売買したら懲役三十年だと言い渡された。親兄弟にやってもいけないのだ。

これは大変だ――おれはふるえあがった。

錠剤服用者の氏名は、今朝の新聞に載ってしまっている。どえらい騒ぎになるぞ――おれはそう思った。ならずにすむわけがない。

日本中の、錠剤服用者の住んでいる町や村の交番には、自動小銃が配備されている。だから万一の時には、錠剤服用者ですと名乗って保護を求めればよろしいという指示もあった。おれはあきれた。まるで戦争ではないか。そんな事態が、ほんとに起こるだろうか？

2

家へ帰るため、おれは国電に乗った。

たいせつな薬を持っているのだから、タクシーで帰りたかったのだが、父親から倹約をいいわたされているから、そうもいかない。

　おれの父親というのは小さな会社の課長で、すごく頭が古い。おれがデザイナーになりたいといった時も、そんなやくざな商売に身を落としてはいかんといったくらい、頭の固い父親である。

　ところが、デザイナーとして有名になり、金《かね》をもうけはじめると、若い人間に大金を持たせておくとろくなことにならないといって、その金をぜんぶとりあげてしまった。その金で父親は株を買い、その株がどうやら暴落して、大へんな損をしたらしい。したがっておれの家は、以前通り貧乏である。だから、国電に乗らなきゃならないのだ。

　国電のシートにかけて、電車の震動に身をまかせていると、周囲の人間たちが、じろじろとおれを見た。

　デザイナーとして、おれはある程度顔が売れているし、今朝の新聞には、錠剤服用者百二十人の顔写真がでかでかと載ったばかりである。

　何か厄介なことが起こらなければいいがと思っていると、向かいのシートにかけていた中年の大柄な男が、おれの横の空いた場所に移ってきて、そっとおれにささやきかけた。

「あのう、お願いがあるのですが」

「何でしょうか？」おれはわざと、とぼけた顔つきをして訊《たず》ね返した。

「あなたのお持ちの錠剤を、少しゆずっていただけませんか？」

「それは駄目です」

「一錠五千円出しますが」

「他人に売ると、ぼくは処罰されます」

「一錠、一万円出します」

「駄目です。だいいち、中年の人がのんでも、それほど効きめはないのです」

「でも、少しはあるんでしょう。私だって長生きがしたい。三万円でどうですか」

「売れません。あきらめてください」

「五万円……十万円……じゃ、三十万円！」

その男は一錠五十万円まで値を吊《つ》りあげたが、おれが絶対に売る意志がないと知ると、急に態度を変えて、おれをののしりはじめた。

「貴様みたいな若僧に薬をやったって、何にもならねえんだ。ふん！　たかがデザイナーじゃねえか！　おれは五十人の従業員を持つ人間なんだ。社会的に重要な人間なんだ。政府は何をしとるんだ。薬をのませる人間を、まちがえとるわ！」

他の乗客たちも、わめき続ける中年男に同意するかのように、羨望《せんぼう》と暗い憎悪をみなぎらせた眼つきで、じっとおれを見つめた。電車をおりた時は、ほっとした。と同時に、これから百週間のあいだずっと、あんないやな目にあわなければならないのかと思って、げっそりした。

おれの家のある町まで戻ってきた頃には、すでに夕やみがあたりに迫っていた。

商店街を歩いていくと、近所の店の、顔なじみの主人や店員が出てきて、おれに声をかけ、うるさくつきまといはじめた。

「やあ、おめでとうございます」

「長生きができるそうで、よかったですね」

「さっきお家の方へ、お祝いの品を届けておきましたよ」

「うちは、カラー・テレビを届けました」

「どんな薬か、ちょっと拝ませてください」

「ねえ。見せてくださいよ」

「あとで、ちょっとご相談があります」

「ねえ。ちょっと寄っていきませんか。お話ししたいことがあるんですが」

「ねえちょいと。寄ってらっしゃいよ」


しまいには袖をひきはじめたので、びっくりした。喫茶店の女の子は、おれにしがみついてはなさない。美容院のオールド・ミスまでおれにしなだれかかってきたので、あわてて逃げ出した。

やっとのことで家の前までくると、ここには学校時代の友人がバリケードを作っていた。おれの帰るのを、待ちかまえていたらしい。みんな、作り笑いを浮かべている。

「よう。新聞で読んだぜ」

「うまいことやったな。薬を見せろよ」

「ひと粒くれ。親友じゃないか。なあおい」

都合のいい時だけ親友づらされては、たまらない。

「いや、だめだだめだ」おれはわめきながら、彼らを押しわけた。「誰にもやらないよ」

「ちぇっ。けち」

「ひと粒くらい、くれたっていいじゃないか」

「絶交だ。お前とはもう友達じゃないぞ」

「お前を見そこなったよ」

勝手に見そこなってりゃいいんだ。おれはようやく、家の中に入った。

3

父親はもう帰宅していて、おれの帰りを待ちかねていた。

「おそかったな」そういって、自分の部屋へすぐに行こうとするおれの前に立ちふさがり、ぐいと掌《てのひら》をおれの方へつき出した。

「何ですか？」と、おれは訊ねた。

「薬を出しなさい」

おれはびっくりして、内ポケットを手でおさえた。「これは、ぼくが持っています」

「いや。わしが持っててやる」と、父親はいった。「お前はたよりない。お国からあずかった大切な薬だ。なくすといかんから、わしが保管しといてやる」

おれはあわてて、かぶりを振った。「これは、他人に渡してはいけないんです」

「他人だと」父親は怒鳴《どな》った。「わたしはお前の父親だぞ！　父親を信用できんというのか！」唾がとんで、おれの顔にかかった。

母親とふたりの弟が茶の間から出てきて、父親の横に立った。

「お前。薬をお父さんにお渡し」いつも父に怒鳴られてばかりいる、気の弱い母親が、おろおろ声でそういった。

「だめなんです。たとえ相手がお父さんでも、ひとに渡すとぼくは懲役三十年なんです」

「いいから、寄越《よこ》しなさい」

父親がおれの内ポケットへ、手を入れようとした。親といえども、この薬だけは渡すわけにはいかない。おれは父親を押しのけた。父親は廊下で足をすべらせ、縁側に尻餅をついた。

「親を突きとばすとは、何ごとだ！」父親は顔中を口にして、わめきはじめた。かんかんに怒っていた。「この親不孝者め。父親を何と心得とるか。身体髪膚《はっぷ》これを父母に受く、敢《あ》えて毀傷《きしょう》せざるは孝の始めなり。父の恩は山よりも高し。雲にそびゆる高千穂の、月落ち烏《からす》カアと啼《な》いて霜天《そうてん》に満つ。沈魚落雁《らくがん》非常識」何をいってるのか、さっぱりわからない。

かまわず自分の部屋に入ろうとした。

「逃がすな」と、父親が弟たちに命じた。「薬をとりあげろ」

「ようし」

「とってしまえ。とってしまえ」

弟たちが、冗談めかして、にやにや笑いながら、こっちへ近づいてきた。

「こっちへくるな」おれは拳銃を出した。「近寄ると撃つぞ」

弟たちは立ちすくんだ。

「このならず者め。とうとう家族に銃口を向けたな。うう……。わしの育てかたが悪かった。この、ぐれん隊め」父は怒りのあまり、口から泡を吹きはじめた。

おれは自分の部屋にとびこみ、中から鍵《かぎ》をかけ、ベッドに寝そべった。

父親がドアを、どんどん叩きはじめた。

「ここをあけなさい。薬をわしに渡しなさい。とりあげるとは言っておらん。お前にもやる。家族みんなで、わけてのもう」

「ひとにやっては、いけないんです」と、おれは叫んだ。「堪忍してください」

「自分さえよければいいのか」父親は怒鳴り返した。「家族は、どうなってもいいのか」

「お前。ここをおあけ」と、母親もいった。「晩ご飯を、持ってきてやったよ」

そんな手にのって、たまるものか。

「わしはお前を、そんな育て方はしなかったはずだ。どうしても薬を寄越さんというなら、もう親でもなければ子でもない。勘当だ勘当だ。すぐにこの家を出て行け。すぐ出て行け今出て行け」

頭ががんがん痛み出してきたので、おれは毛布をひっかぶり、眼を閉じた。

父親はしばらくわめき散らしていたが、やがてあきらめたのか、家の中は静かになった。

しばらくそのままで、じっと横たわっていると、誰かが毛布の上から、そっとおれの胸を押さえた。

「だ、誰だ！」おれはとび起きた。

部屋の中に、裸の女が立っていた。

「わたしよ。とも子よ」と、女が答えた。

とも子というのは近所の女子大生で、現在おれが熱をあげている女性のうちのひとりである。もっとも昨日までは彼女には、別の恋人がいた筈《はず》なのだが。

「どこから入った。なぜここへ来た。いつ裸になった」と、おれは訊ねた。

「窓から入ったの。あなたが好きだからここへ来たのよ。服は今脱いだばかり……」

なるほど、おれのテーブルの上には、彼女のブラウスとミニ・スカートと、その他ブラやパンティ類一式が脱ぎ捨てられている。

「あなたを愛してるわ」彼女はだしぬけに、おれに抱きついてきた。おれはベッドに倒された。彼女はおれに覆いかぶさってきた。

おれはとも子の巨大な乳房の谷間で、あやうく窒息しそうになった。

「く、苦しい……」おれはあわてて手足をばたばたさせ、彼女を押しのけた。「君の腹は見えているぞ」

「あたり前でしょ。裸だもの」

「そうじゃない。君は昨日まで、おれには眼もくれなかった。だが、急に態度がかわった。どうしてだ」

「そんなこと、どうだっていいじゃないの」

「よくはない。おれの薬が目あてなんだ。そうだろう?」

「そりゃあ、薬はほしいわよ」と、彼女はいった。「でも、それはどうでもいいの。わたしはあなたが好きだから、こうしてやってきたのよ。あなた、わたしがほしくないの?」そういって彼女は、おれの鼻さきで、挑発的にヘソのある部分をくねらせた。

おれはごくりと唾をのみこんだ。

4

うちあけて言ってしまうが、おれは童貞である。信じてもらえないかもしれないが、実際そうなのだからしかたがない。女と寝る機会が、今まではなかったのだ。

幻想の中の甘美なものが実体となって、今、おれの前にあった。それは美しかった。他の何ものより、魅惑的だった。

この美しいものを、今なら、おれのものにすることができるのだ——そう思うと、薬の一錠や二錠、寿命の一年や二年、この女にやってもいいではないかという気になってきた。頭に血がのぼっていた。

「前から君が好きだった」あさましくかすれた声で、おれはそういった。ノドがからからだった。

とも子は、今度はそっとおれに抱きついてきた。微笑を浮かべていた。

一度めは、うまく行かなかった。

だが二度めは、うまくいった。

すんでしまってからも、おれたちは横になったまま、ながい間お互いを愛撫《あいぶ》しあった。おれは、すでにとも子に参ってしまっていた。

「薬がほしかったために、あなたに身体《からだ》を許したんだと思う？」と、とも子が訊ねた。

許した――なんてものじゃない、ほんとは押しかけてきたのだ。

「薬がほしくないわけじゃないだろう？」と、おれはわざと意地悪く訊ね返した。

「さっきまではね」と、彼女はいった。「ほんとは、薬がほしくてここへ来たのよ。でも、今は違うわ」

信じたかったが、もちろん信じきることもできなかった。

「いいんだよ。弁解しなくても」と、おれはとも子に、やさしく言った。「いつまでも若いままでいたい――そして長生きしたい――これは人間として当たりまえの欲望だものな。そう望まない奴こそおかしいんだ」

とも子は泣き出した。

「君のしたことは、ちっとも、はずかしいことじゃないよ。もし君が男なら、暴力でおれから薬を奪おうとしただろう。でも君は女だ。女の武器はひとつしかない。君はあたり前のことをしたんだ」

「あなたが好きよ」彼女はまたおれに、武者ぶりついてきた。「大好きだわ」

「おれもさ」と、おれはいった。「薬をやるよ」

「ありがとう。うれしいわ」

おれたちはベッドを出て、服を着はじめた。

その時、窓ガラスが一枚割れた。誰かが裏庭ごしに、路地の方から石を投げたらしい。続いてもう一枚、割れた。

「畜生！　押しよせて来やがったな」

部屋の電灯を消して路地を見ると、何十人かの町内の連中が、こちらに向かってわめきながら、石をひろっては投げている。

魚屋の留公という若いのが、空気銃を構えてこちらを狙った。

「あぶない。伏せろ！」おれはあわててとも子を床に押し倒した。

散弾を撃ったらしく窓のガラスは全部、木っ端《こ》《ぱ》みじんに割れてしまった。おれの二の腕に、ガラスの破片が突きささった。

「ようし。撃ち殺してやるぞ！」激しい怒りに駆られ、おれは拳銃を抜き、窓ぎわに駈《か》けよろうとした。

「やめて！」とも子がうしろから、おれをひきとめた。「さきに、薬をちょうだい！」

おれが死んでしまっては、もとも子もなくなると思ったらしい。薬、薬とわめく、とも子の指さきが、おれの肩にくいこんだ。

「出て行くんなら、わたしに薬を渡してからにしてちょうだい！」彼女の声からはエゴとあせりしか感じられなかった。

おれはげっそりした。「よし。やろう」

机のひき出しから、日ごろのんでいるビタミン剤の小瓶を出した。暗いからレッテルは読めない筈だ。おれはそれをとも子に渡した。

ありがとうとも言わず、おれの手から小瓶をひったくった彼女は、窓ぎわに駈けて行き、ガラスのない窓を押し開け、窓枠を乗り越えて庭に出ようとした。

ばすっ。

鈍く、散弾を発射する銃声が聞こえた。

窓枠にまたがったままのとも子が、うっと呻《うめ》いてのけぞった。月光に映えた彼女の白い顔の数カ所から、鮮血が流れ始めた。

がくり——と、頭を落とし、彼女はそのまま、まっさかさまに庭へ落ちて行った。

まくれあがったミニ・スカートと、白い太股が窓の彼方《かなた》に消えると、おれは拳銃を構え、背を丸くして窓ぎわに寄った。

5

「出てこい！」

「おとなしく薬を出せ！　そうすれば、命だけは助けてやる」

散髪屋の親爺《おやじ》、寿司屋の出前持ち、それにエプロン姿の主婦などもまじって、町内の連中が口ぐちにわめいている。

「出てこないな」

「ようし。入って行こう」

裏庭の木戸から、空気銃を構えた魚屋の留公を先頭に、連中はゆっくりと窓に近づいてきた。料理屋の板前は、出刃包丁を握り、質屋の親爺はサーベルの抜身を持っていた。

窓枠に銃身をのせて連中を狙い、おれは拳銃の引き金をひいた。

轟音《ごうおん》が町中に響きわたった。

留公に命中した。留公はその場で二メートル近くぴょんとおどりあがり、柿の木の枝に頭をぶっつけて地べたへ落下し、ひくひくと手足を痙攣《けいれん》させて息絶えた。

おれが拳銃を撃つとまでは思っていなかったらしい。仰天した町の連中は、わっと叫んで路地へなだれ出ていった。

その隙に、おれは窓からとび出して、植込みの蔭《かげ》に身をかくした。

路地の人声は、ますます大きくなった。他の町からも、やってきているらしい。百人は充分越す人数だと判断し、おれは警察に保護を求めることにした。

植込み伝いに横へ移動し、便所の汲取口《くみとりぐち》の傍《そば》の垣根をおどり越え、おれは大通りの方へ、ぱっと駈け出した。

「そっちへ行ったぞ！」

「逃がすな！」

靴の音と下駄《げた》の音が入り乱れて、おれを追ってきた。

ほんの数日前までは、おれと街かどで出会っても冗談口を叩いて笑いあっていた連中だ。そして数時間前までは、おとなしい善良な市民だった連中である。それだけに、暴徒と化した彼らの姿はいっそう無気味で、恐ろしかった。

おれは、ひいひい悲鳴をあげ続けながら、ともすれば崩れそうになる膝を立てなおし、こけつまろびつ通りを逃げた。自分の心臓の音が、頭の中でがんがんこだましていた。

大通りへ出る手前で、おれは振り返り、もう一発拳銃を撃った。先頭を走っていたクリーニング屋の女主人の、頭の左半分が砕け、脳漿《のうしょう》と眼球が吹きとぶのをちらりと眼の隅で見てから、おれは大通りを右へ折れた。

すでに深夜に近い時刻だったので、さいわい大通りには誰もいず、おれは交叉点《こうさてん》にあるポリス・ボックスまで、誰の妨害にも遭わずにたどりつくことができた。

交番には若い警官がひとりだけいた。

「錠剤服用者です」おれはボックスにとびこみ、あえぎながら言った。「町中の人が追いかけてきました。殺されそうです。保護してください」

「わかりました」若い警官は、武者ぶるいをした。「保護します。ここにいなさい」

彼はテーブルの下のケースから、自動小銃を出して窓ぎわに据えた。「そうか。やっぱり来たか」眼を血走らせていた。

交番を遠まきにした群衆は次第にふえ、十分後には優に千人を越す数になった。警官はマイク・メガホンで怒鳴った。

「集まってきてはいけない。家に帰れ」

だが、群衆はふえる一方だった。

警官は本署の『錠剤服用者保護対策本部』に電話して応援を求めた。

「こんな騒ぎが、全国で起こっているそうだ」と、彼はおれを振り返っていった。

「機動隊と自衛隊がもうすぐ来る。心配するな」

群衆が、ものを投げ始めた。サイダー瓶や煉瓦《れんが》などが、窓からとび込んできた。

「わたしゃ、死にたくないよ！」そう叫んで群衆の中から、ひとりの老婆《ろうば》がこちらへ駈けてきた。「薬をおくれ！」

それをきっかけに、群衆がうおうと吠《ほ》えて、押し寄せてきた。その中には、家宝の日本刀を振りかざした父親の姿もあった。

警官が自動小銃を撃ち始めた。断続音が街かどに響きわたり、銃口は群衆を横に舐《な》めた。薬莢《やっきょう》が、せまいボックスの中をとびまわった。おれも別の窓から拳銃を撃ちまくった。

群衆はばたばたと倒れた。

老婆は和服の裾を腹までまくりあげ、きりきり舞いをしてぶっ倒れた。父親も、身体中から鮮血をあたりへぴゅうぴゅうまきちらして、アスファルトの上にころがった。

群衆がややたじろいだ時、遠くでパトカーのサイレンが聞こえた。

数分後、彼らは数十人の死者を路上に残したまま、すべていなくなった。

次第に高まるサイレンの音に、ほっとしている時、窓ごしに交叉点を見つめていた若い警官がおれに向きなおり、おれの胸に自動小銃の銃口を突きつけ、にやりと笑って言った。

「さあ。おれにその薬をよこせ」

懲戒の部屋

きないくらいである。大学を出て以来サ
リーマン生活十五年になるが、休
を除いて毎朝おれは同じ電
の同じ車輛に乗り、こ
いっこうに改善さ
ることのないは
しい混雑に
二十五分
身を委
るの
。シ
ト

し
こ
など
度もな
。最近は
がシートに
をおろしてい
と非人間扱いさ
る。シートには女性を
けさせなければならない
た。男が掛けていると、周囲の女
ちから睨みつけられる。立っている女か

りましょう。ね、さあ、立って立って」などと言
い出す腑抜けのサラリーマンまでい
るから始末におえない。その朝
も、シートはすべてサラリ
ーガールが占領し、お
れはドアの近くの
通路に立たさ
れていた。お
れの真正
面でこ
ちら
に顔
を
向

け
て
立っ
てい
る背の
高い男は
肝臓が悪い
らしくて、さっ
きから二日酔い
の酒臭い息をおれの
顔へまともに浴びせかけ
続けている。しばらくは我慢
していたものの、やがて胸がむかつ
いてきてついに耐えられなくなり、おれは

いつもの通り、中央線の車内は混んでいた。

身動きもできないくらいである。

大学を出て以来サラリーマン生活十五年になるが、休日を除いて毎朝おれは同じ電車の同じ車輛《しゃりょう》に乗り、このいっこうに改善されることのないはげしい混雑に約三十五分間身を委ねるのだ。シートに腰をおろしたことなど一度もない。

最近は男がシートに腰をおろしていると非人間扱いされる。シートには女性を掛けさせなければならないのだ。男が掛けていると、周囲の女たちから睨《にら》みつけられる。立っている女から立ちなさいと命令されることさえある。時には男のくせに女に味方して「さああなた、女の人に席を譲りましょう。ね、さあ、立って立って」などと言い出す腑《ふ》抜《ぬ》けのサラリーマンまでいるから始末におえない。

その朝も、シートはすべてサラリーガールが占領し、おれはドアの近くの通路に立たされていた。おれの真正面でこちらに顔を向けて立っている背の高い男は肝臓が悪いらしくて、さっきから二日酔いの酒臭い息をおれの顔へまともに浴びせかけ続けている。しばらくは我慢していたものの、やがて胸がむかついてきてついに耐えられなくなり、おれはぐいと身をよじってからだの向きを変えようとした。

その時、横にいたオールド・ミスらしいサラリーガールがこちらへ顔を向け、大きな小鼻をふくらませておれに叫んだ。「何するんです。いやらしい。さっきからわたしのからだをなでまわして」

周囲の乗客が、いっせいにこちらへ顔を向けた。

「やめなさい」女はおれを睨みつけた。

「ぼくは何もしない」おれはびっくりして、そういった。「人ちがいです」

「何いってるんです。しらじらしい」おれに否定されて、彼女の黒く沈んだ顔色は赤黒くなった。「わたしの顔をじろじろ見ながら、ずっとお尻をなでまわしていたじゃないの」

二日酔いの男と、他に数人の男が、おれと女を見くらべながらげらげら笑った。

そのため、女はますます逆上したらしい。眼つきが凄《すご》くなってきた。「保安官につき出すわよ」

とんでもない冤罪《えんざい》である。

「失敬な、言いがかりもはなはだしい」おれは腹を立てて、彼女を睨みつけた。

「はっきりいうが、ぼくは何もしていない。これ以上ひとを侮辱するのはやめなさい」ぷいと横を向いた。

「どっちが侮辱なのよ」女の声はだんだん高くなってきた。ヒステリーらしい。たいへんな女につかまったものである。天災だ。「言いがかりとは何ですか。自分こそ痴漢のくせに、ひとを悪者にする気なのね。承知しないわよ」

「どう承知しないというんです」乗客たちから本当に痴漢と思われては大変である。おれは彼女より大きな声で怒鳴《どな》った。「証拠もないのに、痴漢とはなんだ」

「スカートの下へ、手を入れたじゃないの」

「そんなことするもんか」

彼女は絶叫した。「したわよ」

乗客たちは騒ぎはじめた。

ここぞとばかり、女は周囲に向かって訴えかけはじめた。「どうでしょ。このずうずうしいこと。恥ずかしいと思わないのよこのひと」

「何の証拠があって、ひとを痴漢よばわりするんだ」顔から血の気《け》の引いていくのが自分でもわかった。

「証拠ですって。証拠ですって」女は、あきれはてたという表情でまわりを見わたした。「そんなこと、あなたの顔を見れば誰にだってわかります」

「なんだって」そうまで侮辱されては我慢できない。おれはかっとして女を怒鳴りつけた。「馬鹿をいえ。誰があんたみたいな女に手を出すもんか。自分の顔のことを考えてものを言え」

　女は眼を見ひらき、口をぱくぱくさせた。「ま。わたしの顔がど、どうだっていうの」

「トラフグみたいな顔してるくせに」言ってから一瞬しまったと思ったがもう遅い。

　女が頬をはげしく痙攣《けいれん》させた。

「まあひどい」

「失礼な男ね」

　少しはなれたところに立っていた二人づれの若い女たちが大袈裟《おおげさ》に眉をひそめ、聞こえよがしにそういってうなずきあった。

「なんてことを。なんてことを」女は怒りのあまり口がきけなくなってしまったらしく、唇をぶるぶる顫《ふる》わせ、さらに口を大きくぱくぱくさせた。口の奥の虫歯がまる見えである。「ひ、ひどいことを。女性に対して」

「女とは思わないね」おれは最後のとどめのつもりでそう断言し、ふたたびそっぽを向いた。

　しばらく、車内は静まり返った。

「あんまりだわ。自分が悪いことしときながら」

「ご覧なさいよ。あの頑固そうな顔」

「いやらしい眼つきね。ぞっとするわ」

さっきの二人づれが、また声高に喋《しゃべ》りはじめた。

「気の毒だわ。あの女のひと」

「どうしてみんな、何とか言ってあげないのかしら」

男たちはみんな黙ったままで車の天井を見つめたり、車内吊《づ》りポスターをけんめいに凝視したりしている。

あちこちで、次第に女たちが騒ぎはじめた。

「許せないわ。あのひどい言いかたは」

「自分のしたことをあやまりもしないで」

「保安官につき出してやりましょうよ」

女たちはすでにおれが痴漢だと決めてしまったらしい。保安官などにつき出されてたまるものか。どうして女というものは、こんなに徒党を組みたがるのだろう。こんなことになるなどとは数分前まで夢にも思っていなかった。まったく、どえらい悪夢が襲ってきたものである。

「わたし、見てましたわ」トラフグの横に立っていたキツネそっくりの顔つきの女が、決心したようにこわばった表情でおれを睨みつけ、だしぬけにそう言いはじめた。

「この男のひと、たしかにこのかたにいたずらしたわ。わたし知ってます」

「ごらんなさい。ごらんなさい」トラフグが嬉しげに眼を輝かせ、きいきい声をはりあげた。「証人もいるのよ。ほら。ちゃんと証人もいるのよ」

「これは暴力だ」おれはうろたえた。もう黙ってはいられない。「どうしてあんたは横からそんな出たらめをいう。ひとがどれだけ迷惑するか考えないのか」

キツネは眼をさらに吊りあげ、ぎすぎすした固い声でいった。「ひとに迷惑をかけているのは、あなたじゃありませんか」

正義漢ぶって胸を張ったキツネにはげまされ、二人づれが大声で周囲に語りかけはじめた。

「次の駅でこのひと降ろしましょうよ」

「そうよ。そして保安官に連絡しましょう」

トラフグがおれを見据え、勝利の笑みを頰に浮かべながらいった。「やましいところがないのなら、保安官に堂堂とそうおっしゃい。とにかく、次の駅でいっしょに降りてもらいますからね」

そんなことをしては遅刻してしまう。その上今日は、朝一番に得意先の工場へ行き、機械の納品と設置を指導しなければならないのだ。

「そんな暇はない。いそぐんだ」苦りきって、おれはそういった。

「あらまあ。おいそがしくていらっしゃるのね」キツネがうす笑いを浮かべ、冷やかすような口調でそういった。「でも、来てくださいね」

「自分だけいそがしいみたいに思って。まるでわたしたちが暇をもてあましているみたいじゃないの」

「このひと、だいたい女性を侮辱してるのよ。助平のくせに」トラフグがそっぽを向き、吐き捨てるようにいった。

「奥さんの顔が見たいわ」

二人づれが今や敵意を露骨に見せ、おれに悪口を投げつけてきた。睨みつけてやったが効果はぜんぜんない。

「おれは降りないぞ」憤然として、おれはいった。「どうしても行かなきゃならん仕事がある」

「あら。そうなの」キツネが鼻さきで冷笑した。「そんなこと、わたしたちの知ったことじゃないわ」そして彼女は、ねえといってトラフグとうなずきあった。

次の駅で降ろされては一大事である。おれはあわてて人をかきわけ、さらに車輛の中央部へ入って行こうとした。二人づれがおれの前へ立ちふさがった。押しのけようとすると、彼女たちはわざと大きな悲鳴をあげた。

「痛い。痛い」

「何するのよ。エッチ」

これでは手も足も出ない。ついに男たちまでおれを睨みはじめた。

やがて電車はお茶の水駅構内へすべり込み、停車した。

満員の国電ではドアが開いた場合、その近くにいる数人はいったんプラットホームに降りなければならない。そうしないと、奥にいる乗客が降りられないからである。

「おい。そこ、降りろおりろ」

おれは女たちに取り囲まれたまま、ドアの方へ押し流されそうになった。

「降りないよ」おれはあわててもがいた。

「降りなさい」と、女たちが口ぐちにいった。

「降りないよ」

「降りなさいったら」

「だれか男のかた、手つだってください。この男を降ろすんです」

ついに、あの二日酔いの男がおれの背中をぐいぐいとドアの方へ押しはじめた。

「何をする」おれはびっくりしてふりかえり、彼にいった。「男のくせに、女どもに加勢するのか」

だが男はおれの顔から眼をそむけたまま、おれのからだを黙って押し続けた。

とうとうおれは女たちに囲まれたまま、プラットホームに押し出されてしまった。

「さあ。行きましょう」女たちはおれをまん中にして駅の階段を降りはじめた。

「早く降りなさい」キツネがうしろから、おれの後頭部を指さきで小突いた。

女たちを突きとばして逃げ出そうかとも思ったが、何も悪いことをしていないのにそんなことをするのはいやだし、そんなことをしてさらに捕まったりしたら、こんどは本格的に犯罪者扱いされるだろうし、自分で罪を認めることになるから、おれはしばらくおとなしくしていることにした。

保安官詰所は駅構内の地下にあるコンクリートに囲まれた三坪ばかりの小さな部屋だった。中にいたのは牛のように巨大な体軀《たいく》の、眼鏡《めがね》をかけた女の保安官である。しまった、これは助からない——おれはふるえあがった。

女たちはおれに喋る暇をあたえず、口ぐちに保安官に向かって説明しはじめた。それによればおれは公衆の面前であることを何ら意に介さず数人の女性に対して強姦すれすれの猥褻《わいせつ》行為をはたらいただけでなく、暴力さえふるったというのである。そんな曲芸みたいなことが、あの満員電車の中でできてたまるものか。

「ぜんぶ出たらめだ」おれはびっくりして叫んだ。「身におぼえがない。なぜこんなことを言われるのか、わけがわからない」

「まああきれた。証人がこれだけいるのに、まだしらを切るつもりなのね」

「あれだけ、けだものみたいなことをしておきながら」

「じゃあ、あなたの言い分を聞こうじゃないの」女保安官がおれを椅子に掛けさせ、テーブルをはさんで向かいの椅子に掛けた。「さあ。いいなさい。何をしたのか」

「ぼくは、何もしていないんです。ほんとうです」おろおろ声で、おれはそういった。

「何もしてないってことはないでしょう」彼女は苦笑した。「この人たちだってお勤めがあるんですよ。何もしていない人を、わざわざ会社に遅れてまでこんなところへつれてきたりするわけがないじゃないの」

おれの両側に立っている女たちが、わが意を得たりとばかり大きくうなずいた。

「ほんとよ」

「そうよねえ」

だけど実際、その通りなんだからしかたがない。

「このひとたちは、仕事が嫌いなんでしょうよ」と、おれはいった。「会社へ行くのがいやなんだ。だからこんなことで道草を食いたがるんだ。そうとしか思いようがない」

わっ、といっせいに女たちが騒ぎ出した。

「職業女性に偏見を持っているわ」

「女は家庭でじっとしていろといいたいのよ、このひと」

「何よ、えらそうに」

「まるで私たちが会社で遊んでいるみたいじゃないの」

「遊んでるじゃないか」おれは怒鳴った。「今だって遊んでるじゃないか、こんなことをして。君たちは楽しんでるんだ」

「自分だって、電車の中でさんざん楽しんだくせに」トラフグが次第に猥《みだ》らなうす笑いを浮かべ、おれをじろじろ見てそういった。

「何もしていない。何度いったらわかるんだ」おれは怒鳴り続けた。「こっちは迷惑だ。君たちとちがって、でかい仕事が待っているんだぞ」

「まあまあ。商売熱心なのね」トラフグが眼を細めて口を歪《ゆが》めながらいった。「ふん、大きな声を出せばひとが驚くと思ってさ」

「ホットな人間――というわけね」キツネが知ったかぶりをしてそういった。「マック・リューハン式にいえば」

「マクルーハンだ」

「どうでもいいわよ、そんなこと」キツネがまた眼を吊りあげて絶叫し、憎悪に満ちた視線でおれを睨みつけ、低く吐き捨てた。「しめ殺してやりたいわ。こいつ」

「この女たちは」とおれは保安官に早口で喋った。「男を憎んでいるんですよ。こういうヒステリーだから誰も相手にしてくれない。そこでだんだんオールド・ミスになっていく。欲求不満でますますヒステリーになる。男全体を憎みはじめる。だが欲求不満は解消されない。そこで男にいたずらされたいという無意識的な願望が起る。尻を撫《な》でられたという、実際には起り得る筈《はず》のない出来ごとを妄想し、ついには騒ぎ出す」

「何さ。むずかしいことばかり言えば、ごまかせると思って」トラフグが眼をしばたたきながらいった。

「女性心理学におくわしいこと。週刊誌の知識でしょうどうせ」キツネがいった。

「常識だそんなことは」おれは怒鳴りつけた。「女性週刊誌の俗流心理学やセックス記事で白痴みたいになった女どもといっしょにしないでくれ」

「ほうらね。このひと、女を馬鹿だと思ってるんですわ」二人づれが、女保安官にいった。「女性を、いたずら用の道具だと思っているのよ」

女保安官は鈍重そうな顔をあげ、女たちを見まわしながら訊《たず》ねた。「このひとは、電車の中でもずっとこういう態度だったのね」

「そうなんです」女たちはいっせいにうなずいた。「自分が悪いことをしたくせに、あべこべにこのかたにひどいことばかりいうんです。見ていてお気の毒で……」

トラフグが急にハンカチを出して眼にあて、肩をふるわせはじめた。「わたしのことを――ト……トラフグだなんて……人の前で……」おいおい泣いた。ほんとに涙を出していた。

二人づれが両側から彼女の肩を抱いてなぐさめはじめた。

おれはあわてていった。「しかし顔のことは、この女がさきにぼくに言ったんだ」

「女とはなんですか」キツネが甲高い声でおれを怒鳴りつけた。「レディといいなさい」

「何がレディだ」おれは握りこぶしでテーブルを力まかせに叩きつけ、女保安官に顔をつき出して怒鳴った。「あんたもあんただ。こんなことをしているのが時間の無駄だということぐらいわかりませんか。こんなことにかかわりあってる暇があったら、どうしてあの電車の混雑の整理をやらないんです。女の権力ばかり大きくなってラッシュがそのままだから、こういう馬鹿なことになるんだ」

「責任を転嫁しないでください」キツネが横からそう叫んだ。労組の委員でもやっているのだろう。

女保安官は唇を少しつき出し、ゆっくり立ちあがった。「この男はわたしの手には負えないわ」電話に手をのばした。「全婦連支部と地区女権保護委員会へ連絡します」

「ＰＴＡにも電話した方がいいわ」と、キツネが入れ知恵した。「この男の奥さんにも」

「そうね」女保安官がおれに訊ねた。「あなたの家の電話番号をいいなさい」

「女房は関係ないだろう」おれはびっくりした。

「まあ、女房だって」と、二人づれが眉をひそめてうなずきあった。

「家庭でのあなたの態度を証言してもらうのです。はい。さあ。電話番号」女保安官はでかい掌《てのひら》をおれにつき出した。

「さあ。手帳か何か持ってるでしょ。出しなさい」キツネがそういって、またおれの後頭部を握りこぶしで小突いた。

「出すもんか」おれは腕組みした。この上家庭の平和まで乱されてはたまらない。

女保安官は溜息をつき、おれの傍《そば》へやってきて胸のポケットへ手を入れようとした。おれがその手をはらいのけようとすると、彼女はだしぬけにおれの右手を背中の方へねじりあげた。すごい力である。身動きができない。その隙にトラフグが胸ポケットからおれの手帳をとり出した。

女保安官はおれの右手をはなし、手帳を見ていった。「へえ。いい団地に住んでるわこの男」受話器をとりあげた。

「やめろ」おれは彼女に、おどりかかろうとした。

女保安官は眼にもとまらぬ早さで、おれの首のつけ根に空手チョップをあびせた。

「あい、あい、あいてててててててて」眼の前がぼうとかすみ、おれはあまりの痛さに床へぶっ倒れて身もだえた。

女たちは呻《うめ》き続けているおれを乱暴に抱き起して椅子に掛けさせた。

「またあばれるといけないから、この椅子へくくりつけてしまいましょう」

おれは木製の椅子へ紐《ひも》でくくりつけられてしまった。

「これは暴力だ」

「さきに暴力をふるおうとしたのはあんたじゃないの」

「そうです。すぐに来てください」女保安官が電話で妻にそう命じていた。

おれは妻に聞こえるように、大声で叫んだ。「来なくていいぞ」

ぱあんと、トラフグの平手がおれの頬にとんだ。マニキュアをしたながい爪の先で眼球を傷つけられたらしく、おれは左眼をとじたまま、しばらく呻き続けた。

「大袈裟ね。男のくせに。頬をぶたれたくらいで」キツネがいった。

女保安官はおれの家への電話をかけ終ると、全婦連支部や地区の女権保護委員会などへ次つぎと電話をかけた。

「会社へ電話をかけさせてくれ」と、おれは頼んだ。「遅れることを報告しなきゃいけない」

「ご心配なく、わたしが電話したげるわ」キツネがおれの手帳を見て会社に電話をかけ、社長を呼び出した。「もしもし。こちらはお茶の水駅の保安官詰所です。今、佐山文治と名乗る痴漢を捕えて取調べているのですが、この男はおたくの会社の社員にまちがいないでしょうか。ああそうですか。はい。そうです。電車の中で婦人に暴行をはたらいたのです。取調べですか。いいえ。今日一日中かかると思います。はい。そう伝えます」がちゃり、と受話器を置き、おれにウインクして見せた。「社長さん、かんかんに怒ってるわよ。明日から出社に及ばずですって」

おれはすすり泣いた。「破滅だ」

女たちは小気味よげに眼を細め、口を半開きにしてにやにや笑いながら、泣き続けるおれをぼんやりと眺めた。女たちに眺められながら泣き続けていると、ツルのように痩《や》せた和服姿の初老の女が縁なし眼鏡を光らせて入ってきた。

「女権保護委員会の地区委員長です。その男はどこにいますか」

十五年皆勤を続けた会社を馘首《くび》になってしまったのだから、もうやぶれかぶれだ。おれは涙に光る顔をあげわめきちらした。「おぼえていろ。このことを警察に訴えてやるぞ。お前らぜんぶ訴えてやる。もう、こわいものは何もない。おれ同様に、お前らの一生も無茶苦茶にしてやる。女が威張るとどんな目に遭うか、たっぷり思い知らせてやるぞ」

「あら。泣いてるわ」二人づれがくすくす笑った。「まるで駄駄っ子ね」

「男なんて子供よ」

女権委員長がおれの前に立ち、わめき続けるおれをしばらくじっと見つめていたが、やがて骨ばった指でおれの唇の端をいやというほど抓《つね》りあげた。唇がひん曲ってしまった。母親にさえこんなひどいことをされたことがない。

「こういう男性を女性に奉仕させるように仕込むには」と、女権委員長が一同にいった。「まず女性の恐ろしさを思い知らせなければなりません。そして、女性に敵意を持っているうちは、まだ思い知ったとはいえないのです」

「だまれ」と、おれは叫んだ。「男に勝ちたければ、仕事で勝負しろ。男よりもでかい仕事をやってみろ」

「ほらね」と、キツネが女権委員長にうなずきかけた。「この男、まだ、仕事をすることがこの世の中でいちばんえらいことだと思ってるんですわ」

「その通りじゃないか。女なんか何もしないで子供を産むだけだ。子供を産むだけなら人工子宮と同じだ。ざまあ見……」

女権委員長が鉄の鋲《びょう》を先端に打ちつけた草履《ぞうり》でおれの向こう脛《ずね》を力まかせに蹴っとばした。おれはぎゃっと叫んでのけぞった。

「仕事をするなどという下等な行為は、女性はしなくていいのよ。高貴な動物は常に虚弱なのですから、仕事は品性下劣な男性にやらせるのです。しかも男性なんて、コンピューターやロボットにさえ劣る労働力なんです。男は、ほんとは女性に声をかける資格もない下等動物なのです」

女子陸上競技の選手みたいな、男か女かよくわからない女が入ってきた。「全婦連のお茶の水支部長です」彼女はおれを睨みつけた。「この男がそうね」

おれはふるえあがった。彼女は爪を尖らせていた。おれの歯の根の合わぬさまを見て、彼女はサディスティックな笑みを洩《も》らし、けけと笑って見せた。

「これは暴力団だ」おれは泣き出した。

「ごめんくださいませ」妻が、おどおどした様子で入ってきた。

「これはあなたの亭主に、まちがいないのね」と、全婦連が訊ねた。

「ご厄介になります」と、妻はいった。

「来るなといった筈だ」おれはわめいた。「聞こえた筈だぞ」

「まあ、奥さんが来たら急に威張り出したわ」二人づれはうなずきあった。「大きなおおきな声で、ねえ」

「すぐ帰りなさい」おれはせいいっぱいの虚勢で胸を張り、妻にそういった。

　妻はばつが悪そうにもじもじし、女たちの顔色とおれの顔色を見くらべた。

「まあお気の毒に、このかた。おどおどしてらっしゃるわ」キツネが胸もはり裂けんばかりの悲痛な声でいった。「この男、よっぽど横暴なのよきっと」

「この男は、あなたをよく殴りますか」と、女権委員長が妻に訊ねた。

「はい。あのう」

「正直におっしゃってね。決して悪いようにはしませんから」

「はい、あの、今までに五、六回」

「馬鹿者」おれは怒鳴りつけた。「亭主の悪口をいうとは何ごとだ。悪いようにしないなんてうそっぱちだ。この女たちのために、おれは会社を馘首になったんだぞ。おれが仕事ができなくなれば、お前だって食えなくなるんだぞ。そんなことがわからんのか。だから女は馬鹿なんだ」

「何だなんだ。その言いかたは」全婦連が血相を変えておれの前に立ちはだかり、平手でおれの頰を続けざまに殴打した。

おれの口の中は切れて血でいっぱいになり、眼球がとび出し、顔が歪んでしまった。おれは血のたっぷり混った唾液を、全婦連の顔に吐きかけた。「この淫水女郎《いんすい》め」

「駅舎の裏に角材が積んであっただろう」全婦連が女保安官にいった。「あれを一本持っといで」

「殺す権利まではないわ」女権委員長が、おだやかに全婦連をとめた。

全婦連は部屋の隅へ走って行き、振り返っておれの顔を睨みつけ、とおーっといいながら駈けてきて跳び蹴りでおれの肋骨の間へパンプスの踵《かかと》をめり込ませた。おれは椅子ごと仰向《あおむ》けにひっくり返った。

「こんなことをする権利だってない筈だ」ぶざまに足をばたばたさせながら、おれはわめいた。

「女権保護委員会は昭和四十六年の国会で男性懲戒権を獲得しました」と、女権委員長がいった。「わたしがここにいさえすれば、あなたは何をされても文句はいえないのよ。殺されない限り」

　殺されては文句もいえない。

　おれが痛めつけられているのを見て女たちは、次第に歓喜と恍惚《こうこつ》の色を表情に浮かべはじめていた。トラフグなどはうるんだ眼を輝かせ、だらしなく開いた唇の端からよだれの糸を垂らして笑っている。妻は俯向《うつむ》いたまま肩をふるわせて泣いていた。

「あなたにも責任はありますよ」と、女権委員長がやさしく妻にいった。「こんなになるまで放っとくなんて」

「すみません。すみません」妻は女権委員長の胸にわっと泣きくずれた。

　スケソウダラに似た色黒の女が、おれのふたりの子供をつれて入ってきた。「ＰＴＡからまいりました」

「どうして子供まで騒ぎにまき込むんだ」おれは激怒して咽喉《のど》も裂けよとばかり大声をはりあげた。

「おお、大きな声」スケソウダラがおどけた顔をして首を左右に振った。

「あんたたち」と、女権委員長が子供たちに訊ねた。「パパに殴られたこと、あるでしょ」

「うん。あるよ」小学校一年の兄の方が、幼稚園の妹とちょっと顔を見あわせてから、そこは心得たもの、無邪気を装って喋りはじめた。「いつもぼくの頭をぽかぽかぽかって殴るんだ。妹も殴られたことがあるよ」

「まあ。頭をぽかぽかですって。おう。おう。まあ、何てひどいことを」アメリカ製テレビ映画か何かの影響らしくスケソウダラがオーバーな身振りで両手を拡《ひろ》げて見せた。「からだの中で、頭がいちばん大切なところだってこと、知らないのかしらねえ」

「ほっといてくれ。おれの子供はおれが教育する。他人にとやかく言われる筋あいはない」

「ま。この人が教育ですって。教イクですって」と、二人づれがいった。「教育って何のことか知ってるのかしら」

「頭を殴るのが教育だと思ってるのよ」

「だまれ。だまれ」おれは叫び続けた。「お前たちみたいな女に子供の教育をまかせたら、どんな人間になるかわかったもんじゃない」

だしぬけに全婦連が背後からおれの頭を拳固《げんこ》でぽかぽかぽかっと殴った。すごい力なので眼の前がまっ暗になってしまった。

「どうだい。痛いだろ」と、全婦連がいった。「ざま見やがれ」

「あんたたちは、大きな間違いをしているな」しばらくしてから、おれはゆっくりといった。「こんなことをしても、男は服従しないんだ。男というものは、一時は力で屈伏させられたように見える時があるかもしれないが、それは表面だけのことだ。屈辱を受けた時の記憶こそ、何くそとばかり男がふるい立つ際の原動力になっているともいえる。男が真に屈伏する時は、精神的なものが動機や原因になっているんだぜ。暴力ではない。決して暴力ではない。あんたたちもいずれそのことを身にしみて悟る時がくる」

「うるさい」

「だまれ」

さっきからおれを痛めつけたくて指さきをむずむずさせていたキツネとトラフグが、とうとうおれにとびかかってきた。たちまちおれの顔は、彼女たちの鋭い爪でズタズタに傷つけられた。二人づれがハイヒールを脱いでふりあげ、その踵でおれの頭を殴りはじめた。理屈抜きで男を憎んでいるのだから、何を言っても無駄だ。

「およしなさい」と、女権委員長が威厳のある声で制止した。

全員がぴたりと動きを止めた。

「たしかにこの男のいう通り、男というものは暴力では屈伏しないかもしれません」

彼女はしずしずとおれの前に進み出て、じっとおれの顔を見つめながらそういった。

「では、どうするんですか」と、キツネが訊ねた。

「男の行動の原動力はセックスの衝動、つまりリビドーです。車内でいたずらするのもリビドーの歪んだ発散です。だから特殊な懲戒術を施さねばなりません」彼女はふり返って全婦連に命じた。「腎虚刑の用意をなさい」

女たちがわっとばかりに襲いかかってきた。

「な、何をする」

せいいっぱいあばれたものの、さっきから痛めつけられているので力が出ない上、多勢に無勢である。おれはたちまち、よってたかって生まれたままのまるはだかにされてしまった。

女保安官の電話で、白衣を着た女医がやってきた。彼女は慣れた手つきで鞄《かばん》からコードを引っぱり出し、その先端の針をおれのからだへ突き刺そうとした。

「や、やめてくれ」

もがこうとしたが女たちに四肢と胴体を押えられ、床へねじ伏せられているので身動きもできない。針はおれの脊髄へぐさりと突き立てられた。また、後頭部の小脳の下あたりには電極らしいものが押し当てられ、ゴムでくくりつけられた。

「お前たち。見るな」と、おれは子供たちに叫んだ。しかし無駄だった。

「よく見ておくのよ」と、ＰＴＡが子供たちにいった。「悪いおとなは、こういう目に遭うんですからね」

子供たちは眼を見ひらいておれを見つめている。

「では始めます」と、女医がいった。

プラグがコンセントに差し込まれた。

電気がおれの脳下垂体と、腰髄の上部の射精中枢を猛烈に刺戟《しげき》しはじめた。おれはのべつまくなしにあたりへ精液をまき散らしながら約十分間、悲鳴をあげておどりあがり続けた。

女たちがげらげら笑いながらおれの動作にリズムを合わせ、サーカスのジンタを真似て『天然の美』をうたい出した。

「チーララチララ、チーララ、チララチーララ……」

色《いろ》眼《め》鏡《がね》の狂詩曲《ラプソディ》

婦街も静かに眠るといわれる日本ではある
、ここしばらくこの国は世情も騒
然としていた。「コクタイ」とい
うのは日本では運動会の
意味と、主権のあり
方によって区別さ
れる国家の形
態との二種
類の意味
がある
が、後
者の
意
味の
国
体は
日本
では混
沌として
いた。主権
は国民にもな
く、ショーグンに
もなければ大臣に
もなく、資本家にもマス
コミにも、主婦連や全学連に
も、また、もちろんSF作家などの
文化人にもなかった。第二次世界大戦後

感、共同体意識や原始的な大家族制度など
が崩壊してしまったため、日本人はな
がい間精神的流浪の旅を続け
ていた。必然的に利己主
義が横行し、個人的な
目的に浮き身をや
やつす日本人
が増え、SF
作家以外
に本当
のサム
ライ
は
い
な
く
なっ
てし
まった
（訳註・S
F作家にい
やにゴマすり
をしている）その
証拠は日本の外交政
策——日和見主義と国
家利益への偏狭な執着を見れ
ば、誰にでもわかった。それは、ナル
チシズムに近いものだった。アメリカの与

知性というものは、本質的に非論理的なものではないかとおれは思うのだ。たとえばおれの脳細胞などは、ハイミナールをのんでいなくてさえその非論理性をしきりに誇示したがるのだが、にもかかわらずおれは日本で十本の指に算《かぞ》えられるインテリだからである。知性のない人間の場合は、しきりにおのれの論理性を立証しようとする。ところが、あせればあせるほどそれは非論理的になっていく。おれとは逆である。

これは結局、教養（雑学だという人もあるが、もちろんそれは間違っている）として脳細胞にぶちこんである知識の多寡に関係があるらしいことがわかった。そのことを書く。

ある日おれの家の相当大きな郵便箱にも入り切らないぐらいのでかい郵便物がアメリカから届いた。アメリカには知りあいはひとりもいないので、首をかしげながら包みを破ると、タイプ用紙にぎっしりと横文字を叩きつけた、どうやら原稿らしいものが入っている。封書がはさみ込まれていたので、そっちを先に読むことにした。

"Dear Mr. Yasutaka Tsutsui, I am an ardent sf fan living in California, U.S.A. I wrote a sort of future political satire, about the second China-Japanese war. But how many times I sent it to magazine publishers, I only got rejection slips ……”

正直のところ、おれは世界各国語に通暁《つうぎょう》しているのだが、ただひとつ英語だけは苦手である。原稿を読んでくれと言っているらしいのだが、詳しいことはわからない。さっそく翻訳家の江藤典磨のところへ電話した。この男は主にSFの翻訳をやっていて、おれとはお互いにSFファンだった頃からの友人である。おれと同じぐらい儲《もう》けている癖に、まだ早稲田を卒業できないでいて吉永小百合と同じ教室で勉強したりなどしている。

「江藤君ですか。筒井です」

「そうですか」

「面白いことがあるんだ。こっちへ来ないか」

「ああ。それは面白いね」

「まだ何も言ってないよ」

「すぐ行くよ」ちょうど暇だったらしく、彼はすぐおれの家へやってきて、頬を膨らませ下唇をつき出したいつもの顔つきで訊《たず》ねた。「面白いことって何」

「これだ」おれは彼の前へタイプ用紙の束をどさと置き、手紙を見せた。「知っての通り、おれは英語がわからない」

「迷子になったら何としょう」江藤がまぜっ返した。

「この手紙を訳してくれないか」

江藤は手紙をとり、眼を横に走らせながら縦に喋《しゃべ》りはじめた。「親愛なる筒井康隆様。私はアメリカ、カルフォルニアに在住する熱狂的な一SFファンです。私は第二次日中戦争をテーマにした一種のフューチュア・ポリティカル・サタイヤを書きました。ところが、いくら雑誌社に送っても没にされてしまうのです。そこで私は考えました。やはり日本をテーマにした作品は、日本でしかわかってもらえないのではないか。そこでこれを、あなたに送ります。あなたの作品は英訳されたことがいちどもないので、読んだことはありません。しかし日本のSFファンからの手紙によりますと、あなたは作家志望のSFファンの面倒を見るのが好きだそうです。どうかこのSFを読んで、日本の雑誌社へ売り込んでください。一語五セント以上で売ってください。手数料と翻訳料には、全体の十パーセントを差しあげます。ご返事を待ちます。ディック・トリンブル。十七歳」

「なんだ。子供か」最後のひとことで、おれはいささか失望した。だが、それなら非常識も許してやれる。なにしろSFファンの中には内外を問わず、いい大人でありながらもっと非常識なのもいるくらいだから。

フューチュア・ポリティカル・サタイヤというのは、日本のSF界ではPFと略称されていて、政治小説、あるいは政治未来小説といったくらいの意味である。戦争もの――殊《こと》に第三次世界大戦ものが多く、有名な作品ではモルデカイ・ロシュワルトの『レベル・セブン』、ネヴィル・シュートの『渚《なぎさ》にて』などがある。だが、第二次日中戦争というのは初めてだ。

テーマそのものよりも、アメリカの十七歳の少年が日本と中国をどのように捉《とら》えているかに興味があったので、おれは江藤に頼んだ。「どうだ。これをひとつ訳してみてくれないか」

江藤も、こういうことは嫌いではないらしく、すぐにうなずいた。「面白いね。やってみよう」それから、やっと気がついて顔をあげ、おれの顔をしばらく見つめた。「面白いことがあるといったのは、このことかい」

「そうだよ」

江藤はタイプ用紙の束を黒い布の手さげ鞄《かばん》に入れ、だまされたあ騙《だま》されたあといいながら帰っていった。

それからしばらくは、いそがしさにまぎれてそのことを忘れていた。いそがしいといったってどうせたいしたことはないので、それはつまり原稿の締切りに追われるとか親戚中で鼻つまみの伯父《おじ》がやってきて金《かね》をせびるとか交際していた女子大生が想像妊娠するとか園まりの実演を日劇へ見に行くとか直木賞をとりそこなうとかまったくろくでもないことばかりなのである。

三週間ほどしてから、江藤から電話がかかってきた。

「日中大戦争のことだけど」

「東宝映画か」

「このあいだの原稿のことだよ」

「わかった。そういう題名なんだな」

「訳すのが途中でいやになったから、これから原稿を返しにそっちへ持って行くよ」

「しかたがないな。出来たところまで見せてくれ」

「すぐ行くよ」

「どうして途中で訳すのがいやになったんだ」おれの眼の前へ原稿をどさと置いた江藤に、まずおれはそう訊ねた。

江藤は説明のしかたに少し困った様子で、しばし視線を宙にさまよわせてからいった。「まあ、読んでみればわかるよ」

「そうかい」

おれはさっそく江藤の訳した原稿をとりあげて読みはじめた。

日中大戦争

ディック・トリンブル
江藤典磨訳

第　一　章

　諸行無常の鐘の音がうつろにこだまし、ギオンの売春婦街も静かに眠るといわれる日本ではあるが、ここしばらくこの国は世情も騒然としていた。

「コクタイ」というのは日本では運動会の意味と、主権のありかによって区別される国家の形態との二種類の意味があるが、後者の意味の国体は日本では混沌《こんとん》としていた。主権は国民にもなく、ショーグンにもなければ大臣にもなく、資本家にもマスコミにも、主婦連や全学連にも、また、もちろんSF作家などの文化人にもなかった。

　第二次世界大戦後の日本人は、統一的価値を模索し続けていた。天皇制とその半宗教的神秘性、国家とその使命に対する一体感、共同体意識や原始的な大家族制度などが崩壊してしまったため、日本人はながい間精神的流浪の旅を続けていた。必然的に利己主義が横行し、個人的な目的に浮き身をやつす日本人が増え、SF作家以外に本当のサムライはいなくなってしまった。(訳註・SF作家に、いやにゴマすりをしている）その証拠は日本の外交政策——日和見《ひよりみ》主義と国家利益への偏狭な執着を見れば、誰にでもわかった。それは、ナルチシズムに近いものだった。

アメリカの占領は、日本人の精神に、独立後も大きな傷——屈辱感と挫折感《ざせつかん》をあたえた。占領時、アメリカの救援のために、いかに多くの日本人の命が救われたかを忘れ、恩知らずの日本人はアメリカに依存することを嫌いはじめた。しかし、依存しなければならなかった。アメリカ経済がくしゃみをすれば、日本は肺炎になるのだ。外交的にも、アメリカ陣営にくみする以外、選択の余地はなかった。一方アメリカは、日本にとってアメリカが重要であるほど、日本が重要ではなかった。この一方的関係がますます、日本人の偏狭なナルチシズムをいら立たせたのである。エディプス・コンプレックスといえるかもしれない。だから経済的独立を求めて、日本がふたたび緩慢なナショナリズム復活の方向への歩みを始めたとしても、さほどの不思議はなかったであろう。

そして終戦後、三十数年が経過した——。

日本国総理大臣マコヤマ・ヤマモトは人力車をおりて大鳥居をくぐり抜け、赤い蹴出しをちらちらさせながらいそぎ足で苔庭《こけにわ》へ入った。ぴょんぴょん石づたいに（訳註・飛び石のこと）ショーグンのいる茶室へ向かいながら、彼はしかめ面をしたままでしきりに何ごとかつぶやいていた。

彼はこのころ、歴代の日本国総理大臣がそうであったように、アメリカ政府と日本国野党——社会共産党、全学連その他——との間の板ばさみになって困っていたのである。最近彼は、アメリカ大使に意味不明のにやにや笑いを向ける時以外はずっとしかめ面を押し通していた。

彼は日本国憲法第九条を好ましく思ってはいなかった。日本国憲法第九条というのはすなわち戦争放棄宣言である。しかもこの憲法が、マッカーサー元帥の命令によって新憲法に加えられたものであるだけに、よけい憎んでいた。彼も日本人であり、アメリカを憎んでいることでは他の日本人にひけをとらなかった。ところが今、せっかく第九条改正の気運が盛りあがっている時だというのに、野党の反対は今までになく激しくなっていたのである。

日本国野党——これほどおかしな野党は、他の国にはぜったいにないであろう。社会共産党、全学連という日本の二大野党（訳註・原文のまま）はほとんどの外交政策には反アメリカ的であるにもかかわらず、第九条に関してだけは政府とあべこべで、このマッカーサー元帥から押しつけられた第九条を恋びとのごとく腕に抱きしめ、大切にしていたのである。そしてまた、それにもかかわらず彼らは三十年間ずっと、アメリカが占領初期の理想を裏切り、第九条の改正と日本の再軍備への提案を通じて日本人の平和、平和主義および最良の利益をアメリカの冷戦戦略の犠牲にしていると非難していたのである。

それだけではない。彼らの矛盾は外国人にはぜったいに理解できないところがあった。つまり、彼ら野党こそ、何にもまして緩慢な日本ナショナリズムの成長の火に油を注いでいる元兇《げんきょう》だったのである。米軍基地、飛行場、爆撃演習地、武器のプラモデル、在日米軍やベトナム帰休兵用のトルコ風呂、原子力潜水艦寄港に対し、彼らが反対運動を続けていたのは、ナショナリズムの排外思想に準拠していたからだ。同じことは、彼らのオキガサハラ諸島（訳註・原文のまま）の返還運動についてもいえた。いずれの場合にも、攻撃のホコ先は、アメリカの政策とアメリカ人に向けられていたのだから。

総理大臣マコヤマ・ヤマモトは、茶室の入口でゲタを脱ぎ、タビイ・ソックスはだし（訳註・足袋《たび》はだし）のままで土間へあがり、軒下に赤と白のチョーチンをずらりとぶら下げてあるながいながい縁側を通って、ショーグンのいる部屋までやってきた。（訳註・茶室と茶屋をまちがえているらしい。日本式住居のことを茶室、あるいは茶屋と称すると思っているのだろう）

彼は入口の、紺に白抜きでキクの紋を描いたノレンをわけて部屋に入った。

ショージ窓をあけフジヤマを眺めていたショーグンは、囲炉裏《いろり》の上で土下座した大臣をふりかえった。「何か用か。だいぶあわてているな」

「ショーグン。大事件で御座《ござ》る」

「どうかしたのか」

「中共大使館で、また挑発行為が行われて御座る」（訳註・中共大使館というのが日本にあると思っている）

「今度は何をした」

「反資本主義デモと集会を組織いたし、故意に日本政府中傷を内容とする文書を配布いたして御座る。またアカサカ空港やギオン駅前でも、中国共産党を讃美したパンフレットをばらまき居って御座る」

「けしからぬ。中共政府に厳重な抗議をせい」ショーグンはアグラコタツの上にアグラをかいた。（訳註・櫓炬燵《やぐらこたつ》のことか）

「もう何度もいたして御座るが」大臣はチョンマゲを左右に振りながら答えた。「中共政府は、ひとことの詫《わ》びもよこさないで御座る」彼は口惜《くや》しげにロッポーを踏んだ。

「わが大日本帝国への中傷をこれ以上やると、両国の関係が最悪の事態になると言ってやれ。ところで明日、議会はあるのか」

「御座るで御座る」

「第九条改正案を、至急まとめあげい。どんなことをしてでも国会を通過させよ。そして中共政府に、日本は戦争放棄宣言の放棄を宣言したといってやれ」

「かしこまって御座る」

「軍隊に、出動準備をさせておけ」

「ははっ」

「ショーグン。昼飯の時間です」隣室との間のショージをあけ、眼鏡をかけた出っ歯のコシモトがスキヤキを持って入ってきた。

「では、拙者はこれにてごめん」総理大臣は法被《ハピー》コートの裾をひるがえし、ミエをきってから茶室を出た。

戦争放棄宣言をしているくせに、日本には軍隊があった。もちろん公式的なものではなく、過去の戦争に参加した旧軍人や戦争主義者が集まって、フジヤマの山麓《さんろく》、鸚《おう》鵡《む》の鳴く野原に作った私設軍隊である。日本政府は、いざという時の用意に、内密で彼らに金をやっていた。だが、当然それだけの金では不足なので、彼らはトーホーのゴジラ映画に出演したりして軍資金を作り、ほそぼそながらも露命をつないでいたのである。

総理大臣マコヤマ・ヤマモトは、大鳥居を出たところでカワラ屋根のついた最高級タクシー（訳註・霊柩車《れいきゆうしや》を連想しているらしい）を拾った。

「旦那。どちらへ」

「富士山麓じゃ」

「あらよっ」

掛け声いさましくアクセルふかす車夫の風態はと見れば、菅の三度笠横ちょにかぶり、夏とはいえどまるはだか、錦の褌《ふんどし》こころも軽く町へあの子と行こうじゃないか。総理大臣にゃなりともないがせめてなりたや運転手、あなうらやましやれ悲し、親の因果が子にむくい流れ流れて落ち行く先は総理大臣宇宙塵《うちゅうじん》、出るに出られぬ籠《かご》の鳥、虎の尾を踏み毒蛇の背《せな》を越すに越されぬお役人、去年の秋のわずらいにいっそ死んでしもうたらこんな苦労はなかったものを何が悲しゅて朝駈《あさが》け夜討ち、誰に見しょとの金バッジ、いうて暮しているうちに、なさけなやこなさんは不定愁訴《しゅうそ》で半キチガイ、つろうござんす他国にゴマを、すらぬ阿呆《あほう》にする阿呆、阿呆を承知でなぜ惚《ほ》れた、惚れなきゃよかった総理の椅子に、掛けたが最後運の尽き、逃げ出したくなりゃ押してみな、押してもだめなら引いてみな、もぐりたくなりゃマンホール、右のポッケにゃ特効薬、左のポッケにゃ党公約、どうせながくはない命、ブルブル・シャトオで眠ろうじゃないか、天国よいとこ一度はおいで、度胸を据えた大臣がなるようになるさと思った時、車は富士山麓日本軍軍隊の演習場に到着した。

「ひどいな」そこまで読んでおれは顔をあげ、江藤にいった。「しかし、たとえはっ、たりにせよ、冒頭の部分にはちょっと驚いた。サイデンステッカーの影響があるみたいだ」

「そうなんだよ」江藤はうなずいた。「おそらくサイデンステッカーも読んでるんだろうね。とにかく十七歳にしちゃ、よく勉強してるんだ。だけど、これはぼくにも憶《おぼ》えがあるけど、勉強すればするほど、ますますピントはずれになって行くってことがよくあるじゃない。たとえば、ほら、自然科学を知らないSF作家が、へたに勉強して作品の中へ学術用語を入れようとすればするほど、ピントはずれになって行くのと同じで……」そこまで言って、江藤はあわててかぶりを振った。「いや。これは別に筒井さんのことを言ったんじゃないけど」

「いや」おれはうなずいた。「おれのことを言ったんだ」

「そうじゃないったら」

少し気まずくなり、おれたちはしばらく黙った。

「そのかわり筒井さんは、社会科学に強いものね」と、江藤がいった。「そうとも。これからのSFはアイザック・アシモフが言ってるように、何ていったって、やっぱり社会科学だものなあ」

「まあいいさ」おれは少し機嫌をなおして言った。「おれがいちばん気になるのは、アメリカの編集者たちが、この作品を没にしようと判断した理由だ」

「そこなんだがね」江藤は身をのり出した。「ぼくは他にも日本や日本人の登場するSFをたくさん読んでいるから言えるんだけど、おそらく編集者たちにしたって、日本に対する認識はこのトリンブルという少年と五十歩百歩だと思うんだ。だから彼らがこれを没にしようと判断した理由は、やはり小説としての完成度という点だけだと思うよ」

「だとすると、悲しいことだな」

「悲しいだけですめばいいさ。もうすぐ腹が立ってくるよ。その次の章では中国が出てくるけど、中国人が読んだらもっとかんかんになって怒るだろうね。さいわい中国にはSFがないから、彼らがこれを読む機会はまずないだろうけど」

「そんなにひどいのか」

おれはふたたび原稿をとりあげて、続きを読みはじめた。

第　二　章

「たいへんある大変ある」

ヘアレストン（訳註・毛沢東《もうたくとう》のことか）が紅衛兵のひとりに肩を揉《も》ませている部屋へ、ルーチョンキ（訳註・劉少奇《りゆうしようき》のことらしい）が泡をくって駈けこんできながらそう叫んだ。

「やかましいあるぞ。何ごと起ったあるか」ヘアレストンが首をのばしてそういった。

「ヘアレストン。えらいこと起ったある。日本国、戦争放棄宣言放棄したあるな」

「もうよいある」ヘアレストンは紅衛兵にいった。「あっち行くよろし。あとで呼ぶある」

「わたし、あなた崇拝しているあるよ」紅顔の紅衛兵が、とろけるような眼つきでヘアレストンを見ながらいった。

「そうあるか」ヘアレストンはうなずいた。「お前は、わしとマルクスと、どちら偉い思うあるか」

「マルクスは元祖修正主義者あるよ」紅衛兵はいった。「レーニンは本家修正主義者ある」

「よしよし。お前は可愛《かわい》い奴《やつ》あるな」

「愛しているある大好きある。また呼んでほしいある」

退出する紅衛兵の尻のあたりをしばし好色そうな眼で見送ったヘアレストンは、やがてルーチョンキを振りかえって訊ねた。「日本の奴、何したことあるか」

「宣戦布告してきたことある。在日中共大使館の宣伝行為にことよせて、挑発行為やめなければ中共たたきつぶす言ってきたある。日本人、第二次大戦に負けて中国から引きあげる時にこう言ったある。『チャンコロさんよ。三十年経《た》ったらまた来るぞ』あれから三十年経ったある。奴ら、また攻撃してくるつもりある。どうしたらよいあるか」

ヘアレストンはかんかんに怒って、すっ裸のまま立ちあがった。「なに猪口才《ちょこざい》ポコペンな。中共原爆持っているあるぞ。日本原爆ないある。すぐ日本へ向けて原爆ぶっぱなすよろし。日本までとどくミサイルないあるか。あるあるか」

「あるある」

「あるよろし。すぐミサイルぶっぱなすある。これ命令のことあるぞ」

日中の開戦は、必ずしも突拍子もないものではなかった。中国にとって日本は、過去に国土を踏みにじられたことがある仇敵《きゅうてき》だったし、殊に現在はアメリカ帝国主義の走狗《そうく》であり、悪《あ》しきブルジョアジーの温床でもあった。一方、中国に対する日本人の感情はといえば、中国が共産主義国家であるという事実によって何ら規定されるものではなく、むしろ、歴史的な二国間の関係、それは即ち侵略の歴史、忘れられないあの思い出よ、ああ何日君再来《ホーリーチンツアイライ》と、支那には五億の民が待つ、君がみ胸に抱かれて聞くは蘇州《そしゅう》薬局万金丹《まんきんたん》、ナンナンナンナンナンナンキンサン、ナンキンサンノコトパハナンキンコトパ、チャンウェイチャンウェイツーツーカイ、たとえ言葉は違っても、中国人を理解して行けるのは日本人だけであるという、大きな自信に根ざしたものだったのである。

この自己陶酔的な日本の態度に、中国が我慢できなかったのは当然であろう。おれたちはもう無知ではないのだ。立派な共産主義国家を建設し、文化革命も成功させたのだといくら叫んでも、日本はあいかわらずアメリカを横眼で眺めながら、ああなるほどなるほど、よくやりましたねえ、えらいえらいと気乗り薄にうなずくだけで、持ち出してくる話といえば日中貿易再開のことばかり、これは中国にとって、まことに腹立たしいことだったのである。日本にしてみれば、いつまでもアメリカ経済に手綱をとって引きまわされているのがいやなので、何とか貿易地図を書き替えたいと思い、対中共貿易を開こうとけんめいになるのだが、中共が膨れっ面をしたまま首を横に振ってばかりいるのでいい加減いらいらし、くそチャンコロめいい気になるな、昔あれほどぺこぺこしていた癖に、よしそれなら力ずくででもうんといわせてやるぞという気になったのもまことに無理からぬことであった。

かくて日中両国は戦争状態に突入した。

「ヘアレストンの命令により、わが中華人民共和国は日本に対し、原爆ミサイルぶっぱなすある」と、スポットウッド（訳註・林彪《りんぴょう》のことらしいがよくわからない）が北京《ペキン》郊外にある狭い地下の迎撃指令室へ入ってきてそういった。「ミサイル発射用意するよろし」

ぺらぺらのベニヤ板で作られたミサイル発射用コントロール・パネルの前に群がっていた大勢の紅衛兵たちが、わっと歓声をあげた。

「ヘアレストン万歳。ついにやるあるか」

「歴史的決定的快快的瞬間のことあるな。発射ボタン、わたし押すある」

「いや。わたし押すある」

「こら。いかんある」スポットウッドが叫んだ。「いがみあいぺケあるな」

「ミサイルどこ撃つあるか」

「東京めがけてぶっぱなすよろし」

「こらこら。あまり管制板がたがた揺するいかんある」軌道計算係の紅衛兵がいった。

「狙い定まらないあるよ」

「おかしいある。地上のミサイル、いくらカタパルト操作ボタン押しても、向きが変らないある」

「誰か二、三人地上へ出て、ミサイル動かしてくるよろし」

スポットウッドの命令で、紅衛兵三人がばたばたと地上へ駈け出していった。

「軌道決定したのことあるか」

ソロバンをはじいて軌道計算をしていた紅衛兵が、スポットウッドに答えた。「決定したのことある」

「では、ぶっぱなすよろし」スポットウッドは腰の青竜刀を引っこ抜き、高だかと振りかざした。「いいあるか。それ。サン、アル、イー」

零《リン》といって青竜刀を振りおろすはずみに、スポットウッドは手もとを狂わせて傍《そば》にいた紅衛兵の首を切り落した。

「傍にいるいかんある。もいちどやりなおすある。それ。サン、アル、イー」

さらに三、四人の紅衛兵を斬《き》り殺した末、スポットウッドはやっと青竜刀を振りおろした。

ミサイル・ボタンは押された。

地上に出ていた紅衛兵のひとりが、あわてふためいて駈けこんできた。「大変あるたいへんある。ミサイル動かしていた仲間ふたり、ミサイルに乗ったまま東京へとんで行ったあるよ」

「彼らきっと、東京見たかったある」と、スポットウッドがいった。「全員、彼らの冥福祈るよろし」

「風向きが変わったある」軌道計算係の紅衛兵が悲鳴をあげた。「ミサイル違う方向へ行くあるよ」

「ミサイルどこ行くどこ行くあるか」と、スポットウッドがおどろいて訊ねた。

「このままでは、ウラジオストクへ落ちるある。ウラジオストクはソ連あるぞ。非常に困るあるな」

「それ具合悪いのことあるな。ウラジオストクへ落ちるある」

「軌道修正するあるか」

「修正よろしくないある。お前すぐ自己批判するよろし。風向き変るまで、そのまま撃ち続けるある。どれか一発は東京へ落ちるのことあるよ」

北京郊外から発射された数十基のミサイルは、すべて金と銀と赤と緑と黄に毒毒しく塗り分けられ、胴体には一列に中華料理店のマーク（訳註・総喜模様のことらしい）が描かれていた。彼らは怒り狂った様子で、轟轟《ごうごう》と風を切り、東へ飛んだ。


「ところで今度は、いつ麻雀《マージャン》するのことあるか」おれは原稿から顔をあげて江藤に訊ねた。

「小松の先生《シーサン》、明日また大阪からどたばた出てくるあるよ」と、江藤がいった。「星大人《たいじん》も呼んで晩にやるよろし」

「悪意に満ちているな」

江藤はぎょっとしたような顔をあげた。「ぼくは先生《シーサン》や大人に悪意は持っていないよ」

「そうじゃない。中国に対してだ」

江藤はほっとしたように言った。「アメリカ人が中国に悪意を持っているのはあたり前さ。最近アメリカで赤といえばソ連のことじゃなくて中国のことだ。日米ソ三国防共協定というのが、もうすぐできるよ」

「それにしても、ひどい書きかただ」

「だけど日本人にだって、そんな具合に中国を見ている奴は大勢いるよ」

「そうかねえ」嘆息し、おれは続きを読み出した。

第三章

原爆ミサイルが落下する直前、トーキョーのギオン（訳註・原文のまま。銀座の間違いらしい）は通行人で賑《にぎ》わっていた。

ちょうど並木のサクラが満開だったので、首からカメラをさげて眼鏡をかけた数人の出っ歯の日本人が、道にムシロを敷き、サケを飲み、スシ、テンプラを食べながら花見をしていた。道には荷馬車や人力車や三輪タクシーが通り、道ばたの茶店（訳註・今度は喫茶店のことか）の中では、黒沢明とセブン・サムライズが行く行くを演奏していた。

茶店のゲイシャ・ハウスから出てきたゲイシャ・ガールがふと西の空を見あげ、連れの出っ歯の全学連にいった。「あらちょいと、あんたはん。あれは何でおますやろ」ヘルメットをかぶり、角材と石ころを手にしたその全学連は空を見あげ、あわてて言った。「あっ、大変だたいへんだ。あれはミサイルだ」

その向かい側の歩道を歩いていた四、五人連れの出っ歯の全学連たち（訳註・学生のことを全部全学連と書いている）も空を見あげ、おどろいて叫んだ。「わあ。こっちへ近づいてくるぞ」

「あれ。わちきは死ぬのは、いやでありんす」花見連中の中にいたゲイシャ・ガール（訳註・つまり女はぜんぶ芸者）がそういって泣き出した。

ミサイルは道のまん中に落下した。

通行人も、サクラも茶店もウマも、すべて蒸発した。

原子雲が立ちのぼった。

爆風が吹き荒れ、トーダイテラの釣鐘《つりがね》が吹きとばされて五重塔をへし折り、ビワコにとびこんだ。（訳註・日本を、よほど小さい国だと思っている）

火災が起り、竹と紙でできた日本の家はたちまち勢いよく燃えあがった。め組の消防隊の活躍も、何の役にも立たなかった。

かくて日本人は、ヒロシマ・ナガサキ以来三十数年ぶりに原爆の被害を受けたのである。（訳註・アメリカ人のほとんどは、第五福竜丸事件を記憶していない）

それから一時間ほどののち、日本政府は緊急会議を開いた。

大広間には政府閣僚がずらりと並び、総理大臣のくるのを待っていた。

こういう場合日本人は、勝手にがやがやと相談しあったりしない。静かにして、会議が始まるのをじっと待っている。余計なことを喋るとあとで首がとぶ場合もあるので、無駄口はおろか自己の意志もなるべく述べないようにするのである。

「総理大臣御出席」

ワカトシヨリという奇怪な役職名の男が、バチを振りあげて銅鑼《どら》を鳴らそうとしたはずみに、うしろにいた文部大臣の出っ歯に勢いよくバチをぶちあてた。文部大臣は出っ歯をへし折られてぶっ倒れた。

総理大臣マコヤマ・ヤマモトが沈痛な表情で出てきて席についた。

こういう時、野党の加わっている議会だと、たちまち灰皿がとび火炎瓶がとぶのだが、これは閣僚会議なのでそういうことはない。

「おのおのがた」と、総理はいった。「戦争は、ついに始まって御座る。残念ながら敵に先制攻撃をしかけられ、トーキョーに原爆を落されてしまった。これもみな、拙者の怠慢から生まれたこと、責任をとらねばならぬにより、拙者これからハラキリをいたす。かたがた、おとどめは無用ですぞ」

大臣たちは誰もとめようとはしなかった。

日本人というものはこういう際、自身の進退のことばかり気にして、やりかけの仕事や事態の処理や改善のことは心配しない。自分の死んだあとがどうなるかということには無頓着《むとんちゃく》である。後任の者がやりにくくなることを充分承知していながら、自分がいかに重要な存在であったかを意地悪く他人に思い知らせるため、最も重大な時にわざと『惜しまれながら』身を引いてインキョしたりハラキリしたりするのだ。「あとはノとなるヤマトなる」という日本の諺《ことわざ》どおり、死にさえすればいいと思っているのである。

誰もとめようとする者がいないらしいので、総理大臣はぽんぽんとカシワテをうった。

奥の間との間のショージがするすると開いた。奥の間には、常に誰かのためにハラキリの設備がととのえられているのである。いちばん奥にはヒナダンが作られていた。赤いモーセン敷きつめて、オダイリさまは上の段、その下の段の三人カンジョがわあわあ泣き出すと（訳註・泣き女と混同している）オダイリさまが声をはりあげて葬式の歌をうたいはじめ、五人バヤシがタイコ、ピーヒョロ、シャミセン、シャクハチ、マツバクズシなどの楽器を演奏しはじめた。

総理大臣がハラキリの席についた時、縁側からハンガンとアサノ・タクミノカミが出てきた。「さしたる用もなかりせば」と、ふたりはいった。「これにてごめん」

総理大臣はすらすらと辞世のワカを書いて読んだ。もちろん、何年も前から考えてあったうちのひとつである。

「あまざかるチャンコロどもにこれやこの、腹の痛さをしばしとどめん」（訳註・何のことかわからない）

天井裏にひそんでいたウラカタが雪かごを揺すって、紙で作ったサクラのアナビラ（訳註・花びら）を総理大臣の頭上に落した。

型通りの作法で、ハラキリの儀式は進行した。

総理大臣は短刀を抜き、切先《きつさき》を自分の下腹部へ力まかせに突き立てた。

「ぎゃっ」と、彼は叫んだ。

あまりの激痛に、彼は眼を剥《む》いた。「し、し、しまったしまった。こ、こ、こんなに痛いのなら、腹など切るのではなかった」

あたり前である。腹を切れば痛いにきまっている。しかもその上、腹を切ったくらいではなかなか死なないから、苦しみは永く続く。だが日本人は医学に弱いので、ハラキリこそが最上の自殺方法だと思っているのだ。

小さい時から悪しき精神主義的教育により、日本人はハラキリがたいして痛くないものと教えられているのだが、それが間違っているということに気がつくのは、たいてい腹を切ってしまってからだからもう遅い。

総理大臣は腹に短刀を突き立てたままで、縁側へよろよろとよろめき出た。「医、医者を、医者を呼べ」


江藤の翻訳原稿はそこで終っていた。

「あんまりだ。ひどすぎる」おれは腹をたて、原稿を力まかせに机上へ叩きつけた。

「おれは腹がたつ。それはたとえば、おれはおれの親父《おやじ》と決して仲は良くない、しかし他人が親父の悪口をいえば、やっぱり腹がたつ。それと同じだ」

「それ以上、翻訳する気にならなかった理由がわかっただろう」と、江藤がいった。

「まあ、一種の多元宇宙ものと思えばいいさ」

「いや。多元宇宙ものじゃない」おれは叫んだ。「もしかりに、おれがこの原稿を書き直すとしても、多元宇宙ものなどにしてしまうつもりはない。こういった日本の姿というものが、現実に生きているアメリカ人たちの頭の中に厳として存在する以上、これは奴らにとって真実なのだ。現実に生きている奴らの真実は事実と認められ得る可能性も秘めている。おれたちがどう言おうと、さらにもうひとつの日本が厳として奴らの中に存在しているのだ。畜生。畜生。おれは腹がたつ」おれは立ちあがり、部屋の中をぐるぐると歩きまわった。

だしぬけに、窓の外で猛烈な爆発音がおこった。ガラスが割れた。

「たた、大変だたいへんだ」窓をあけて外を眺めた江藤が大声で叫んだ。「旅客機が墜落したよ。向かいの団地の建物がぜんぶ将棋倒しだ」

「そんなことはどうでもいい」おれは考えこんだ。「くそ。何か仕返しをしてやらなきゃあ」とびあがった。「そうだ。いいことがある。返事がわりに、こっちの原稿を送ってやるぞ。もうひとつのアメリカを描いた小説の原稿だ」おれは江藤にいった。

「君は、おれの書いた原稿を英訳してくれ」

「つまんないよ。時間の無駄だからよそうよ」江藤はげっそりした様子でそういった。

おれは決然としてかぶりを振った。「いや。おれは書く。これからすぐ書く」新しい原稿用紙をひろげ、おれは机に向かった。「今書く」

「団地が燃えあがっているよ」江藤は窓の外を心配そうに眺めながらいった。「ここもあぶない。火の粉がとんできた」

「そんなもの、ほっとけ」おれは猛然とペンを走らせはじめた。

アメリカの繁栄

筒井康隆

第一章

船がアメリカに近づくにつれ、甲板にいるおれと江藤典磨の耳には、次第に高く狂《きよう》躁《そうてき》的なモダン・ジャズが響いてきた。

「もうすぐ到着だぞ」

おれと江藤は手摺《てす》りに寄って、彼方《かなた》にひろがる大いなる大陸を眺めた。

港に入ると、われわれの乗った豪華船の周囲を小舟がうろうろしはじめた。

二隻のランチが、猛烈な撃ちあいを演じながらすぐ傍を通り過ぎていった。一隻にはヘミングウエイとポパイが乗っていた。あとの一隻にはハンフリイ・ボガートが乗っていて、タバコを口の端にくわえたままトムソン機銃を撃ちまくっていた。

やがて彼方にCOLUMBIAというネオンを背中に貼《は》りつけた自由の女神像が見えてきた。

やがて高まるその曲は、セントルイスかブルースか。アメリカ・アメリカとさわぎ立てる船客の声にまじって、しばらく前はかすかなざわめきだったそれは、肉眼で岸が見えはじめるころには、すでに阿鼻叫喚《あびきようかん》と化し、ついには岸壁ぎりぎりにまで拡がった乱闘が否応なしに眼にとび込んできた。

黒人と白人は入り乱れてジャック・ナイフ、メリケン・サックをふりまわし、KKK団やブラック・ムスリムは拳銃を撃ちまくり、アングラの連中はハリウッドの女優たちを滅多切りなぶり殺し、アーサー・キットは大統領夫人に嚙《か》みつき、上を下への大騒ぎである。

しめたとばかりにおれと江藤は、船の甲板でおどりあがり、足踏みならし笑いあい、指さきを岸へ突きつけて、ここを先途《せんど》と声をはりあげ「あっ。やってるやってる……」

あとがき（『東海道戦争』ハヤカワ・SF・シリーズ）

僕は天才だから書きたいことはあまり苦労せずにすらすら書けるのだが、このあとがきを書こうとしてびっくりした。何も書けないのだ。よく考えてみると、何が書きたいのかわからないから書けないのだということに気がついた。どんな文章にだってテーマはいる。あわててSF評論家の石川喬司《いしかわたかし》氏に訊《たず》ねてみた。

「処女短篇集のあとがきなんですが、ふつうはどんなことを書くんですか？」

「各作品の成立由来なんかじゃないですか？」

それなら書けそうだが、それを書くと非常にいやらしくなるのではないかと思った。思ったとおり言ってみた。「それを書くと非常にいやらしくなるのではないですか？」

彼は苦笑した。「それもそうだな」眼をしばたたいた。

それからうなずいて向き直った。「作品の発表年代を書きなさい。それなら批評家に対しても親切になるし……」

作品の発表年代を書くことにした。

「廃墟」昭和三十六年九月

「やぶれかぶれのオロ氏」昭和三十七年七月
「ブルドッグ」昭和三十八年五月
「座敷ぼっこ」昭和三十八年九月
「群猫」昭和三十八年九月
「いじめないで」昭和三十九年一月
「お紺昇天」昭和三十九年十二月
「しゃっくり」昭和四十年一月
「トーチカ」昭和四十年二月
「うるさがた」昭和四十年五月
「東海道戦争」昭和四十年七月
「堕地獄仏法」昭和四十年八月
「チューリップ・チューリップ」未発表（最近作）

書いてから早川書房の福島正実《ふくしままさみ》氏に電話した。

「発表年月だけ書きました」

「それもいいけど、やはり、あなたのＳＦに対する姿勢も、ちょっと書きなさい」

はっきりいって、そんなものはまだない。とにかく餓鬼《がき》の頃からマンガが好きで、学生時代は喜劇映画ばかり見ていた。長じては法螺話《ほらばなし》を愛好し、SFをはじめて読んだときは狂喜した。今でもSFは法螺話だと思っている。同じホラ吹くなら、でかいホラほどいいわけで、シリアスなSFというのは真面目な顔してヨタとばすあの面白さに相当するのだろう。とにかく物ごとは徹底していた方がいいと思う。

と、まあ、こんな風にしか書けないのですが、福島さん、これでいいでしょうか？　もし悪ければ、ご面倒のかけついでに、また、いつものようにご意見お聞かせください。

筒井康隆

編者解説

日下《くさか》 三蔵《さんぞう》

海外SFの精力的な紹介でSFファンの注目を集める竹書房文庫から、新たに日本SFのシリーズをスタートすることになった。国産SFの選集としては、二〇一七年から一八年にかけて、ハヤカワ文庫JAから《日本SF傑作選》第一期（全六巻）を刊行しているが、もちろん今回の新企画では、ハヤカワ文庫版との作品の重複は避けるつもりである。

というか、筒井康隆《つついやすたか》の初期傑作選である本書『堕地獄仏法／公共伏魔殿』に関しては、ハヤカワ文庫版の『日本SF傑作選1　筒井康隆　マグロマル／トラブル』と対になる作品集として編集したものなので、ぜひ併せて読んでいただきたいと思っているのだ。

ハヤカワ文庫版の筒井康隆集は、六四年から七八年にかけて発表された二十五篇を収めたもので、そのオリジナル短篇集の内訳は、次のようになっていた（数字は収録作品数）。

『東海道戦争』（65年10月／ハヤカワ・SF・シリーズ）2

『ベトナム観光公社』（67年6月／ハヤカワ・SF・シリーズ）6
『アルファルファ作戦』（68年5月／ハヤカワ・SF・シリーズ）3
『にぎやかな未来』（68年8月／三一書房）1
『わが良き狼《ウルフ》』（69年7月／三一書房）1
『馬は土曜に蒼ざめる』（70年7月／ハヤカワ・SF・シリーズ）3
『日本列島七曲り』（71年11月／徳間書店）1
『農協 月へ行く』（73年11月／角川書店）1
『おれに関する噂《うわさ》』（74年6月／新潮社）1
『ウィークエンド・シャッフル』（74年9月／講談社）1
『バブリング創世記』（78年2月／徳間書店）1
『宇宙衛生博覽會』（79年10月／新潮社）4

二〇二〇年三月の時点で、『にぎやかな未来』『日本列島七曲り』『農協 月へ行く』『ウィークエンド・シャッフル』は角川文庫、『おれに関する噂』は新潮文庫、『バブリング創世記』は徳間文庫で、それぞれ入手可能である。

編者としては、どの本も、これが気に入ったら作者の他の作品集も探して読んで欲しい、というつもりで編集している訳だが、現在品切れになっているとはいえ、九篇収録の『ベトナム観光公社』から六篇も採ってしまったことは気になっていた。古本で探すにしても、九篇中三篇しか未読作品のない本を、読者に買わせることになってしまうのは本意ではない。

そこで『東海道戦争』『ベトナム観光公社』『アルファルファ作戦』の文庫版に収録されている二十七篇から、ハヤカワ文庫版に採らなかった十六篇を一冊にまとめたのが、この本なのである。つまり、ハヤカワ文庫版『日本SF傑作選1　筒井康隆　マグロマル／トラブル』と本書の両方を買っていただいた方は、新たに『東海道戦争』『ベトナム観光公社』『アルファルファ作戦』の文庫版を探す必要はありません。

本書に収めた十六篇の初出データは、以下のとおり。

いじめないで　「NULL」10号（64年1月）
しゃっくり　「SFマガジン」65年1月号
群猫　「別冊宝石」63年9月号
チューリップ・チューリップ　『東海道戦争』早川書房（65年10月）
うるさがた　「SFマガジン」65年5月号
やぶれかぶれのオロ氏　「NULL」7号（62年7月）
堕地獄仏法　「SFマガジン」65年8月増刊号

時越《ときごえ》半四郎　「話の特集」66年11月号
血と肉の愛情　「メンズクラブ」66年7月号
お玉熱演　「話の特集」66年6月号
慶安の変始末記　「高3コース」66年12月号
↓慶安大変記　「SFマガジン」67年10月号　※改題再録
公共伏魔殿　「SFマガジン」67年6月号
旅　「SFマガジン」68年2月号
一万二千粒の錠剤　「週刊プレイボーイ」67年8月15日号
懲戒の部屋　「小説現代」68年6月号
色眼鏡《いろめがね》の狂詩曲《ラプソディ》　「小説現代」68年4月号

「いじめないで」から「堕地獄仏法」までの七篇が『東海道戦争』、「時越半四郎」「血と肉の愛情」「お玉熱演」の三篇が『ベトナム観光公社』、「慶安大変記」から「色眼鏡の狂詩曲」までの六篇が『アルファルファ作戦』の収録作である。

《ハヤカワ・SF・シリーズ》の初期短篇集『東海道戦争』『ベトナム観光公社』『アルファルファ作戦』の三冊は、ハヤカワ文庫に収められる際にいくつかの作品が割愛された。これは二段組新書判の収録作をそのまま文庫化すると厚くなり過ぎる、と判断されたためだろう。

さらに中央公論社からハードカバーの単行本として刊行され、真鍋博《まなべひろし》の同じカバーデザインで中公文庫にも収められた。中公ハードカバー版に付された「あとがき」はハヤカワ文庫版の筒井康隆集に収めておいたので、ぜひ参照していただきたい。

『東海道戦争』は筒井康隆の最初の著書である。《ハヤカワ・SF・シリーズ》の3099番として、六五年十月に刊行された。扉裏には「僕の、唾棄すべき常識を、常に破壊し続けてくれた、三人の弟に――」との献辞がある。《ハヤカワ・ポケット・ミステリ》が101番からスタートしていたのに対して、姉妹シリーズの《ハヤカワ・ファンタジイ》は3001番から始まり、3032番のレイ・ブラッドベリ『太陽の黄金《きん》の林檎《りんご》』から《ハヤカワ・SF・シリーズ》と改称されている。

表4（裏表紙）の内容紹介には、こうある。

1934年（昭和9年）9月大阪に生まれる。1957年（昭和32年）同志社大学心理学科を卒業、コマーシャル・デザインの仕事に携わったが、当時大阪市立自然博物館長だった父嘉隆氏はじめ兄弟四人ともSF好きで一家ぐるみでSF同人誌NULLを創刊し、大阪のSF一家として週刊誌に紹介されたこともある。デザイ

『東海道戦争』
中央公論社

『東海道戦争』
ハヤカワJA文庫

『東海道戦争』
ハヤカワ・SF・シリーズ

ン・スタジオを経営するかたわらＳＦを発表していたが、その異色の作風が故江戸川乱歩氏に見出され、やがてフルタイム・ライターに転向し、現在にいたっている。筒井ＳＦは一種独特のムード――いわゆる奇妙な味を持っているが、その意表をつくユーモア・センスと特異なイマジネーションとは、日本ＳＦ界に現われるべくして現われた第三の新人の名にふさわしい。小松左京、眉村卓とともに大阪出身のＳＦ三羽烏だが、本人は、モダンジャズと演劇と洒落とを愛する公認ハンサム・ボーイ。物柔らかで気さくな生粋の大阪人である。

＊

関東と関西が突如として戦火をまじえる『東海道戦争』日常の時間が混乱する『しゃっくり』なまめかしい女ロボット・カーの哀話『お紺昇天』新興宗教団体が日本を牛耳る地獄絵図『堕

地獄仏法』など筒井SFのハイライトを収録したのが本書である。

　ハヤカワ・SF・シリーズ版の著者「あとがき」は、その後、全集にしか再録されていないため、本書にも資料として収録した。

　七三年八月にハヤカワJA文庫の14番として文庫化された際、「トーチカ」「ブルドッグ」「座敷ぼっこ」「廃墟」の四篇が割愛された。この四篇は、いずれもショートショート集『笑うな』（75年9月／徳間書店）に収録。七六年二月にハヤカワ文庫版と同じ構成で中央公論社から単行本として刊行され、七八年十二月には中公文庫にも収められた。


『ベトナム観光公社』は筒井康隆の第二短篇集。長篇『48億の妄想』（65年12月／早川書房／日本SFシリーズ8）、ジュニア向けの『時をかける少女』（67年3月／盛光社／ジュニアSF5）を挟んで、《ハヤカワ・SF・シリーズ》の3145番として、六七年六月に刊行された。献辞は「ぼくが喧嘩したすべての人に――」。石川喬司《いしかわたかし》氏の解説「筒井康隆論」は大幅に加筆・改題されて「筒井康隆の世界」としてハヤカワ文庫版『東海道戦争』にも再録されている。

　表4の内容紹介は、以下のとおり。

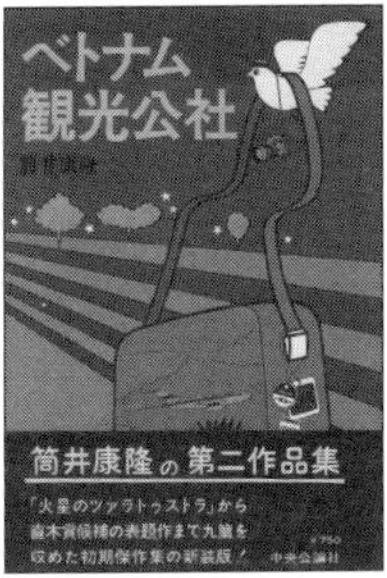

『ベトナム観光公社』
中央公論社

『ベトナム観光公社』
ハヤカワJA文庫

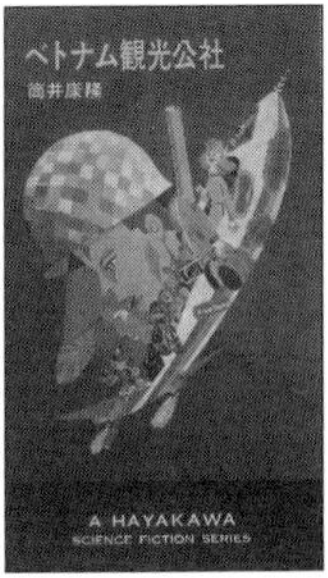

『ベトナム観光公社』
ハヤカワ・SF・シリーズ

『東海道戦争』（短篇集）、『48億の妄想』（長篇）と矢継ぎ早やに異色作を世に送りだした筒井康隆は、いまや押しも押されぬ日本ＳＦ界のホープである。その一種独得な味わいを持つ澄んだ文体と奇抜なアイデアの結合が、全く新しい、ユニークなＳＦの誕生を促し、論理と、不条理感覚とのミックスが、スラップスティックＳＦと異名をとる筒井ＳＦを創り出したのだ。スピーディに展開されるその途方もないナンセンスと悪夢……だがそれこそ読者の常識の壁をたたき破る文学的ハンマーでもあるのだ。

＊

真昼間の日比谷公園で、突然サラリーマン族とマスコミ族が対決、すさまじい肉体のパイ投げがはじまる『トラブル』23世紀にあらわれたツァラトゥストラがテレビに、映画に活躍する

『火星のツァラトゥストラ』異星人たちの会議を描いて、言語コミュニケーションの矛盾をつく『マグロマル』観光行事と化した未来のベトナム戦争の中に鋭くマスコミ文明を批判したタイトル・ストーリイ『ベトナム観光公社』など、朝日・読売等各紙で絶賛された筒井康隆の近作18篇を収録。『東海道戦争』に続く珠玉の短篇集第２弾！

七三年十二月にハヤカワＪＡ文庫の20番として文庫化された際、「ベムたちの消えた夜」「くたばれＰＴＡ」「末世法華経」「ハリウッド・ハリウッド」「タック健在なりや」「猫と真珠湾」「産気」「会いたい」「赤いライオン」の九篇が割愛された。このうち「くたばれＰＴＡ」は新潮社版『筒井康隆全集３』（83年６月）を経《へ》てショートショート集『くたばれＰＴＡ』（86年10月／新潮文庫）に収録。それ以外の八篇は、いずれも『笑うな』に収録。七六年四月にハヤカワ文庫版と同じ構成で中央公論社から単行本として刊行され、七九年三月には中公文庫にも収められた。

『アルファルファ作戦』は筒井康隆の第四短篇集。童話『かいじゅうゴミイ』（67年８月／盛光社／創作Ｓ・Ｆどうわ）、長篇『馬の首風雲録』（67年12月／早川書房／日本ＳＦシリーズ13）、短篇集『アフリカの爆弾』（68年３月／文藝春秋）を挟んで、

『アルファルファ作戦』
中央公論社

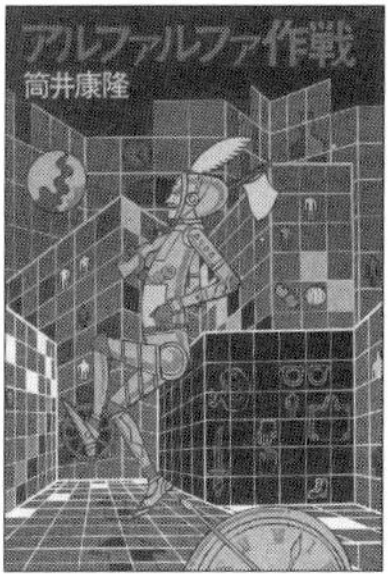

『アルファルファ作戦』
ハヤカワ文庫JA

『アルファルファ作戦』
ハヤカワ・SF・シリーズ

《ハヤカワ・SF・シリーズ》の3183番として、六八年五月に刊行された。献辞は「全世界のSFファンに捧げる」。
　表4の内容紹介は、以下のとおり。

　短篇SF『ベトナム観光公社』で昭和43年度上半期の直木賞にノミネートされた筒井康隆は目下、わが国の代表的SF作家としてめざましい創作活動を繰り広げている。身近な社会問題を素材にしながら、そこに独得の切れ味の鋭いメスをあて、徹底した娯楽精神で仕上げた筒井SFは、一種異様な、サイケな魅力の世界を創りだす。SFを家庭の中に、一般社会の中に持ちこもうとする筒井康隆によって、いま、まったく新しい中間小説ジャンルが、築かれようとしているのだ。本書は、そうした筒井康隆の近作を集めたハヤカワ・SF・シリーズ3冊めの短篇集である！

世界的な空間と時間の混乱が巻きおこす悲喜劇『近所迷惑』予備校生と大学生との対立が火器を用いての本格的市街戦にエスカレートする『慶安大変記』九千九百億に達した人口を収容するために、地球の全表面がくまなく超高層アパートで埋めつくされる『人口九千九百億』クモ人間と地球の老人たちの戦いを描いたタイトル・ストーリイ『アルファルファ作戦』など、筒井康隆の力量を如何なく発揮した十四篇である！

＊

七四年五月にハヤカワ文庫ＪＡの30番として文庫化された際、「最後のクリスマス」「ほほにかかる涙」「かゆみの限界」「ある罪悪感」「セクション」の五篇が割愛された。このうち「ほほにかかる涙」は新潮社版『筒井康隆全集３』を経て『筒井康隆コレクションⅣ おれの血は他人の血』（16年1月／出版芸術社）に収録。「ある罪悪感」と「セクション」は『笑うな』に、「最後のクリスマス」と「かゆみの限界」は『くたばれＰＴＡ』に、それぞれ収録された。七六年六月にハヤカワ文庫版と同じ構成で中央公論社から単行本として刊行され、七八年七月には中公文庫にも収められた。中公文庫では、『アルファルファ作戦』が最初に刊行されている。

なお、《ハヤカワ文庫ＪＡ》は、当初《ハヤカワＪＡ文庫》として発刊されたが、28番の光瀬《みつせ》龍《りゅう》『カナン五一〇〇年』から《ハヤカワ文庫ＪＡ》と改称されている。

筒井康隆は一九六〇年（昭和三十五年）六月に家族でＳＦ同人誌「ＮＵＬＬ」を創刊、江戸川乱歩《えどがわらんぽ》が編集していた探偵小説誌「宝石」の同年八月号に「お助け」が転載されて商業誌デビューを果たしている。

これは、やはり「宝石」の五七年十一月号にＳＦ同人誌「宇宙塵《うちゅうじん》」から「セキストラ」が転載されてデビューしていた星新一《ほししんいち》や、さらにそれ以前から作品を発表していた矢野徹《やのてつ》を別格とすれば、日本ＳＦ第一世代作家の中ではもっとも早い。

以下、デビュー順だと、六一年に眉村卓《まゆむらたく》、六二年に光瀬龍、平井和正《ひらいかずまさ》、小松左京《こまつさきょう》、六三年に半村良《はんむらりょう》、豊田有恒《とよたありつね》が登場している。ところが最初の著書を見ると、眉村卓、小松左京、光瀬龍が六三年、筒井康隆が六五年、豊田有恒が六六年、平井和正が六七年、半村良が七一年なのだ。六〇年代には作品をほとんど発表していなかった半村良、「8マン」がテレビアニメ化されマンガ原作者として多忙だった平井和正はともかくとして、筒井康隆が最初の本を出すまでに五年もかかっているのは意外である。

各作家の特徴を捉えた石川喬司のＳＦランド案内記では、筒井康隆は「最後にスポーツカーに乗って口笛を吹きながらやって来る」ことになっているが、それは裏を返せば、助走期間がそれだけ長かった、ということでもある。

六〇年代前半は「NULL」「宇宙塵」「科学朝日」などが主な発表舞台であった。本書だと「やぶれかぶれのオロ氏」「群猫」「いじめないで」が、この時期の作品に当たる。六五年にはテレビアニメ「スーパージェッター」の脚本に参加したことで収入が安定し、結婚、上京。「SFマガジン」にもコンスタントに作品が載るようになり、短篇集『東海道戦争』と長篇『48億の妄想』も刊行された。本書では「しゃっくり」「うるさがた」「堕地獄仏法」「チューリップ・チューリップ」が、この時期の作品に当たる。三段跳びで言うなら、この辺りまでが「ホップ」ということになるだろう。

六七年には「東京諜報地図」で講談社の「小説現代」に初登場、さらに「ベトナム観光公社」で下期の第五十八回直木賞候補となっている。続けて「アフリカの爆弾」が六八年上期の第五十九回直木賞候補となり、作品の発表舞台も中間小説誌全般へと広がっていく。この辺りが「ステップ」だろう。

六九年の短篇集『ホンキイ・トンク』から若者層にも作品が売れるようになり、七一年の角川文庫『幻想の未来』を皮切りに旧作が文庫化され始めると、その流れは加速し、星新一、小松左京と並んで「SF御三家」と称される人気作家へと「大ジャンプ」を果たすのである。

つまり、六二年から六八年までの作品をまとめた本書には、筒井康隆が流行作家として飛躍する直前の作品が揃《そろ》っている訳だ。無論それは、作品の完成度が低いとか習作であることを意味しない。むしろ、この時期から完成度の高い作品を書き続けていたからこそ、大ブレイクにつながったのである。発表から五十年以上を経ても、文章やアイデアが古びるどころか、最新の社会風刺としても通用するような着眼が盛り込まれているのには驚くばかりだ。

政治家の矛盾だらけの記者会見を描いた「やぶれかぶれのオロ氏」、創価学会を風刺した「堕地獄仏法」、NHKのあり方を痛烈に批判する「公共伏魔殿」、痴漢冤罪《えんざい》の取り調べがほとんどホラーの領域に達する「懲戒の部屋」、ヴァーチャル・リアリティを遥かに先取りしたようなアイデアの「旅」、文化的相互理解の難しさを笑い飛ばす「色眼鏡の狂詩曲」、どれもこれも現代でも通用する題材である。

これはつまり、筒井康隆が五十年以上前に容赦なくえぐってみせた政治家の、マスコミの、一般大衆の、男の、女の愚かしさというものが、何年経《た》とうと変わらない「人間の本質」だったということだ。

破壊的なドタバタと社会風刺は筒井SFの大きな特徴ではあるが、それだけではないことも強調しておくべきだろう。白い猫たちと巨大な鰐《わに》の死闘を描いた「群猫」、長篇『幻想の未来』の中のエピソードを短篇に仕立て直した「血と肉の愛情」など、奇抜なイマジネーションとガッシリしたストーリーテリングで読者を魅了する作品もあれば、「時越半四郎」のようにノスタルジックな雰囲気を持ったアイデア・ストーリーもある。

文章力と構成力に秀でているから、何をどのように書いても面白い、という結論は当然過ぎて面白みに欠けるが、その武器は七〇年代後半からの実験小説の連打においても、充分に威力を発揮するのである。本書は、そんな筒井康隆の原点を示す一冊として、すべてのSFファンに読んでいただきたい傑作ぞろいの短篇集なのだ。

〈シグマフォース〉シリーズ⓪
ウバールの悪魔 上下
ジェームズ・ロリンズ／桑田 健［訳］

神の怒りで砂にまみれて消えた都市〈ウバール〉。そこには、世界を崩壊させる大いなる力が眠る……。シリーズ原点の物語！

〈シグマフォース〉シリーズ①
マギの聖骨 上下
ジェームズ・ロリンズ／桑田 健［訳］

マギの聖骨――それは〝生命の根源〟を解き明かす唯一の鍵。全米200万部突破の大ヒットシリーズ第一弾。

〈シグマフォース〉シリーズ②
ナチの亡霊 上下
ジェームズ・ロリンズ／桑田 健［訳］

ナチの残党が研究を続ける〈釣鐘〉とは何か？ ダーウィンの聖書に記された〈鍵〉を巡って、闇の勢力が動き出す！

〈シグマフォース〉シリーズ③
ユダの覚醒 上下
ジェームズ・ロリンズ／桑田 健［訳］

マルコ・ポーロが死ぬまで語らなかった謎とは……。〈ユダの菌株〉というウィルスが起こす奇病が、人類を滅ぼす⁉

〈シグマフォース〉シリーズ④
ロマの血脈 上下
ジェームズ・ロリンズ／桑田 健［訳］

「世界は燃えてしまう――」〝最後の神託〟は、破滅か救済か？ 人類救済の鍵を握る〈デルポイの巫女たちの末裔〉とは？

ケルトの封印 上下
〈シグマフォース〉シリーズ⑤
ジェームズ・ロリンズ／桑田 健［訳］

癒しか、呪いか？ その封印が解かれし時——人類は未来への扉を開くのか？ それとも破滅へ一歩を踏み出すのか……。

ジェファーソンの密約 上下
〈シグマフォース〉シリーズ⑥
ジェームズ・ロリンズ／桑田 健［訳］

光と闇の米建国史——。アメリカ建国の歴史の裏に隠された大いなる謎……人類を滅亡させるのは〈呪い〉か、それとも〈科学〉か？

ギルドの系譜 上下
〈シグマフォース〉シリーズ⑦
ジェームズ・ロリンズ／桑田 健［訳］

最大の秘密とされている〈真の血筋〉に、ついに辿り着く〈シグマフォース〉！ 組織の黒幕は果たして誰か？

チンギスの陵墓 上下
〈シグマフォース〉シリーズ⑧
ジェームズ・ロリンズ／桑田 健［訳］

〈神の目〉が映し出した人類の未来、そこには崩壊するアメリカの姿が……「真実」とは何か？「現実」とは何か？

ダーウィンの警告 上下
〈シグマフォース〉シリーズ⑨
ジェームズ・ロリンズ／桑田 健［訳］

南極大陸から〈第六の絶滅〉が、今、始まる……。ダーウィンの過去からの警告が、明らかになるとき、人類絶滅の脅威が迫る！

〈シグマフォース〉シリーズ⑩
イヴの迷宮 上下
ジェームズ・ロリンズ／桑田 健［訳］

〈聖なる母の遺骨〉が示す、人類の叡智の根源とその未来——なぜ人類の知能は急速に発達したのか？ ΣVS中国軍科学技術集団！

〈シグマフォース〉外伝
タッカー&ケイン 黙示録の種子 上下
ジェームズ・ロリンズ／桑田 健［訳］

〝人〟と〝犬〟の種を超えた深い絆で結ばれた元米軍大尉と軍用犬——タッカー&ケイン。〈Σフォース〉の秘密兵器、遂に始動！

〈シグマフォース〉シリーズⓍ
Σ FILES〈シグマフォース〉機密ファイル
ジェームズ・ロリンズ／桑田 健［訳］

セイチャン、タッカー&ケイン、コワルスキのこれまで明かされなかった物語＋Σをより理解できる〈分析ファイル〉を収録！

THE HUNTERS
ルーマニアの財宝列車を奪還せよ 上下
クリス・カズネスキ／桑田 健［訳］

ハンターズ——各分野のエキスパートたち。彼らに下されたミッションは、歴史の闇に消えた財宝列車を手に入れること。

THE HUNTERS
アレクサンダー大王の墓を発掘せよ 上下
クリス・カズネスキ／桑田 健［訳］

その墓に近づく者に禍あれ——今回の財宝探しは最高難易度。地下遺跡で未知なる敵が待ち受ける！ 歴史ミステリ×アクション!!

堕地獄仏法《だじごく》／公共伏魔殿《ふくまでん》

2020年4月23日　初版第一刷発行

著　者　筒井《つつい》 康隆《やすたか》
編　者　日下《くさか》 三蔵《さんぞう》
イラスト　木原《きはら》 未沙紀《みさき》
デザイン　坂野《さかの》 公一《こういち》(welle design)

発行人　後藤明信
発行所　株式会社 竹書房
〒102-0072
東京都千代田区飯田橋2-7-3
電話03-3264-1576(代表)
03-3234-6383(編集)
http://www.takeshobo.co.jp
印刷所　凸版印刷株式会社

定価はカバーに表示してあります。
乱丁・落丁の場合には竹書房までお問い合わせください。

ISBN978-4-8019-2275-4　C0193
Printed in Japan